Neue Rundschau

Begründet von S. Fischer
im Jahre 1890
S. Fischer Verlag

Herausgeber und Redaktion:
Martin Bauer, Helmut Mayer und Uwe Wittstock

Die Neue Rundschau erscheint viermal jährlich
Preis des Einzelheftes: 16 DM
Bezugspreis jährlich: 56 DM (inkl. Porto)
Berechnung jährlich bei Auslieferung des ersten Heftes
Das Abonnement verlängert sich automatisch,
wenn die Kündigung nicht bis zum 15.11. erfolgt.

Alle Zusendungen an die Redaktion erbeten an:
S. Fischer Verlag GmbH, Neue Rundschau
Hedderichstraße 114 · 60596 Frankfurt am Main
Telefax 069/60 62-319

Anzeigenverwaltung:
Runze & Casper Verlagsservice OHG
Linienstraße 214 · 10119 Berlin
Telefon 030/28 01 81 40, Telefax 030/28 01 84 00

Heft 4/1999 110. Jahrgang
Veröffentlicht im S. Fischer Verlag GmbH, Frankfurt am Main

Typographie: Konrad Boch, Frankfurt am Main
Umschlagentwurf: Manfred Walch, Frankfurt am Main
Satz: Fotosatz Otto Gutfreund GmbH, Darmstadt
Druck und Bindung: Clausen & Bosse, Leck
Printed in Germany 1999
ISSN 0028-3347 ISBN 3-10-809039-9

Postvertriebsnummer D 21222 F

Inhalt

Editorial 5

WILLKOMMENE ABSCHIEDE

Wolfgang Kemp *DJ David Knapp gegen Ilja Kabakov. Eine Runde im Ring west-östlicher Vergessenskulturen* 9
Terry Eagleton *Was ich mit Vergnügen hinter mir lasse. Eine Auswahl* 17
Hans Ulrich Gumbrecht *[Links/Rechts]. Ein Coming-out in Moll* ... 20
Dieter Thomä *Vergessen wir den 10. September 2000! Warum Julian West nicht aufwachen soll oder: Kein Vergleich zwischen dem einen 20. Jahrhundert und dem anderen 20. Jahrhundert. Aufruf von Herrn ***, aufgezeichnet von D. Th.* 30
Rainer Hank *Kommandohügel. Vom Ende des Keynesianismus* 34
Uwe Justus Wenzel *Vergessen – Verabschieden – Verlernen. Einige vorläufige Mutmaßungen* 46
Heinz Dieter Kittsteiner *Vergebliche Abschiede. Deutsche Erinnerungslandschaften* 48
Harald Eggebrecht *Die Unerreichbarkeit. Vom Aufgehobensein im Netz* 63
Andreas Platthaus *Vergeßt dieses Lied oder Thema ohne Variationen* .. 65
Sten Nadolny *Abschied von der Rammdösigkeit. Vom Flaneur im unendlichen Kramladen der Angebote* 70
Franziska Augstein *Vorortweise oder Wo man sich trifft* 74

WERKGESPRÄCH

Ich brauche kein Mahnmal für meine Trauer. Hans Keilson im Gespräch mit Ulrich Walberer über einen kultivierten Mann, der Nazi wurde, über Leben und Lesen im Exil, die Faszination des Hasses sowie die pathologischen Anteile an der deutschen Vergangenheit 77

Forum

Adam Gopnik *Geht ein Mann zum Arzt. Aus den Annalen der Psychoanalyse* 91
Wolfram Pichler *Schmutz und Schminke. Über Goyas Malerei* 112
Paul Claes *Die Reise. Eine Erzählung* 131

Einsprüche und Nachreden

Dieter Thomä *Der bewegte Amerikaner (4) Nachrichten aus der immer noch Neuen Welt* 147
Jakob Stephan *Lyrische Visite (14/1) Bei jung und alt. Poetische Presseschau* 155
Wolfgang Matz *Stéphane Mallarmé. Eine Nachlese zum 100. Todestag* 168
Stefan Pegatzky *Vor sechzig Jahren. Thomas Mann und der Beginn des Zweiten Weltkriegs* 176
Tora Nordström-Bonnier *Thomas Mann meint* 177

Die Autoren 180
Register 1999 182

Editorial

»Er drehte sich um, ging durchs Zimmer und hinaus. Ich sah, wie die Tür sich schloß. Ich lauschte seinen Schritten, als er den Korridor aus imitiertem Marmor hinunterging. Nach einer Weile wurden sie schwächer, dann verstummten sie ganz. Ich lauschte trotzdem weiter. Wozu? Wollte ich vielleicht, daß er plötzlich stehenblieb und sich umdrehte und zurückkam und mir das Gefühl ausredete, das ich hatte? Nun, er tat es nicht. Ich habe ihn nie wiedergesehen.

Ich habe keinen von ihnen allen wiedergesehen – außer den Bullen. Von denen Abschied zu nehmen, ist noch kein Mittel erfunden worden.«

Raymond Chandler, *The Long Good-Bye*

Abschiednehmen ist eine Kunst. Und keine einfache. Ein Leben lang üben wir uns darin, und doch bleibt es fast immer eine schwierige Übung. So schwierig, daß wir das Verabschiedete meist gut im Gedächtnis behalten, ja vielleicht gerade das auch wollen. Nur um dann später einmal festzustellen, wie selten wir tatsächlich daran gedacht haben, wie vollständig wir das alles wider erwarten vergessen haben.

Aber gibt es nicht auch willkomme Abschiede? Also jene seltenen, kostbaren Momente der Trennung von etwas, das wir schon lange in den Orkus gewünscht haben, und von dem wir nun mit einiger Sicherheit annehmen dürfen, daß wie es künftig endgültig los sein werden? Erfahrungsgemäß werden uns diese nicht von Melancholie umwölkten, sondern vom Auf- und befreitem Duchatmen begleiteten Abschiede daraufhin unauslöschlich in der Erinnerung bleiben – und folglich werden die Abschiede nur scheinbar sein.

Wie im Fall des alten Dieners Lampe, den wir nicht mehr vergessen können, nachdem sein ehemaliger Dienstherr Immanuel Kant notierte, daß »der Name Lampe völlig zu vergessen sei« – und uns diese schriftlich fixierte *damnatio memoriae* durch einen rührigen Biographen überliefert wurde. Alles verschwor sich zu Lampes (vermutlich höchst unverdientem)

Nachruhm; an ihm ist nicht zu rütteln. Was bleibt noch? Vielleicht nur eins: Wir widmen dieses Heft seinem Gedächtnis.

Wenn es in diesem Heft um »Willkommene Abschiede« geht, dann darf man das als rhetorische Zuspitzung verstehen, der Frage nämlich, was man nicht vermissen würde und wovon man sich deshalb glaubt trennen zu können oder zu sollen. Eine heikle Frage, gewiß, denn höflicher und politisch korrekter ist es allemal, die Frage nach demjenigen zu stellen, wovon wir uns keinesfalls verabschieden sollten. Aber davon ist ohnehin dauernd und zu Recht die Rede, und bei Annäherung an die Jahrhundert- und Jahrtausendschwelle werden wir noch manche Kanonvorschläge zu lesen bekommen.

Zugegeben, der innige Wunsch zu vergessen, hat die Erinnerung allemal am besten am Leben gehalten. Zugegeben, weitausgreifende Traditionslinien lassen sich weder durch einen kalendarischen Wechsel noch durch einen voluntaristischen Akt abschneiden. Doch die Sehnsucht danach etwas loszusein oder loszuwerden, ist für die Epoche auf seine Weise vermutlich ebenso kennzeichnend, wie die Sehnsucht etwas zu besitzen und zu erhalten. Ob sich also die willkommen geheißenen, die erhofften Abschieden tatsächlich werden vollziehen lassen, ist nicht sicher. Doch daß diese Wünsche so manches über den Zeitpunkt verraten, zudem sie entstanden, das ist wohl gewiß. *Martin Bauer, Helmut Mayer, Uwe Wittstock*

Willkommene Abschiede

Wolfgang Kemp
DJ David Knapp gegen Ilja Kabakov

Terry Eagleton
Was ich mit Vergnügen hinter mir lasse

Hans Ulrich Gumbrecht
[Links/Rechts]

Dieter Thomä
Vergessen wir den 10. September 2000!

Rainer Hank
Kommandohügel

Uwe Justus Wenzel
Vergessen – Verabschieden – Verlernen

Heinz Dieter Kittsteiner
Vergebliche Abschiede

Harald Eggebrecht
Die Unerreichbarkeit

Andreas Platthaus
Vergeßt dieses Lied

Sten Nadolny
Abschied von der Rammdösigkeit

Franziska Augstein
Vorortweise

WOLFGANG KEMP

DJ David Knapp gegen Ilja Kabakov

Eine Runde im Ring west-östlicher Vergessenskulturen

Um für das Thema dieses Heftes einen Subunternehmer zu finden, habe ich die Frage: Was wollen wir vergessen? an diverse Personen aus meiner Umgebung weitergegeben. Ich war bereit, für die beste Idee ein bis zwei Drittel des Honorars abzutreten. Doch ich muß sagen, ich machte mir keine Freunde mit diesem Angebot. Die Worte: Vergiß es! hörte ich am häufigsten, was wohl mit der Höhe der zu erwartenden Entlohnung zusammenhing; weniger leicht waren kurz hingesagte Antworten zu verstehen wie »Abendbrot«, »Vereine« oder »Full Metal Jacket«. Jeder zweite Befragte wies mich darauf hin, daß eine bekannte Hamburger Wochenzeitung ja bereits listenweise Warengruppen und Modeverirrungen in das Abmeldebuch dieses Jahrhunderts eingetragen hat und es immer noch tut. Ein junger Mann, den sie in seinen Kreisen den Moses des Zeitgeists nennen, sagte kategorisch: In Deutschland? Keine Chance! Der Punkt bei alledem ist doch, daß wir kein New Jersey haben.

Kein New Jersey? Er zitiert Warhol, warf sein Begleiter ein, er zitiert immer Warhol. Ich ließ mich belehren, daß es unter den 76 Geboten Andy Warhols eines gibt, welches da sagt: Du sollst dir einen Kasten für einen Monat anschaffen und alles da hineintun und ihn am Monatsende verschließen und mit Datum nach New Jersey schicken.

Treasure of the month, sagte ich, verstehe. Wir höhlen Schwarzwald-Berge aus, erklärte der in ein anthrazitfarbenes Tuch Gehüllte, das auf Antimaterie hindeutete, um dort Zeugnisse unserer Kultur atombombensicher zu horten, wir gehen ins 21. Jahrhundert als eine Brüder-Grimm-Gesellschaft, aber was wir wirklich brauchen, ist eine Art Flatland, wo sich die Dinge in Anonymität verlieren, so etwas wie New Jersey eben, eine Art Schlafstaat für unsere Erinnerungen.

Ich war mir zwar ziemlich sicher, daß die vor einiger Zeit gelungenen territorialen Erweiterungen diesen Zweck erfüllen könnten. Trotzdem fand ich die Vorstellung eines New-Jersey-Projekts sehr schön und gab dem Frontmann des Zeitgeistes 76 DM.

Damit hatte ich wohl, ohne es zu ahnen, eine geheime Sperre durchbrochen, denn schon der nächste Kontakt war so ergiebig, daß ich aller Sorgen in bezug auf diesen Artikel enthoben wurde. Ich konfrontierte eine Kollegin, eine Kunsthistorikerin aus einem nicht genannt werden wollenden Ostblockland, mit meiner Frage. Sie reagierte zuerst wie ein Schnapprollo. Sie hielt das Ansinnen für unernst, typisch westlich, also ironisch. Sie verglich es mit dem Aufruf eines unserer Schriftsteller, als Schlußfeuerwerk am letzten Tag dieses Jahres 1999 doch bitte ein kollektives »Löschfest« zu veranstalten. (Löschen wie »delete«, besser »delethe«!)

Ich dachte, daß das ja ohnehin stattfinden würde, sagte aber etwas ganz anderes, nämlich, daß »wir« uns nun wirklich sehr ins Zeug gelegt hätten, was das Nicht-Vergessen angehe; keine Epoche und keine Kultur habe sich so auf die unangenehmen Seiten der Vergangenheit geworfen wie die unsere. Schon immer seien Erinnerungen Mißverständnisse gewesen, aber heute hätte jeder, auf jeden Fall aber jede Amerikanerin das gesetzlich verbriefte Recht, sich an Vorgänge im eigenen Leben zu erinnern, die gar nicht geschehen seien. Mehr könne man nicht verlangen, außer horrenden Entschädigungssummen natürlich. Ob Sie nicht von »memory overload« und »memory craze« gehört habe, fragte ich die östliche Kollegin, oder von »verdrängten Erinnerungen« – in den USA versuchten sie gerade verzweifelt, das alles wieder loszuwerden. Ich sagte, da sind kulturelle Verheerungen im planetaren Maßstab im Gange. Ich bin mittlerweile in der Lage, meine Fehler so genau zu memorieren, daß ich sie identisch wiederholen kann. Einen Moment lang hatte ich ein mögliches T-Shirt vor Augen, ein schlichtes Hemd mit dem Aufdruck: Ich will meine Verdrängung wiederhaben.

Auf jeden Fall hatte ich mich so in die Sache hineingesteigert, daß ich schon plante, das Thema selbst zu übernehmen und vielleicht etwas zum mnemonisch-industriellen Komplex zu schreiben, als mein Gegenüber mir gewaltig in die Parade fuhr. So seid ihr! Fashionists seid ihr! (Dieses Wort hatte ich noch nie gehört, aber faszinierender fand ich noch, wie lange sich ein I am Schluß dehnen läßt.) Ihr macht eine Mode aus allem, auch aus den großen Themen. Dann dürft ihr irgendwann aus Übersättigung und Überdruß ablassen. Ihr überfreßt euch und spült dann alles runter. Nein, warten Sie, es wird euch alles heruntergespült. Das ist es.

Ich habe neulich in Mailand einen dieser Plastik-Toiletten-Container benutzt, die wie Raumschiffe am Rande der großen Plätze gestrandet sind. Er stand da als ein kompletter Bau mit einer Kuppel, durch die ein mildes Licht drang, wie ich feststellte, als ich ihn endlich betrat. Erst war er besetzt, dann entließ der Fäkal-Sesam den Vorbenutzer, nur um sich sofort wieder zu schließen. Im Inneren ging etwas vor: ein Rauschen, ein Gurgeln, ein Blasen, dann ein Ton der Erleichterung, der einem wortlosen »Fertig« gleichkam. Die Tür ging wieder auf. Wegen einer einmaligen Besetzung hatte sich das Klo-Haus einer Totalreinigung unterzogen; von oben bis unten hatte es sich geduscht, gelüftet, getrocknet; es fehlte nur noch, daß es sich um die eigene Achse gedreht hätte – wie eine Waschtrommel, hin und her, her und hin. Als ich wieder draußen war, konnte ich nicht anders, ich mußte mein Ohr an die fehlfarbene Plastikwand halten und mir noch einmal den Zyklus im Inneren zur Gänze anhören.

Die Kollegin, die man sich übrigens mit Seidenbluse und einer formidablen Bienenkorbfrisur ausgerüstet vorstellen muß, schien sich ein wenig in ihren Erinnerungen verloren zu haben, dann aber fuhr sie mit Nachdruck fort: Was ich sagen will, ihr braucht nicht einmal einen Knopf zu drücken, die große Spülung geschieht von ganz allein und ohne euch. Die Frage, die ihr euch stellt, ist gar keine: Ihr könnt nicht vergessen *wollen*. Es wird für euch vergessen. Vollautomatisch. Das wirkliche Vergessen aber verlangt wie die Erinnerung nach einem Opfer.

Da war sie, die tragische Version unseres Themas. Es fehlte nur noch das eine Wort, das die ernste Sache endgültig besiegelt hätte – ich meine natürlich das Wort Vergessensarbeit. Vielleicht fiel es, während sie weitersprach, ich weiß es nicht. Ich machte einen gedanklichen Ausflug nach Florida. Miami Beach in diesem Frühjahr. Die Jetskis hüpften wie Flöhe von Welle zu Welle. Über dem türkisfarbenen Meer zog ein Flugzeug ein langes Banner hinter sich her. Darauf stand zu lesen: ANNESIA WITH DJ DAVID KNAPP – TODAY. Das Kürzel DJ hätte mich ins Bild setzen können, aber ich begriff erst später: Amnesia ist ein Club in Miami Beach. *Der* Club. Noch später erfuhr ich, daß Amnesia heute zu den beliebtesten Clubnamen überhaupt gehört.

In Ordnung, nahm ich das Gespräch wieder auf, ich habe die Frage ja auch nicht mir, sondern Ihnen gestellt. Nach allem, was ich von Ihnen höre, ist dieses Thema bei Ihnen, »im Osten« also, besser aufgehoben.

Wir, meinte sie daraufhin in einem tiefen und schweren Tonfall, wir wollen schon vergessen können.

Aber?

Es geht auch nicht.

Und warum nicht? Das würde unser Publikum sehr interessieren. Keine Opferbereitschaft mehr?

Es ist im Grunde ganz einfach. Ich finde dafür keine bessere Bezeichnung als den Kabakov-Effekt, wenn Sie verstehen, was ich meine. In einer

Hinsicht hat sich nämlich nichts für uns in diesem Jahrhundert geändert: Wir können alles brauchen.

Alles?

Alles. Nehmen Sie die Geschichte, die ich Ihnen erzählen will. Ich hoffe, daß Sie auch eine Geschichte als Antwort akzeptieren. Eine wahre Geschichte, fügte sie noch hinzu.

Wahr ist egal, sagte ich, wenn ich sie nur gebrauchen kann.

Ich habe viele Jahre unter einem Apparatschik gedient, der, bevor er mein Chef wurde, Leiter des Gästehauses der Partei gewesen war, was Sie sich als einen der gediegensten Posten im ehemaligen Ostblock vorstellen müssen. Der Leiter eines solchen Hauses hatte all das zu beschaffen und bereitzuhalten, was es in unserer Welt nicht gab: Delikatessen, Alkoholika, Südfrüchte und natürlich frisches Fleisch in Gestalt junger Frauen und Männer. Das bedeutete Handel mit Devisen, Auslandskontakte, eine ziemlich gründliche Kenntnis der Schleichwege und Schattenzonen der sozialistischen Gesellschaft. Die guten Sachen waren im übrigen nicht etwa für Gäste bestimmt; in ihren Genuß kamen die lokalen Parteigrößen, die im Gästehaus wie in einem Club aus- und eingingen.

Die Stellung eines solchen Leiters war eine prekäre. Seine Macht schien beträchtlich, war aber nur geliehen. Das führten ihm seine Herren regelmäßig vor Augen: manchmal in Gegenwart von vielen, manchmal in den frühen Stunden des Morgens, wenn er allein noch ausharrte: der allzeit bereite Diener. So einer wie mein Chef hielt das durch, weil er darauf baute, daß er eines Tages Kapital aus den Schwächen und Verfehlungen seiner »Gäste« schlagen würde. Aber es kam anders.

Es war ein extrem heißer und schwüler Sommer. Immer mehr Parteibonzen und ihre Familien fanden sich im Gästehaus ein, weil es, im Wald am Rand der Stadt gelegen, Erfrischung versprach. Es gab dort einen kleinen See, man saß unter einer Art Zeltdach auf der Terrasse und genoß die langen Abende. Und plötzlich dieser Geruch. Dieser üble, schon fast mit Händen greifbare Geruch. Sofort angestellte Nachforschungen brachten zutage, daß der Leiter des Gästehauses auf dem weitläufigen Gelände eine Hühnerfarm versteckt hatte. Am nächsten Tag hatte der Wind gedreht, aber der Gestank war dennoch da. Feine Nasen glaubten, eine andere Note feststellen zu können. Und sie hatten recht. Diesesmal entdeckten sie eine Nerzzucht. Das mit den Hühnern hatte der Chef noch erklären können, das mit den Nerzen nicht mehr. Uns erzählte er später in angeheiterter Stimmung, daß die Existenz seiner Bienenkolonien nie aufgeflogen war. Vermutlich leben sie in verwilderter Form noch heute auf dem Gelände.

Immerhin, sein akkumuliertes Wissen war soviel wert, daß der fristlos Entlassene auf einen respektablen, wenn auch politisch unbedeutenden Posten abgeschoben wurde. Ans Museum versetzt, gab er seine privatwirtschaftlichen Aktivitäten nicht etwa auf. Jetzt züchtete er Champignons im Keller, was vermutlich die sinnvollste Nutzung unseres generell feuchten und dunklen Hauses war. Das Geld für die Champignons behielt er natürlich, aber ansonsten war er nicht untätig, was die Aquirierung von Mitteln für das Museum anging.

Zum 4. Parteitag, der in unserer Stadt begangen wurde, wurde das Museum totalrenoviert und die letzten reinen Schau-Abteilungen wurden ideologisch auf Kurs getrimmt. Es war eine abscheuliche Leuteschinderei. Die Handwerker waren pünktlich zur Mittagsstunde betrunken, dann trat die zweite Schicht an, das waren wir, die Wissenschaftler und Pädagogen. Wir schliffen Böden, strichen und tapezierten Wände, wuschen den Stuck der Decken ab. Letzteres mit dem Ergebnis, daß wir die dabei zutage tretenden Wappen der Vorbesitzer des Hauses wieder zugipsen durften. Waren wir damit fertig, widmeten wir uns unseren Abteilungen, ebenso hektisch wie unentschlossen, denn wir wußten, daß in der Besprechung des nächsten Morgens alles wieder in Frage gestellt wurde. Von einem Direktor, der seine Ahnungslosigkeit durch permanentes Reinreden kompensierte. Was soll ich Ihnen sagen, der Haß auf diesen Mann wuchs ins Unermeßliche.

Als der große Tag anbrach, wurden die hohen und höchsten Funktionäre der Partei von unserem Direktor persönlich durch die Räume des Untergeschosses geführt, dann schritt die Gesellschaft die Treppen hinauf und nahm im Festsaal einen Imbiß ein. Dieser Saal nun öffnete sich in einem großen Balkon auf den Garten, den wir zu einem Lapidarium umgestaltet hatten – mit alten Außenskulpturen, Grabsteinen und Fragmenten von Abbruchhäusern. Irgendwann wurden die Flügeltüren aufgestoßen, die versammelte Parteitagsspitze sollte vom Balkon aus einen Blick auf diese Erweiterung des Museums werfen. Das tat sie auch, aber was sogleich aller Aufmerksamkeit auf sich zog, waren nicht die steinernen Altertümer, sondern ein frisch ausgehobenes Grab.

Sie müssen wissen, daß damals weißer Kies bei uns eine absolute Notwendigkeit war, wenn es galt, offiziöse Areale auszulegen, sagen wir die Fläche um ein Kriegerdenkmal oder einen Fahnenmast. Weißer Kies war eine unabdingbare Zutat zu unserer Nationalkultur, weil er das Mittelmeerische in uns sichtbar machte und uns ein gehöriges Stück weit von Moskau abrückte. Daher übrigens die seinerzeitige Rede von der »weißen Periode«

unserer Nachkriegsgeschichte. Stellen Sie sich also eine ziemlich makellose Kiesdecke vor, aus der einige Stelen und Taxusbäume herausragten und ihre spitzen Schatten warfen. In dieser serenen Landschaftsminiatur, in dem man vielleicht den »Nachmittag eines Fauns« hätte geben können, klaffte wie eine Wunde das Grab. Es war kein Loch, keine Grube, kein Krater, wie er von vorangegangenen Erdarbeiten übrig geblieben war. Es war ein veritables Grab, akkurat ausgestochen, mit manierlich planierten Erdhügeln zu beiden Seiten – und es war auch klar, wem das Grab zugedacht war. Es lag nicht in direkter Fortsetzung der Mittelachse, in der wir alle standen, sondern etwas nach links verrückt, exakt unter dem Amtszimmer des Direktors. Auch hatte es nicht das langgestreckte Normalmaß; es war breiter und kürzer ausgefallen und entsprach damit ziemlich genau dem Format des Direktors.

Der hohe Besuch reagierte verzögert, nicht wirklich überrascht, aber auf jeden Fall überraschend. Überraschend für den, dem das Grab zugedacht war, und für die, die es geschaufelt hatten.

Ist er soweit, Genosse Direktor?, war die erste hörbare Regung. Und dann mit leichtem Tadel: Warum haben Sie uns nicht früher informiert?
Ein anderer sagte: Kein schlechter Ort.
Und so praktisch, meinte eine dritte.
Sie redeten sich so lange das unerwartete Faktum zurecht, daß dem Direktor genügend Zeit blieb, sich zu fangen und seinerseits angemessen zu reagieren.
Ja, ich glaube, wir können, Genossinnen und Genossen, war alles, was wir von ihm hörten.

Am späten Nachmittag fand im geschlossenen engeren Zirkel der Partei ein Staatsakt im Garten statt, der diesen erneut ruinierte, in welchem Zustand er dann auch verblieb – bis zum Ende des Regimes und genaugenommen bis heute. Nach dem Parteitag wurde nichts mehr, aber auch garnichts mehr in das Museum investiert. Nur die Wappen der adligen Vorbesitzer mußten wieder aus dem Stuck gekratzt werden. Nach dem Zusammenbruch des Sozialismus, versteht sich.

Ohne unser Beisein wurde an diesem Tag Shukman, Boris Shukman, der Name wird Ihnen nichts sagen, im Garten beigesetzt. Shukman war bei uns der erste kommunistische Bauernführer nach dem Krieg, als Großbauer eine absolute Ausnahmefigur, dabei sehr populär und eigentlich prädestiniert, an die Spitze der Partei aufzurücken. Moskau jedoch wollte, daß ein in Moskau geschulter Arbeiterfunktionär den Posten bekam, und Shukman trat ins zweite Glied zurück. Er starb kurz darauf, und um seine bäuerliche

Gefolgschaft und unsere Region, seine Heimat, zu entschädigen, wurde er mumifiziert und in einem Glassarg ausgestellt, was die höchste Ehre war, die einem kommunistischen Politiker zukommen konnte. Später fiel er in Ungnade, wie die Nachkriegsgeneration überhaupt, und er verschwand. Kein Mensch wußte wohin, auch wir nicht, die wir es vielleicht hätten wissen können.

Er war mitsamt Schneewittchensarg in den Keller unseres Museums umgezogen, wo eine aus dem Westen eingeführte Klimaanlage verzweifelt gegen die Feuchtigkeit ankämpfte und diese, nehme ich einmal an, in den Tagen unseres Direktors zu dessen Champignons umleitete. Shukmans Weggefährten, die alte Garde, soweit sie überlebt hatte, pflegten sich einmal im Monat an seinem Sarg zu treffen und sich zu betrinken. Später, als der Keller wieder leer war, wurde behauptet, der hochprozentige Alkohol, der dabei floß, habe eigentlich Konservierungszwecken gedient und sei zweckentfremdet worden. Aber dabei verwechselte man grundverschiedene Techniken der Erhaltung von organischer Materie. Unser Shukman jedenfalls wurde nicht in Alkohol eingelegt wie ein ungeratener Foetus. Doch bereitete sein Zustand große Sorgen.

Die Kollegen, die schon länger im Haus waren, erinnerten sich noch des regelmäßigen Zustroms alter Männer in grauen Anzügen und offen getragenen weißen Hemden, die das Untergeschoß des Museums durch einen eigenen Eingang betraten. Und mit ihnen kam immer öfter eine Ambulanz mit Weißkitteln, was ein weiterer Grund dafür war, die Vorgänge im Untergrund schlicht zu ignorieren. Die einen tranken, die anderen schnitten und flickten. Aber Shukman war nicht zu retten, nicht als Schauleiche. Diese Erkenntnis stellte sich unausweichlich zu dem Zeitpunkt ein, als man in Parteikreisen das Bedürfnis hatte, den großen Bauernführer zu rehabilitieren. Was wiederum mit dem politischen Programm der »weißen Periode« zusammenhing. Und was eine Art öffentliche Wiedererweckung des seit langem Verschwundenen erfordert hätte.

Dies nennt man dann eine Situation, sagte die Kollegin mit einem kennerschaftlichen Lächeln auf den Lippen. Ein Fix, ein klassischer Fix. Welche Instanz auch immer angegangen wurde, auf welcher Ebene man auch immer intervenierte, die Antwort war dieselbe: Wir entscheiden nicht. Wenn Sie so wollen, die Standardsituation bei uns. So normal wie ihre Lösung, wenn das Wort überhaupt angebracht ist: die plötzlich sich auftuende Grube. Diese praktische Grube, in der am Tag der Wiedereröffnung unseres Museums Boris Shukman seine Ruhe fand. Das Wort letzte Ruhe wäre, wie Sie mir zugeben werden, fehl am Platze.

Das war im Grunde meine Geschichte, schloß sie.

Nicht so schnell, erwiderte ich. Sie haben mir noch nicht gesagt, was mit der Klimaanlage geschah.

Sie schaute mich an, als würde sie mir noch eine Chance geben wollen.

Gute Frage, sagte sie. Die kam ins Gästehaus.

TERRY EAGLETON

Was ich mit Vergnügen hinter mir lasse

Eine Auswahl

Filmschauspieler bei Preisverleihungen, die gerührt schluchzen, freudig jauchzen, die Trophäe abküssen, die blöde Witze reißen, vorgeben, um Worte zu ringen, die siebenundachtzig Leuten namentlich danken oder ihren Erfolg dem lieben Gott zuschreiben. Im nächsten Jahrtausend werden solche Stars gleich hinter die Bühne geführt und erschossen.

Papst Johannes Paul II.

Leute, die zehn Sekunden vor einem am Flughafenschalter eintreffen, fünf Kinder dabei, neunundsiebzig Gepäckstücke nebst einer Pythonschlange im Käfig und eine ältere Dame, die sich für die Namen der Stewardessen, die Farbe der Flugsessel und die genaue Zusammensetzung der Saucen interessiert, die zum Mittagessen gereicht werden.

Texas. Im neuen Jahrtausend wird es entlang seiner Grenzen perforiert, abgerissen und der See überlassen.

Kellner, die offenbar wegen ihres schlechten Sehvermögens, ihres Tunnelblicks, ihrer Schwerhörigkeit, zitternden Hände und langsamen Gangart eingestellt wurden.

Englische Fußballfans.

Leute, die einem unbedingt die unerhört komplizierte Handlung eines Filmes, den sie gerade gesehen, eines Romans, den sie gerade gelesen haben, eines Traumes, der sie gerade heimgesucht hat, erzählen müssen. Andere zu langweilen wird im neuen Jahrtausend als strafbare Handlung gelten.

Französische Filme, in denen sich ein im Bett liegendes Paar seelenvoll anstarrt und alle acht Minuten eine kurze, rätselhaft philosophische Bemerkung austauscht.

Leute, die am Handy langweilige Gespräche über Aktienkurse führen, während du sei es in der Toilette neben ihnen, vor den Pyramiden oder auf dem Gipfel des Mont Blanc stehst. Diejenigen, die nicht an einem Hirntumor gestorben sind, werden in spezielle Lager verbracht, wo sie gezwungen sind, den Aufzeichnungen ihrer eigenen Telephonate zuzuhören.

Weihnachten.

Gepäck- und Einkaufswagen in Flughäfen und Supermärkten, die ihre ganz eigenen, fanatischen Vorstellungen von der Richtung haben, die man einschlagen will.

Computer. Sie haben sich dazu verschworen, das Leben zu verlangsamen, um uns die alten ländlichen Rhythmen zurückzubringen. Versucht man heutzutage ein Hotelzimmer zu beziehen, tippt der Portier mehrere Kapitel des Romans ein, an dem er schreibt, während er die Buchung vornimmt. Im neuen Jahrtausend werden wir das Leben dadurch beschleunigen, daß wir wieder zu Stift und Papier greifen.

Leute, die beim Autofahren den Ellbogen aus dem Seitenfenster strecken.

Leute, die einem keine Wegbeschreibung geben können, ohne einem nutzlose Informationen zusätzlich hinterherzubrüllen, bis man außer Sichtweite ist.

Lederhosen [deutsch im Original].

Ernste junge Amerikaner, die Auskunft über die Ansichten zum jungen Hegel erzwingen, während man ein vollbefahrene Straße in New York zu überqueren versucht.

Leute, deren monatliche Weinrechnung ausreichen würde, um ein Dorf in Sahara-Nähe im nächsten Jahrtausend mit sauberem Wasser zu versorgen.

Touristen, die das Colosseum übersehen, weil ihnen die Klimaanlage des Reisebusses alle Aufmerksamkeit abverlangt.

Leute, die im Restaurant ganz in der Nähe sitzen und einen dämlich anstarren, wenn das bestellte Essen eintrifft. Im nächsten Jahrtausend werden alle

Gaststätten gesetzlich gezwungen sein, für diskrete, gutaussehende, leise Gäste an den Nachbartischen zu sorgen – gegebenenfalls durch den Einsatz arbeitsloser Schauspieler.

Absurd kleine Hunde.

Leute im Flugzeug, die zwanzig Minuten dafür brauchen, ihre Koffer zu verstauen und völlig vergessen, daß sich hinter ihnen eine Schlange von fünfzig Leuten gebildet hat, von denen einige draußen auf der Treppe zusammengeduckt im peitschenden Regen stehen. Im nächsten Jahrtausend werden solche Leute ihrerseits in der Gepäckablage verstaut.

Leute, die begeistert von ihren Kindern berichten und versichern, sie würden der gleichen Überzeugung sein, selbst wenn es sich nicht um ihre eigenen Kinder handelte.

Paare um die fünfzig, die offenbar verheiratet sein müssen, weil sie sechzehn Stunden in ununterbrochenem Schweigen beieinander sitzen.

Nörgler wie mich.

[Aus dem Englischen von Martin Bauer]

HANS ULRICH GUMBRECHT

[Links/Rechts]

Ein Coming-out in Moll

Der in Amerika wenigstens häufigste Grund, von einem anderen Paar zu einem »entspannten« (»*casual*«, sagt man) Abendessen eingeladen zu werden, ist der nicht durch die Bank zu vermeidende Zufall, daß die Kinder der Einladenden und die Kinder der Eingeladenen zusammen zur Schule gehen oder gemeinsam irgendeinen Sport betreiben, ohne sich gegenseitig in die Ohren zu beißen. Neunhundertneunundneunzig von tausend Malen kommt man über Belanglosigkeit (»*shallowness*«, eher als »*boredom*«, ist das Wort) nicht hinaus, was immer noch besser ist als bierselige Tiefe – und so waren wir jedenfalls ganz angetan, daß es neulich anläßlich so eines Abends beinahe zu einem Streit kam. Zunächst führten uns die MacMillans, als sei es der reine Zufall oder die unvermeidliche Wegstrecke, lang und breit durch ihr (so taxierte ich rasch und beeindruckt) einskommavier Millionen-Dollar Haus; dann blickten wir von der Terrasse, wo es Crackers und einen wenig bemerkenswerten Wein gab, auf die Spuren von massiven Landverschiebungsarbeiten, die gerade den Garten der Gastgeber in ein Klein-Versailles verwandeln; und weil es unser derzeit garantiert unverfänglichstes Thema ist, begannen wir die Konversation mit einem vierstimmigen Lobgesang auf jene knapp vierzigjährige, aus einer kleinen Familie in Alabama stammende, elegante, hochintelligente und charmante afroamerikanische Frau, die sechs Jahre lang Provost (das heisst ziemlich genau: Kanzlerin) unserer Universität gewesen war und nun gerade zurückgetreten ist, um im Team des Präsidentschaftskandidaten George W. Bush Jr. den Part der zukünftigen Außenministerin oder gar der zukünftigen Vizepräsidentin der Vereinigten Staaten zu spielen. Wir alle, die Männer mit überflüssigen Gesten jovialer Großzügigkeit und mindestens die andere Gattin mit der schlecht verstellten Eifersucht der Psychotherapeutin, bewunderten laut die Verdienste von Condoleezza (sic) Rice, kamen den Tränen nahe, weil wir nun auf sie verzichten müssen, und alles war paletti – bis mir der entscheidende *faux-pas* unterlief. Nie in meinem Leben, schwor ich (was uninteressanterweise wahr ist), hätte ich meine Stimme für eines der deutschen Äquivalente der Republikanischen Partei abgegeben, ich sei (was schon weniger der Wahrheit entspricht, aber bei gebildeten Amerikanern fast immer ankommt) der typische europäische Sozialdemokrat, nimmermehr, so versprach ich deshalb – sollten denn die Vereinigten Staaten je die Güte haben, unseren Antrag auf Staatsbürgerschaft positiv zu bescheiden – nimmermehr, sagte ich ganz einschmeichelnd, würde ich für die Republikaner stimmen; aber könnte ich bei der nächsten Präsidentschaftswahl schon eine Stimme abgeben, fügte ich neckisch hinzu, wäre es doch fast um Condoleezzas willen eine Versuchung, das Unsagbare zu wagen. Und da hatte ich auch schon das Unsagbare gesagt, alles war zu spät, den Gastgebern blieben das Foccaccia-Brot und die etwas überwürzten Mittelmeer-Muscheln (man ißt, trinkt und lernt Italienisch in unseren kalifornischen Kreisen) ostentativ, als wollten sie mich anklagen, im Hals stecken, der Abend war den Bach hinunter, und meine Frau drehte zu Recht die Augäpfel deckenwärts. Nein, sagte Steve MacMillan mit einer Stimme, wie ich sie für das Jüngste Gericht befürchte, das ginge zu weit, und außerdem würde er es – bei allen Verdiensten – Condoleezza nie verzeihen, daß sie Republikanerin sei. Steve klang, erinnere ich mich mit Schaudern, in jenem denkwürdigen Moment wie das moralische Gewissen für imaginäre Abermillionen weißer Amerikaner (alles Demokraten?), die in Handschellen und Fußketten von bösen Republikanern in eine amerikanische Version des Gulag verschleppt worden wären, um dort einen miserablen Tod zu sterben. Mit einem fatalen Hang zur Katastrophe auf das Motto setzend »glücklich ist, wer vergißt, was nicht mehr zu ändern ist«, fragte ich noch, warum die Republikaner denn so furchtbar viel schlimmer (gewesen) seien als die Demokraten (für mich vor allem: *mommies* und *daddies* in Ralph-Lauren-Poloshirts und hyperkorrekten Shorts), um in schneidenstem Ton zurechtgewiesen zu werden, daß nur die amerikanischen Republikaner jegliche Terrorherrschaft in Südamerika, alle Todesschwadrone in der zweiten Hälfte des zwanzigsten Jahrhunderts, den Hunger der Welt, Vietnam natürlich (Jack Kennedys Ermordung, nehme ich an, und den Tod von Marilyn) und alles andere auch auf dem Gewissen hätten – wo sie doch eigentlich, das jedenfalls ist meine Erfahrung, nur wackelige Opas in Stretchhosen sind, denen es um die Senkung der Erbschaftssteuer geht. All das – im Blick auf das werdende Versailles im Garten der MacMillans – erinnerte an leise (aber nicht abzuschüttelnde) Zweifel gegenüber der Aufrichtigkeit der Menschheit, die mich überkommen hatten, als Frankreich vor vielen Jahren die Wahl François Mitterands zum Präsidenten wie einen neuen 14. Juli feierte; als mich ein Kollege nach der ersten Clinton-Wahl fragte, ob ich merke, wie ein Stoß-Seufzer der Erleichterung nach zwölf Jahren republikanischer Herrschaft durchs Land gehe; und als neulich in Deutschland alles ganz aufgeregt herumfuchtelte, weil jener Schröder, dessen Vorname mir immer entfällt, Kanzler geworden war. Vielleicht ist ja wirklich alles eine Frage »des« (meines fortschreitenden) Alters – aber jedenfalls weiß ich nicht, wo diejenigen ihr Hirn und ihr Herz haben, die nach höchstens zwei solcher »Wenden« immer noch glauben, irgendetwas Wesentliches in ihrem Leben würde sich als Wende-Folge ändern. Und das wieder erinnert mich an die quakende Stimme, mit der in meinem Pennäler-Leben ein Lateinlehrer der Unterstufe sprach, der auch CSU-Stadtrat, Turnwart und ein ziemlicher Spießkopf war; die Erinnerung an die Wenden machte jene unangenehme Lehrer-Stimme wieder gegenwärtig, wie sie sagte: »Wer mit zwanzig kein Sozialist ist, hat kein Herz, und wer mit dreißig noch ein Sozialist ist, hat kein Hirn.«

* * *

Wenn Sie sich nun fragen, (ab)geneigter Leser, wo all das hinführen soll, wie ich denn zum Beispiel (um beim Negativen zu bleiben) keine Angst vor amerikanischen Republikaner-Opas und doch keine Sympathie für CSU-Stadträte haben kann (von zahlreichen Ausnahmefällen auf beiden Seiten abgesehen!), dann sparen Sie sich doch bitte (a) entweder die zum Weiterlesen dieses Pamphlets (?) nötige Zeit, oder kaufen sich (b) eine Titanic *und studieren mal zum Einüben die Kolumne von Max Goldt. Sollten Sie hingegen voll kompetenter Sympathie für mich zu dem Kompliment anheben wollen, daß ich einen bewunderungswürdigen Anlauf zur »Dekonstruktion« des »Links/Rechts«-Binarismus nehme, dann lassen Sie sich entgegenschleudern, daß mir nichts mehr auf die Nerven geht als (a) die ungenaue Verwendung des (ursprünglich ganz präzise benennenden) Namens »Dekonstruktion,« und daß mir des weiteren (b) nichts mehr zum Hals heraushängt als die Elevation der allgegenwärtigen binären Unterscheidungen zur metaphysischen Quelle allen Übels.*

* * *

Glücklicherweise nahm es mir meine Frau (die ich natürlich gar nicht verdiene und die, was ihren Part noch verdienstvoller macht, aus einer SPD-Stammwähler-Familie kommt) nur für wenige Stunden krumm, daß ich dem Abend bei den MacMillans eine so titani(c)sche Wende gegeben hatte, aber dafür plagen mich seither die sadistischen Furien peinlicher Erinnerungen an thematisch Verwandtes – zum Beispiel an die damals, im Jahr 1966, zum Abschluß der Unterprima obligatorische Reise nach Berlin (tatsächlich im akustischen Gedächtnis umrankt von Bully Buhlans »Ich hab noch einen Koffer in Berlin – und das hat seinen ganz besond'ren Sinn«). Nach schier endlosen, nur oberflächlichst als »Dokumentation« verpackten Indoktrinierungs-Übungen im freien Westen stand auf unserem Pflichtprogramm der Besuch im sowjetisch besetzten Sektor der deutschen Hauptstadt, den wir – wie kleine Spione in Minigruppen aufgeteilt – durch die Schleusen grotesker Grenzkontrollen infiltrierten. Da man mich gelehrt hatte, daß Kunst-Ausstellungen immer sehenswert seien und Kinder immer auf der Seite des Guten, war es nur folgerichtig, daß ich den Plakaten auf den Leim ging, welche Touristen und linientreue Bürger der DDR in eine Ausstellung mit dem Titel »Kinder malen den Sozialismus« einwinkten. Da lief ich nun entlang nicht endenwollender Reihen ungelenker Zeichnungen und Wasserfarbenmalereien von Panzern, Handgranaten, schweren MGs oder Rotarmisten, die meist aufs anmutigste kombiniert waren mit roten Nelken und mit Inschriften wie »Lang lebe die siegreiche Sowjetarmee« oder »Arbeitermacht auf Friedenswacht« – bis ich unversehens vor dem aufgeschlagenen Gästebuch stand und mich wie aus der Ferne (und traumwandlerisch, möchte ich jetzt gerne zu meiner Entschuldigung sagen) den folgenden Text mit angestrengt erwachsenen Buchstaben schreiben sah: »Als westdeutscher Abiturient war ich beeindruckt von dieser bewegenden Demonstration der in der DDR beförderten Friedenserziehung. Wäre Gleiches doch nur in der BRD möglich!« Während ich so schrieb, wußte ich, daß das eine ganz willentliche (eine genußvoll ausgeführte?) Lüge war – und schon damals war mir unklar, warum ich der Versuchung zu jener Geste bewußt blinder Affirmation nicht widerstehen konnte. Bei zahlreichen Ostberlin-Besuchen zwischen 1978 und 1989 habe ich sie dann aber so oft wiederholt, daß sie mir (wie Soziologen sagen würden) zur zweiten Natur wurde.

* * *

Und was passiert, wenn ich jetzt – wo ich mich sowieso wieder zu weit herausgelehnt habe –, was passiert, wenn ich jetzt noch in die Leere des öffentlichen Raums hinein sage/schreibe, daß ich eigentlich kein »Linker« mehr sein möchte, aber auch – im Ernst – kein Rechter und am wenigsten ein »typischer Repräsentant« (»Repräsentant« im Sinne von »Fall«) der Neuen Mit-

te? Meine rechten Freunde (aber eigentlich habe ich doch gar keinen rechten Freunde?) werden das wahrscheinlich gar nicht lesen oder wenig bemerkenswert finden und (schlimmstenfalls) irgendeinen milden Spruch im Stil von Gott Vater aus dem Faust-Prolog ablassen: »Weiß doch der Gärtner, wenn das Bäumchen grünt...« Die linken Freunde (und sind nicht alle meine wirklichen Freunde immer auf der Linken gewesen?) werden ausrasten, sie werden meinen etwas hektisch gestikulierenden Aufstand gegen die binäre Logik des »Links/Rechts« (die These, daß Distanz von links einen nicht notwendig nach rechts bringt) garantiert überlesen und dann zu allem Überfluß sagen, sie hätten es ja immer schon gewußt, daß mit mir etwas nicht in Ordnung sei. Per omnia saecula saeculorum *werden sie einen großen Bogen um mich machen, als ob ich tuberkulosekrank sei (und doch auch mit Inbrunst meine kapitalistische Freßsucht anprangern). Das ist natürlich alles viel zu weinerlich gedacht und geschrieben. Lieber will ich deshalb gleich die These anhängen, daß Paranoia und Hysterie eher (wenn auch nicht ausschließlich) Verhaltensmuster der Linken sind. Die Linke hat stets warmherzige, meistens verführerische und manchmal sogar kühne Projekte der Weltveränderung, die Linke glaubt an die Voraussicht, Weisheit, Lenkungskompetenz der starken individuellen und der kollektiven Subjekte (fast möchte man sagen: sie glaubt an Subjekte im* body builder-*Format und schmeichelt den Träumen von* control-freaks*); die Linke glaubt seit jeher an ihre eigene Güte und daran, daß (was immer das bedeuten mag) die Geschichte mit ihr ist. Auf all das reagiert die Rechte mit einer Trägheit im fast physikalischen Sinn, weshalb sie (und das ist bedeutungsgeschichtlich nicht einmal zu platt) eben seit den Parlamenten der Französischen Revolution auch »Reaktion« genannt wird. Die klassische Rechte hat keine Ideologie (und selten Ambitionen zur Theorie), aber sie versucht sich davon zu überzeugen, daß es ihr um »Grundwerte« geht. Genauer gesagt: die Spielräume einer wirklich ideologisierten Rechten waren innerhalb der letzten zwei Jahrhunderte westlicher Vergangenheit sehr begrenzt, sie waren wohl identisch mit den Varianten des Faschismus, der ja trotz allem und neben allem anderen nicht zufällig auch »revolutionär« und »sozialistisch« sein wollte.*

* * *

Und da sind sie wieder, die Furien des schlechten Gewissens, diesmal kommen sie aus den Mündern der linken Freude, die wie liebe, im Meer versinkende Tote blubbernde Blasen entlassen: schon-immer-gewußt, schon-immer-gewußt, ein-Sklave-des-Kapitals. Schweißgebadet erinnere und halte ich mich an einen anderen lieben Toten (auch das klingt zu weinerlich!), an Niklas Luhmann, den ja alle guten Intellektuellen im Land (und seine wenigen Intellektuellen-Leser außerhalb des Landes) bis kurz vor Ende mindestens für einen Ideologen der Rechten hielten, weil seine Philosophie nicht beständig und ganz klebrig den eigenen guten Willen (zur Macht) inszenierte – und obwohl er etwas genervt und doch geduldig immer wieder das folgende Geschichtchen erzählte: daß er, seinem Juristen-Begriff von demokratischer Bürgerpflicht folgend, in regelmäßigen Abständen Vorschläge zur Innovation der politischen Organisation streng alternierend an das Ollenhauer-Haus und an das Adenauer-Haus geschickt habe – um die einzige und selbst für ihn, den so definitiv soziologisch Abgeklärten, ebenso enttäuschende wie nichtssagende Information zu produzieren, daß nur von der CDU regelmäßig derselbe hektographierte Brief zurückkam: »Hiermit bestätigen wir den Eingang Ihres freundlichen Schreiben vom...« Das Spielchen machte ihn, so will ich hier mutig – als ein im Herzen links Gebliebener? – für Luhmann in die Bresche springen, noch lange nicht zu einem Rechten. Aber weil ich schon bei Luhmann (und damit bei dem Synonym seines Namens: der Systemtheorie) bin, will ich auch gleich sagen, daß das stärkste mir bekannte Argument zur Beibehaltung eines binär schematisierten Parteiengegensatzes in seinem (frühen) Buch *Legitimation durch Verfahren* steht. Ohne mindestens zwei Gruppen, welche prinzipiell politische Macht-Stellen besetzen können, aber nie zugleich, nie ohne zeitliche Begrenzung ihrer Macht-Verwaltung und nie ohne die Koppelung der Selektion der jeweils machtverwaltenden Gruppe an das, was wir »Wahlen« nennen, so liest man in *Legitimation durch Verfahren*, würde das politische System träge, und das heißt systemtheoretisch: es würde nicht hinreichend Alternativen auswerfen zu den je institutionalisierten Formen des Handelns (um es un-systemtheoretisch zu formulieren). Systeminterne Komplexitätssteigerung wäre also der Existenzgrund für Parteien und Wahlen – und nicht die Durchsetzung der Souveränität des kollektiven Subjekts »Volk.«

* * *

Dieses Argument finde ich – seit den zarten Anfängen meiner Luhmann-Lektüren – stark genug, um denn doch nicht wie manche konservativen Revolutionäre der zwanziger Jahre mit der überreifen Müdigkeit von Spät-Zeitlern das »Ende des Parteienwesens« herbeizusehnen. Das bedeutet, daß mein mittlerweile ja nicht mehr rückgängig zu machendes *Coming-out* den Inhalten der seit gut zweihundert Jahren nur wenig veränderten »Links/

Rechts«-Positionen ins Gesicht fährt – ohne die Struktur dieses Binarismus im politischen System zu problematisieren. Und weil ich ja auch schon die These vertreten habe, daß die Dynamik zur inhaltlichen Links/Rechts-Differenzierung normalerweise von der Linken ausgeht, ist es wohl jetzt an der Zeit, zu beschreiben, welche Inhalte ich mit »Links« assoziiere, um anschließend zu gestehen, warum ich sie für anachronistisch halte. Im Vordergrund der mit »Links« verbundenen Ideale (was nicht unbedingt gleichzusetzen ist mit einer historischen Priorität) steht natürlich das Versprechen eines Engagements zum Wohl aller bisher in einer Gesellschaft unverdient zu kurz Gekommenen (in maximalistischer Formulierung: das Versprechen allgemeiner ökonomischer Gleichheit) – und spätestens seit Karl Marx die Überzeugung, daß die zu kurz Gekommenen, wenn sie sich nur zur richtigen politischen Strategie überreden lassen, die Reichen und Mächtigen aus eigener Kraft besiegen können. Zweitens ist die Linke überzeugt, daß es für die Verwirklichung ihrer Versprechen gut sei, dem Staat (dem politischen System) weitgehende Verfügung über die Individuen einzuräumen, eine Perspektive, welche die Linke mit der sehr nebulösen (aber schon so lange akzeptierten) Behauptung umgibt, daß der Staat nichts anderes sei als eine Konkretisierungsform des Volkswillens – weshalb wir uns ja wohl bis heute ganz enorm verpflichtet fühlen, beständig zu versichern, es gäbe nichts Wichtigeres auf dem Planeten als eben Politik. Schließlich und drittens begründet die Linke den Anspruch auf die Relevanz ihrer Ideale und auf die Durchsetzungskraft ihrer Strategien – als geradezu streberhafte Tochter der Aufklärung – mit der (unbegründeten) Zuversicht, als kollektives Subjekt die Zukunft vorhersehen und mithin die Zukunft aus der Gegenwart heraus gestalten zu können (was schon bald beinahe folgerichtig die absurde Überzeugung hervorgebracht hat, daß die Zukunft – im Prinzip – eher rosig sei).

* * *

All diesen wunderbaren Dingen, die »Links« ausmachen, kann eine(r) ja wohl kaum *nicht* zustimmen, ohne ganz schlimm auszusehen, weshalb die Rechte dann auch nie wirklich alternative Werte, Strategien oder Diskurse entwickelt hat, sondern im Normalfall immer nur etwas brummelnd und reaktionär – eben – reagiert hat mit dem Versprechen, beinahe dasselbe wie die Linke mit etwas weniger Streß erreichen zu können (denken Sie an Norbert Blüm). Und warum sage ich, daß die – heimlich gemeinsamen – Rechts/Links-Inhalte austauschbedürftig sind? Man könnte frivolerweise und auf der Suche nach dem maximalen Provokationspotential (denn das allerschlimmste ist doch, haben wir alle gelernt: die »Ästhetisierung der Politik«), man könnte der heute immer noch geltenden inhaltlichen Auffüllung des Binarismus im politischen System zunächst einmal vorwerfen, daß sie ästhetisch so furchtbar unergiebig gewesen ist. Eine rote Fahne, über die ein HNO-Arzt einmal sagte, daß sie genau dem Farbton der Nasenschleimhäute von Rauchern entspricht, ein Hämmerchen mit einer Dritten-Welt Sichel (die man gegen einen etwas ehrgeizigeren Mathelehrer-Zirkel austauschen konnte), die Bronzezeit-Rune des Hakenkreuzes (nein, ich bin weder ein Speer- noch ein Riefenstahl-Fan), Erste-Maiparaden mit wackelig-geriatrischem Personal auf den Ehrentribünen – was ist das alles gegen eine Hochmesse im Vatikan, gegen eine Scheidung im Hause Windsor oder gegen ein *auto-da-fé* auf der *Plaza* von Madrid im siebzehnten Jahrhundert? O.k., o.k. – das Ästhetik-Argument tut (fast) nichts zur Sache, weil ich mich ja selbst in die Pflicht gesetzt habe zu sagen, warum ich glaube, daß jene Inhalte morsch geworden sind, die ich gerade noch als zentral für »Links/Rechts« erwähnt habe – und weil in diesem Zusammenhang von ästhetischer Faszination nicht die Rede war. Also »Butter-bei-die-Fische,« wie meine westfälische Mutter sagt – und heraus mit dem Verdacht, daß spästens seit dem Auftauchen der »grünen« Bewegungen und ihrer dümmlich-linken Abkanzelung als »neokonservativ« die prinzipielle Assoziation von Zukunft und besserem Leben (oder auch die Assoziation von besserem Leben und geschäftiger Gestaltung der Zukunft) nicht mehr funktioniert. Der zwanghaft auf das Bauen von Kanälen und Dämmen fixierte Faust (II) und sein niedlicher Vorgänger, der rund-um-die-Uhr seinen Garten umgrabende Candide, sind nicht mehr unbedingt die Ikonen unserer Selbstreferenz. Zweitens finde ich es ganz und gar spätpubertär (und typisch für die Peinlichkeiten meiner Generation), daß nach 1989ff. immer noch ab und an jemand mit dem Vorschlag daherkommt, daß man doch bitte dem Staat eine Chance geben soll – da muß man schon Lafontaine ein Kompliment machen für die rasche Einsicht, daß ein goldenes Frührentnertum seine beste Option war. Die dritte, schlimmste und nicht einmal mehr komische Illusion (oder deutlicher: Fahrlässigkeit) ist es, so zu tun, als seien Gehaltserhöhungen für IG-Metall Mitglieder in Deutschland, Arbeitslosenraten in Japan oder Pensionsbezüge für italienische Eisenbahner vorrangige sozialpolitische Probleme unserer Gegenwart. Das Problem – das Problem, welches »Links/Rechts« offenbar nicht in den Blick bringen kann – sind natürlich die, die von keinem System als »arbeitslos« erfaßt werden, die physisch zu schwach sind, als daß es für irgendeine Firma je lohnend werden könnte, sie zu exploitieren, sind die, deren »Streiks« oder deren »Aussteigen« niemanden erschrecken, weil niemand sie braucht; das Problem sind diejenigen, die eigentlich – wenn man es einmal ganz kühl-und-kostendeckend durchdenkt und durchrechnet – nicht den Raum okkupieren sollten, der besser für die Aufrechterhaltung des Ernährungsniveaus der anderen genutzt werden könnte.

* * *

Von denen, die nicht einmal in einem *slum* wohnen, denen man wünschen muß (muß?), daß sie möglichst schnell an Aids sterben oder mit ernsthaften Hirnschäden geboren werden, von denen, die außerhalb aller Klassengegensätze und Erfassungssysteme sind, wissen wir kaum etwas – wir wissen nicht einmal ungefähr, wie viele von ihnen es gibt. »Links/Rechts«-Politik wird ihnen nicht helfen, denn das ist die Politik, von der mir neulich ein Fan sagte: »In Kuba geht alles ganz wunderbar – bis auf die Versorgung mit Nahrungsmitteln.« Aber kann überhaupt irgendeine Politik, kann irgend etwas helfen, ist diese Hilfslosigkeit, die wir Universalerben der Aufklärung uns ja wohl kaum eingestehen können, der Grund für die zugleich überbewertete und doch nicht zu übersehende »Rückkehr des Religiösen« am Ende des Milleniums? Bleibt irgend etwas Brauchbares übrig von »Links/Rechts,« wenn man sich einmal klargemacht hat, daß es für die, die zu essen haben, kein starkes Argument gibt, ihr Essen mit denjenigen, die verhungern, zu teilen? Die starken Argumente der Vergangenheit hießen in diesem Zuammenhang, a) daß die Reichen auf die Arbeit der Armen angewiesen seien und b) daß sich die Armen an den Reichen würden rächen können. Beides zieht nicht mehr. Aber macht es nicht trotzdem – oder »jetzt gerade« – Sinn für diejenigen, die nicht bloß auf das schnelle Verenden der anderen setzen wollen, sich in die Tradition der Linken zu stellen, »links ohne Marxismus« zum Beispiel (wie Richard Rorty) sein zu wollen? Ich möchte da lieber dankend verzichten – vor allem um jene linke Selbstzufriedenheit mit dem eigenen (papierenen) Engagement wenigstens etwas zu versengen, die meine letzten Sätze wie Schimmel überfallen hat. Aber auch um den Gewerkschafts-Funktionär in Baden-Württemberg lächerlich zu machen, der sich vorkommt wie ein heroischer Partisan im Minenfeld – und um den Studienrat zu ärgern, der SPD oder meinetwegen die Grünen wählt, weil er glaubt, das gäbe seinem Häuschen-in-der-Toscana die Aura eines politischen Projekts.

* * *

Aber was sind denn die Alternativen? – tönt es altklug aus Stuttgart und Florenz. Keine Ahnung, sage ich kleinlaut – aber dieses eine Mal will ich lieber kleinlaut sein als mir auf die Lippen beißen. Würde die Komplexitätsproduktion im politischen System nicht komplett versiegen, wenn man nicht mehr alle vier Jahre auf »Links/Rechts« zurückgreifen könnte, um sie überhaupt in Gang zu bringen? Vielleicht – aber auf der anderen Seite steht die Behauptung, daß »Links/Rechts« alle vier Jahre wieder die nicht-traditionellen Probleme (und vielleicht immer mehr und immer größere nicht-traditionellen Probleme) vom Thematisiert-Werden ausschließt. Mein Coming-Out versiegt so, gebe ich ja zu, in Moll, weil es ein Durchbruch ist, dem die Richtung fehlt, aber – um es noch einmal anders zu sagen – ich will mich wenigstens für die Spanne dieses kleinen Textes nicht dem kastrierenden Terrorismus der Verpflichtung zur »konstruktiven Kritik« beugen. Wenn Sie denn, geduldiger Leser, mittlerweile wenigstens eine kleine Dosis meiner eigenen Verwirrtheit teilen, so bitte ich Sie, aus Dankbarkeit dafür noch eben die Geduld für eine abschließende Episode, meine Episode des Jahrs 1968, aufzubringen. Sie spielt in München und führt mich in der heroischen Pose eines Revolutionärs ein, der mit vorwurfsvoller Begeisterung Ho-Ho/ Ho-Chi-Min ruft und zugleich Steine gegen das amerikanische Konsulat zu werfen versucht (obwohl jede Art von Werfen seit der Volksschule meine ausgesprochene Schwäche bei den jährlichen Bundesjugendspielen gewesen war). Endlich kam, wie längst erhofft, die Polizei der Landeshauptstadt, um uns in einem turnhallenartigen Raum einzusperren, wo wir tapfer die »Internationale« sangen und ebenso gefaßt wie erwartungsfroh den anstehenden Folterungen entgegensahen. Statt dessen fragte mich bald ein übergewichtiger Wachtmeister nach meinem Namen und sagte mir dann, daß ich nach Hause gehen könne, »Anweisung vom Herrn Ministerialdirektor Riedl.« Der Ministerialdirektor Riedl war damals im Bayerischen Innenministerium verantwortlich für Polizei und Bundesgrenzschutz, aber er war auch – privat – Vorstand und Mentor der kleinen Stipendiatengruppe, zu der ich gehörte. Nichts hat mich je so wütend und beschämt gemacht wie seine rücksichtslose Intervention zu meinen Gunsten. Das wußten all meine SDS-Genossen, die – vorerst noch – das Privileg genossen, in der Turnhalle eingesperrt bleiben zu dürfen. Aber sie ließen es sich nicht nehmen, mich bei unserem nächsten Treffen wie einen gefährlichen Verräter zu behandeln – und diese Wunde ist nie geheilt. Den SDS-Genossen und den SDS-Bossen ist mein Coming-Out gewidmet, verbunden mit der Bitte, mir doch kurz eine e-mail zu schicken, sobald sie diesen Text in ihren Referenten- oder Ministersesseln lesen.

DIETER THOMÄ

Vergessen wir den 10. September 2000!

Warum Julian West nicht aufwachen soll oder: Kein Vergleich zwischen dem einen 20. Jahrhundert und dem anderen 20. Jahrhundert

*Aufruf von Herrn ***, aufgezeichnet von D. Th.*

Meine Damen und Herren, verehrte Zeitgenossen! Ich wende mich mit einem dringenden Vorschlag an Sie. Ich bitte Sie, den 10. September 2000 zu vergessen. An diesem Tag ist nach bisherigem Kenntnisstand mit dem Erwachen Julian Wests aus dem Tiefschlaf zu rechnen, in den er am 30. Mai 1887 verfiel, als sein Bostoner Haus abbrannte und er in dessen Keller schlafend von Schutt und Asche verschüttet wurde. Ich muß Ihnen entschieden davon abraten, diesen Tag erleben zu wollen, und nach meinen umfassenden Recherchen gibt es nur einen Weg, der Ihnen dies erspart: Vergessen Sie diesen Tag! Nur noch ein Jahr bleibt Zeit, um dieses großartige kollektive Vorhaben in die Tat umzusetzen.

Wenn der Menschheit dies gelänge, hätte dies zusätzlich den Vorzug, daß all das ausfiele, was sich sonst noch infolge jenes Erwachens zutragen würde. Lassen Sie mich erläutern, was uns im einzelnen erspart bliebe, und erlauben Sie mir, mich in dieser dramatischen Situation mit dem vertraulichen »wir« an Sie zu wenden.

Zunächst mal müßten wir nicht erleben, wie der Chemiker Dr. Leete, der Weise aus der neuen Welt, im Zuge von Bauarbeiten auf seinem Grundstück in Boston auf einen alten Kellerraum mitsamt einem Bewohner im Tiefschlaf stieße. So würde er ihn auch nicht wecken. Wir würden nicht hören, wie Doktor Leete zu dem erwachenden Julian West sagte: »Nur ein Jahrhundert ist vergangen, aber viele Jahrtausende in der Weltgeschichte haben einen weniger bemerkenswerten Wandel mit sich gebracht. Und nun lassen Sie mich Sie herzlich im Boston des 20. Jahrhunderts willkommen heißen!« (Dr. Leete hält sich – wie ich – an die strenge Mathematik, die das Jahr 2000 noch zum zwanzigsten Jahrhundert zählt.)

Und weil Julian West mangels Erwachens gar nicht in diese neue Welt hineingeriete, würden wir ihn natürlich später, am 26. Dezember 2000, auch nicht sagen hören: »Wir leben im letzten Jahr des 20. Jahrhunderts, und wir genießen die Segnungen einer gesellschaftlichen Ordnung, die so einfach und logisch ist, daß sie der Triumph des gesunden Menschenverstandes zu sein scheint. Ich bin mir sicher, daß die Welt heute himmlisch ist, verglichen mit dem Zustand in früherer Zeit.«

Ich will nicht verhehlen, daß es sich bei meinem Vorschlag, den ich hiermit erstmals der Weltöffentlichkeit unterbreite, um ein höchst anspruchsvolles Ansinnen handelt. Erschwert wird die Sache dadurch, daß wir von dem, was auf uns zuzukommen droht, schon einiges wissen. So werden Sie sich vielleicht schon gewundert haben, warum man zum Beispiel über Julian Wests Erwachen Bescheid weiß. Vorabinformationen solcher Art muß man sich natürlich vorsorglich auch allesamt aus dem Kopf schlagen, um das Vergessen komplett zu machen.

Daß unsere Anstrengungen im Vergessen so stark ausgeweitet werden müssen, ist einzig und allein die Schuld des Schriftstellers Edward Bellamy. Er hat ominöserweise vorweg einiges über jene Geschehnisse um den 10. September 2000 herum erfahren und 1888 in seinem Buch »Looking Backward: 2000 – 1887« großartige Ankündigungen darüber verbreitet. Damit hat er so viel Aufmerksamkeit errungen, daß sein Buch um 1900 nach »Onkel Toms Hütte« und »Ben Hur« der drittgrößte Verkaufserfolg in Amerika war, John Dewey es zum wichtigsten nach Marx' »Kapital« erschienenen Buch erklärte und Erich Fromm darin die bedeutendste amerikanische Utopie sah. Das macht das Vergessen eingestandenermaßen mühsam.

Doch Bellamys Ankündigungen haben auch eine gute Seite. Nur von ihm haben wir ja erfahren, welche Geschehnisse für den 10. September 2000 vorgesehen sind. So müssen wir ihm in gewisser Weise dankbar sein, denn dank ihm sind wir nun auch in der glücklichen Lage zu wissen, was auf uns zuzukommen droht. Und nur deshalb können wir uns überhaupt vornehmen, das Erwachen in dieser anderen Welt zu verhindern, indem wir es einfach vergessen.

Wenn wir Julian Wests Erwachen am 10. September 2000 vergessen würden, bliebe uns diese ganze Welt unzugänglich, in die wir sonst mit ihm hineingerieten. Diese Welt, von der Edward Bellamy vor mehr als hundert Jahren exklusive Nachrichten erhielt, würde sich reichlich von derjenigen unterscheiden, an die wir noch heute gewöhnt sind. Es ist – kurz gesagt – eine ganz andere Welt: ohne Schornsteine (es gibt eine neuartige Heiztechnik); ohne Reklame auf den Straßen (es gibt nur ein zentrales Kaufhaus); ohne Hunger und Arbeitslosigkeit (jeder ist beim Staat beschäftigt); ohne juristische Fakultäten (die wenigen Verbrecher, die es gibt, sprechen sich meist selbst schuldig); mit lauter vollkommenen Liebesbeziehungen (das Geld fällt als Faktor, der von den wahren Gefühlen ablenkt, bei der Partnerwahl aus); mit einer total rationalen Wirtschaftsordnung (ohne privates Kapital); mit öffentlichen Wäschereien und Restaurants (ohne die Fron der Hausarbeit); mit überdachten Bürgersteigen (ohne private Regenschirme, dem Lieblingsbeispiel Doktor Leetes für die alten individualistischen Zeiten, in denen jeder nur für sich selbst lebte).

Vergessen wir dieses hier anbrechende, ganz andere zwanzigste Jahrhundert, dieses »Zeitalter beispiellosen geistigen Glanzes«, über das Doktor Leete, schon zurückblickend, ins Schwärmen geraten will: »Wahrscheinlich hat die Menschheit niemals zuvor eine moralische und materielle Entwicklung durchlaufen, die so umfassend in ihren Auswirkungen und so schnell in ihrer Vollendung war wie diejenige, die von der alten zur neuen Ordnung geführt hat. Als die Menschen die Größe ihres Glücks einzusehen begannen, das ihnen zuteil wurde, und als sie verstanden, daß der Wandel, den sie erlebten, nicht eine bloße Verbesserung im kleinen mit sich brachte, sondern den Aufstieg der menschlichen Rasse zu einer neuen Existenzebene mit der unbegrenzten Aussicht auf Fortschritt, wurde ihr Geist in all seinen Fähigkeiten in einer Weise angestachelt, von der der Ausbruch der Renaissance nur einen schwachen Eindruck vermittelt.«

Dieses andere zwanzigste Jahrhundert, diese Zeit, in der »die Menschheit zum ersten Mal in ihrer Geschichte« dazu neigte, »sich in sich selbst zu verlieben«, ist nichts für uns. Wir haben noch eine Chance, die Bekanntschaft damit zu vermeiden. Dazu müssen wir aber, wie ich nur nochmals betonen kann, den 10. September 2000 vergessen, bevor es zu spät ist, bevor er anbricht und wir doch noch erleben, wie Julian West in dieser Welt aufwacht.

Ich befürchte, daß mein Vorschlag nach all jenem Rumor um Edward Bellamys Buch »Looking Backward« und nach all jenen Vorschußlorbeeren für den 10. September 2000 noch einer Begründung bedarf. Sie will ich Ihnen nicht schuldig bleiben.

Zunächst mal ist zu sagen, daß wir zur Zeit andere Sorgen haben, als Plänen nachzuhängen, die flächendeckend vollkommene Liebespaare und überdachte Bürgersteige versprechen. Wir meinen, daß eine Gesellschaft, die wie geölt funktioniert, ranzig schmeckt. Wir wissen, daß wir den konkreten Nöten der Menschen – der Arbeitslosigkeit, dem Hunger, dem Krieg – nicht abhelfen, indem wir eine Utopie am Reißbrett oder im Sandkasten entwerfen. Wir wollen Lösungen finden, die die alte Welt nicht außer Kraft setzen, sondern an die Kräfte anschließen, die in ihr schon wirksam sind. Wir haben eingesehen, daß die Welt sich nicht so schnell ändert. Wir sind unschlüssig über die Reserven geistiger Energie im Abendland. Wir sind bescheiden geworden.

Manches mag Ihnen naiv und lächerlich erscheinen an jener anderen Welt, von der Edward Bellamy einiges in Erfahrung gebracht hat. Aber täuschen Sie sich nicht, meine Damen und Herren! Schon der Gedanke daran ist gefährlich und birgt Gefahren für Ihre Gesundheit. Jede Berührung mit jener Welt könnte dazu führen, daß Ihnen schrecklich übel würde. Massenhaft würden derartige Symptome auftreten, wenn wir unser zwanzigstes Jahrhundert, so wie es tatsächlich verlaufen ist, mit dem zwanzigsten Jahrhundert vergleichen würden, in das Julian West hineingeriete – einer Zeit, in der die Menschheit »in sich selbst verliebt« wäre. Da wir in unserem eigenen Jahrhundert keinen Anlaß für diese charmante Zuneigung entdecken können, müssen wir jeden Vergleich strikt meiden, der uns die Trostlosigkeit unserer Zeit vor Augen führte. Wir wollen mit unseren Völkermorden, unseren Massengräbern, unseren Hungersnöten, unserer Ausbeutung, unserer Umweltvernichtung allein gelassen werden! Wir wollen keine Utopie neben uns haben! Es macht keinen Sinn, sich die Laune und den Magen dadurch zu verderben, daß wir uns eine Alternative zu unserer Art von Menschheit vorhalten. Wir fordern das Ende aller Vergleiche. Es ist eine Frage der seelischen Hygiene, den Strudel, in den wir mit Julian Wests Erwachen hineingerieten, zu meiden. Wir möchten nicht gestört werden, sonst wird uns übel. Sollen wir es etwa – entschuldigen Sie das offene Wort – darauf anlegen, uns kotzen zu sehen?

Ob das ehrgeizige Vorhaben, den 10. September 2000 zu vergessen, gelingen wird, kann sich erst am 9. September um Mitternacht entscheiden. Alle, wirklich alle müssen dann entschlossen und bereit sein, nicht an den nächsten, sondern gleich an den übernächsten Tag zu denken. Nur so lassen sich die Ereignisse vermeiden, die zum Erwachen Julian Wests und zu den erwähnten Krankheitssymptomen führen.

Ich empfehle Ihnen freilich, vorsorglich für den schlimmsten Fall vorzusorgen. Bewährte Präparate, die Übelkeit wirksam bekämpfen und für eine gleichmäßig heitere Stimmung völlig unabhängig von äußeren Umständen sorgen, werden von mir seit Jahren erfolgreich im Postversand vertrieben. Auch Ihnen stehe ich gerne mit meinen Angeboten zur Verfügung. Bitte schreiben Sie jetzt, um mir Ihre Unterstützung zu versichern oder Ihre Bestellung aufzugeben!

RAINER HANK

Kommandohügel

Vom Ende des Keynesianismus

Als Lenin im November 1922 auf dem Vierten Kongreß der Kommunistischen Internationale seine Neue Ökonomische Politik (NEP) vorstellte, die die Rückkehr zu Kleinhandel und privater Landwirtschaft erlaubte, kamen von den orthodox-konservativen Bolschewiki scharfe Angriffe: Lenin habe die Revolution verkauft und paktiere mit dem Kapitalismus. Lenin verteidigte das Programm. Wenngleich die Politik Märkte zulasse, werde doch der Staat immer die Kommandohügel besetzt halten, entgegnete der Revolutionär. Dieses Bild der Kommandohügel fand in den Zwischenkriegsjahren über die Fabier Eingang in die Britische Labour Party. Seit den dreißiger Jahren gehörte es zum Konsens aller westlichen Staaten, daß Märkte zwar erlaubt seien, daß diese aber aus dem Ruder zu laufen drohen, wenn sie nicht staatlicher Kontrolle unterstünden. Marktversagen, nicht Staatsversagen, galt im 20. Jahrhundert als die größere Gefahr der Wirtschaftspolitik.

Kontrolle der Märkte, monopolistischer Schutz von Unternehmen, vorausschauende ökonomische Planung, ein starker Staat mit ausgebautem öffentlichem Dienst, Industriepolitik oder Keynesianisches Finanzmanagement mit weltweit festen Wechselkursen. Das waren die Grundpfeiler der Weltwirtschaftsordnung im 20. Jahrhundert. Nichts davon gehört heute noch zum Inventar der Wirtschaftspolitik. Jedes einzelne dieser Elemente läßt Ökonomen schaudern, Theologen ähnelnd beim Spiel mit dem Gedanken an eine Häresie. Politiker, unabhängig welcher Couleur, haben gelernt, daß staatliche Markteingriffe die wirtschaftspolitischen Rezepte von gestern sind, untauglich zur Schaffung von Wachstum und Beschäftigung. Was Liberale – Margaret Thatcher – begannen und Konservative – Ronald Reagan – imitierten, gehört unterdessen zum Kanon öffentlich-politischer Bekenntnisse der »Linken«: von Tony Blair über Gerhard Schröder bis zu Massimo d'Alema. Zuwiderhandlungen, das hat sich zuletzt in Deutschland an Oskar Lafontaine und seinen beiden keynesianisch gefärbten Staatssekretären gezeigt, führen unvermeidbar zum Rücktritt der Akteure.

Käme Adam Smith am Jahrhundertende zu Besuch, er müßte sich freuen. Die längste Zeit dieses Jahrhunderts sei die »unsichtbare Hand« des großen schottischen Aufklärers mit der Arthritis des Staatsinterventionismus infiziert und gelähmt gewesen, bemerkt das Wall Street Journal. Heute aber ist diese unsichtbare Hand so locker und biegsam wie noch nie: Ohne Behinderung kann sie sich der Mehrung des Wohlstandes aller widmen. »Die zentrale Botschaft, die ich meinen Studenten mitzugeben suchte, lautet: Die unsichtbare Hand des Marktes ist viel mächtiger als die versteckte Hand des Staates«, hat der ehemalige Ökonomieprofessor und heutige amerikanische Finanzminister Laurence Summers gesagt. Und er fügte hinzu: »So machen die Dinge gut organisiert Fortschritte, ohne daß es dazu eines Eingriffs, einer Kontrolle oder eines Plans bedarf.«

Unternehmen setzen sich dem Wettbewerb weltweit aus; der Untergang des Kommunismus hat den Kapitalismus bis an die entferntesten Ecken der Welt verbreitet. Deregulierung hat die Marktkräfte auf Felder ausgedehnt, die auch klassische Ökonomen lange Zeit als wettbewerbsuntauglich ansahen: Telefon, Eisenbahn, Strom. Das Internet macht aus dummen Verbrauchern gut informierte Konsumenten. Der Markt dankt es ihnen, und die Preise fallen. Nie war die Macht des Kunden so groß wie am Ende des 20. Jahrhunderts. Nie waren die Produzenten so sehr die Knechte der Konsumenten.

Kein Widerspruch regt sich nirgends. Es gibt unterschiedliche Vorstellungen über die Dauer des Übergangs, die angemessen ist zur Installierung offen-freier Märkte. Es gibt Meinungsverschiedenheiten über den Schutz, der nach der Liberalisierung ehemals geschützten Branchen und Unternehmen angedeihen soll. Es gibt klagende Politiker, die den Schwund ihres Einflusses auf die Märkte bedauern. Doch niemand fordert eine Rückkehr in die schöne kontrollierte Welt der Jahrhundertmitte.

Wie immer, wenn es um den Wechsel wirklich fundamentaler Plausibilitäten geht, wird er von den Zeitgenossen nur nebenbei bemerkt. Es war das Zusammenspiel einer bewußt eingeleiteten Macht- und Ideenverschiebung in Zirkeln intellektueller Eliten des Vor-Thatcher-Großbritanniens seit den mittleren siebziger Jahren. Wie radikal die Veränderung weltweit wirkte, war erst klar, als sie sich durchgesetzt hatte. Daß Märkte domestiziert, kontrolliert und staatlich beaufsichtigt gehörten, mußte in vielen Jahrzehnten dieses Jahrhunderts, gerade im Westen, nicht eigens begründet werden. Es war übereinstimmende Auffassung der östlichen wie der westlichen Welt. Die kritische Distanz zu den Märkten war universal. »Milton Friedman galt in meiner Jugend als Teufelszeug«, hat derselbe Finanzminister Laurence Summers, der heute so laut die unsichtbare Hand lobt, den beiden Autoren Daniel Yergin und Joseph Stanislaw verraten, die das bisher Erhellendste über den Paradigmenwechsel in der Wirtschafspolitik des 20. Jahrhunderts geschrieben haben (*The Commanding Heigths*. Touchstone 1999). Summers fügte hinzu: »Erst allmählich und zunächst nur widerwillig zollte ich Friedman Respekt.«

Woher kam die Überzeugung, daß Märkte – sich selbst überlassen – eine Gefahr darstellen? Prägend für die Menschen über Jahrzehnte waren die Erfahrungen der Großen Depression, der Massenarbeitslosigkeit und Hyperinflation im Gefolge des Börsenkrachs von 1929. Damals festigte sich die Überzeugung, daß Märkte, dem ungezügelten Wettbewerb überlassen, zu irrationalen Übertreibungen neigen mit unabsehbaren Folgen für alle. Im Namen von wirtschaftlichem Wachstum, Vollbeschäftigung, Gerechtigkeit und Gleichheit hat die erste Welt dem Wettbewerb Zügel angelegt und dieses Programm im Namen von Fortschritt, Nationwerdung und Antiimperialismus als Entwicklungspolitik bis weit in die siebziger Jahre auch der Dritten Welt anempfohlen. Marktwirtschaft ja, aber nur unter Kontrolle. Offene Märkte, freier Warenverkehr schienen vielen eine irrationale Übertreibung des Liberalismus, die aus guten Gründen begrenzt werden müsse auf wenige Jahrzehnte zu Ende des 19. Jahrhunderts.

Diese »gemischte Wirtschaft« – Märkte unter der Aufsicht des Staates – fand ihre unterschiedlichen Ausprägungen in den Ländern des Westens. In den Vereinigten Staaten führte Roosevelts Politik des New Deal zu Regulierungsbehörden aller Art, die die Freiheit des Wirtschaftens im vermeintlichen Interesse der Verbraucher einzuschränken das Recht haben sollten. Die National Recovery Administration (NRA) zum Beispiel erhielt die Aufgabe, Arbeit, Wirtschaft und Regierung zu koordinieren, ging man doch von der Auffassung aus, daß Überproduktion und Angebotsüberhänge den Auslöser für nahezu alle wirtschaftspolitischen Probleme darstellten. Vor allem den Banken und Finanzmärkten traute keiner mehr. Nur unter scharfer Überwachung sollten sie wirtschaften dürfen. Die Securities and Exchange Commission (SEC) wurde als Kontrollbehörde der Finanzmärkte geschaffen mit dem Auftrag, Vertrauen zurückzugewinnen, damit der größte Schaden des Börsenkrachs möglichst schnell überwunden würde. Setzten die Vereinigten Staaten vor allem auf Regulierung, so tendierten die europäischen Länder dazu, wichtige Schlüsselindustrien (Schwerindustrie, Banken) in öffentlichen Besitz zu verwandeln, um sie damit vollständig unter die Aufsicht der demokratisch gewählten Regierungen zu stellen. Programme zur Verstaatlichung von Schlüsselindustrien gehörten zum selbstverständlichen Inventar vieler Nachkriegsregierungen und Parteiprogramme. Die Frage war allenfalls, wie weit die Verstaatlichung gehen sollte und wer alles betroffen sein sollte. Besonders weit ging Frankreich, dessen System der zentralen Planification Garant gegen kapitalistische Ungerechtigkeit und unerwartete Ausschläge der Märkte sein sollte.

Gemeinsam ist allen Programmen der Mixed Economy: Dem vorausschauenden Wissen der Politik wurde mehr getraut als dem experimentellen Wissen der Märkte. Ein solches Programm baute auf Ansichten des späten 19. Jahrhunderts auf, daß nämlich der pure Liberalismus nicht universal und schrankenlos durchgesetzt werden dürfe: Für wichtige Industriezweige (Eisenbahn und Telekommunikation) seien staatliche Monopole allemal besser geeignet als privater Wettbewerb, so sagte man damals. Die westliche Wirtschaftspolitik des 20. Jahrhunderts hatte über lange Zeit wenig gemein mit den Grundsätzen offener Märkte und freien Wettbewerbs. Mit anderen Worten: Die Ökonomie des Westens im 20. Jahrhunderts war wenig kapitalistisch.

Dafür gab es eine theoretische Legitimation. Das herrschende wirtschaftspolitische Paradigma bis weit in die siebziger Jahre war im ganzen industrialisierten Westen der Keynesianismus. Hatte man vor der Großen Depression den Konjunkturzyklus mit seinen Auf- und Abwärtsbewegungen des Wachstums nicht allzu ernst genommen, so lehrte Keynes die Welt, die kurzfristigen Entwicklungen der Wirtschaft nicht zu vernachlässigen. »In the long run we are all dead.« Das verweist die Lehre der Neoklassik in das Reich langweiliger Wahrheiten: Die klassischen Ökonomen haben recht, aber ihre Theorien sind – folge man Keynes – auf kurzen Strecken wenig hilfreich. Bis zur Großen Depression meinten die Ökonomen, sie könnten die kurzfristigen Nachfrageschwächen übergehen. Dann kam die Strafe. Keynes' zentrale Therapie heißt: Es sind vorwiegend makroökonomische Stellschrauben, deren Bedienung der Wirtschafts-, Finanz- und Geldpolitik unterliegt, die den Konjunkturverlauf unter Kontrolle zu bringen vermögen. Während die Auswirkungen des Laisser-faire-Kapitalismus die Große Depression herbeigeführt habe, sei der Keynesianismus das rechte Heilmittel, um eine Wiederholung dieser Situation zu vermeiden, so lautete der wirtschaftspolitische Konsens zur Jahrhundertmitte.

Keynes' Überzeugung war: Die Ausschläge des Zyklus müssen nicht als Naturgegebenheiten hingenommen werden. Im Gegenteil: Es ist gerade Aufgabe der Politik, antizyklisch ihre ungewollten Wirkungen zu begrenzen. Würden die Märkte so elastisch Schwankungen von Angebot und

Nachfrage ausgleichen, wie die neoklassische Theorie es unterstellt, könnte Politik sich zurückhalten. Doch Preise und Löhne reagieren weniger flexibel auf makroökonomische Schocks. Geldpolitik der Notenbanken und Fiskalpolitik der Finanzminister müssen deshalb dagegen halten, indem sie die Nachfrage entweder dämpfen oder ankurbeln, gegen den Atem des Zyklus. Die Voraussetzung dieses Programms heißt: Die überwachende und makroökonomische Politik ist den Märkten nicht fremd. Im Gegenteil: Sie gleicht nur die Fehlentwicklungen des unvollkommenen Wettbewerbs aus. Politik bringt die Märkte zu sich selbst. Nicht als Eingriff, sondern als notwendige marktadäquate Korrektur muß die Intervention der Finanzminister und Notenbanken aus keynesianischer Sicht begriffen werden. Keynesianische Makroökonomie versteht sich als marktkonforme Staatsintervention; einen inneren Widerspruch in diesem Konzept sah damals niemand.

Von Keynes stammen insbesondere vier Empfehlungen zur Politikreform. Das sind zugleich die Grundannahmen westlicher Wirtschaftspolitik, die von den vierziger bis in die siebziger Jahre von allen Staaten geteilt wurden, und zwar unabhängig davon, ob konservative, liberale, sozialdemokratische oder sozialistische Regierungen gerade an der Macht waren:

(1) Stabile Wechselkurse tragen dazu bei, internationale Krisen zu vermeiden. Supranationale politische Regimes sind nötig, um die Staatengemeinschaft auf diese Ziele zu verpflichten und um eine finanzpolitische Aushilfstruppe zu garantieren, die im äußersten Fall (»lender of last resort«) eingreift, um größeren Schaden von allen abzuwenden. Auf dem Höhepunkt dieses wirtschaftspolitischen Paradigmas in der Mitte der vierziger Jahren führte dies zur Einrichtung eines Systems fester Wechselkurse. Bretton Woods mit seiner Verankerung des an Goldreserven gebundenen Dollars als internationaler Leitwährung sollte Stabilität ermöglichen. Weltbank und Internationaler Währungsfonds erhielten die Aufgabe, als Garanten dieser Ordnung zu fungieren. Es scheint, als sei der amerikanische Kapitalismus nach dem Ende des Zweiten Weltkriegs sich seiner selbst nur sicher gewesen, nachdem er international die Märkte unter seine institutionelle Kontrolle stellen konnte. Frei waren diese Märkte immer nur in sehr eingeschränktem Sinn. Die Weltwirtschaftsordnung war eine Pax Americana.

(2) Nationale Finanzmärkte bedürfen der Regulierung und Beaufsichtigung, und zwar gerade dann, wenn die Gütermärkte liberalisiert werden. Sogenannte Kapitalverkehrskontrollen sollen verhindern, daß ganze Volkswirtschaften Opfer verantwortungsloser Spekulation werden.

(3) Ein bißchen Inflation kann nicht schaden, zumal dann nicht, wenn sie zugleich die Vollbeschäftigung garantiert. Das ist ein Auftrag an die Geldpolitik.

(4) Schließlich trägt eine offensive Fiskalpolitik in Zeiten des Abschwungs dazu bei, die Nachfrage zu stabilisieren, die Konjunktur anzukurbeln und die Beschäftigung wieder auf ein stabiles Niveau zurückzuführen.

Das wirtschaftspolitische Programm des New Deal war zugleich getragen von einem starken ethischen Impetus des Wohlfahrtsstaates. Der Kapitalismus sei aus sich selbst heraus weder bereit noch in der Lage, Gerechtigkeit und Gleichheit herzustellen, so lautete die herrschende Lehre. Deshalb müsse über vielfältige steuer- und sozialpolitische Mechanismen der Umverteilung – politisch gewollt – dieser Ausgleich vollzogen werden. Der staatlich überwachte Wettbewerb auf den Märkten, verbunden mit einer Verteilungspolitik aus sozialen Gründen, gehörte zur Grundlehre der Sozialen Marktwirtschaft. Politische Marktkontrolle und soziale und fiskalische Verteilinstrumente sind Ausgleichsverfahren.

Dahinter steht die Überzeugung, daß die großen Risiken des Lebens (Krankheit, Alter, Arbeitslosigkeit) nur kollektiv, staatlich und kooperativ, nicht privat, individuell und wettbewerblich gelöst werden können. Die Idee des Wohlfahrtsstaates ist es, jedermann im Schadensfall bei diesen drei Lebensrisiken Leistungen zu garantieren gemäß den durch Arbeit erworbenen Ansprüchen. Zugleich soll aber niemand durch das soziale Netz fallen, auch wenn er keine Ansprüche erworben hat: Dafür steht jedermann Sozialhilfe zu. Regierungen wurden zu nationalen Versicherungsgesellschaften, die Wachstum garantierten und zugleich die Menschen vor den Risiken des Marktes schützten. Niemand sollte sich dem »nackten Kapitalismus« aussetzen müssen. Jedermann stimmte zu, daß solche Übertreibungen und Fehlentwicklungen einer Frühform des Laisser-faire-Wettbewerbs im 19. Jahrhundert durch Fortschritte und Einsichten späterer Zeiten überholt und verbessert worden seien.

Man muß sagen: All dies hat den Volkswirtschaften zumindest nicht geschadet, auch wenn das Set der zugrundeliegenden politischen Überzeugungen und Instrumente aus der Rückschau unterdessen fremd anmutet. Im Gegenteil: Es waren die Jahre von Wirtschaftswunder, Vollbeschäftigung, Arbeitszeitverkürzung und Steigerung der Realeinkommen in der Bundesrepublik, genauso wie es die Zeiten hohen Wachstums und Wohlstandsgewinns in den Vereinigten Staaten gewesen sind. Man wird nie so genau wissen, ob sich diese Wachstumssprünge trotz oder wegen dieses wirtschaftspolitischen Dogmas durchgesetzt haben.

Doch all das gehört am Beginn des 21. Jahrhunderts fernen Zeiten an. Niemand teilt die Voraussetzungen heute noch. Dabei ist es leichter zu sehen, daß das herrschende Paradigma der Mixed Economy plötzlich überall aufgeweicht wurde, als zu erklären, warum ihre Grundüberzeugung die zuvor selbstverständliche Plausibilität einbüßte.

Die Grundthese der Politikdominanz wurde – zu Ende der siebziger Jahre – plötzlich in ihr Gegenteil gekehrt: Staatsversagen galt als die weitaus größere Gefahr als das Marktversagen. Denn Markt und Wettbewerb sind zu viel größeren Erfolgen, zu Effizienz und Wohlstandsgewinnen fähig als vormals gedacht, wenn man sie nur läßt. Die neuen wirtschaftspolitischen Programme propagieren einen neuen Liberalismus.

Jetzt gelten drei neue Grundüberzeugungen:

(1) Der öffentliche Sektor, in den siebziger Jahren überall aufgebläht, ist viel weniger fähig, Probleme zu lösen, als der Markt. Der Wettbewerb ist allemal effizienter als koordiniertes öffentliches Handeln. Die Kehre wurde dringlich angesichts allenthalben aufkommender bürokratischer Erstarrung. Der Auftrag zur Verschlankung des Staates gilt aber, einmal erkannt, universal und nicht nur bezogen auf überbordende öffentliche Dienste.

(2) Märkte sind besser, effizienter und billiger als Regierungen in der Lage, viele von den Menschen erwünschte Leistungen zu bringen. Das gilt auch für weite Teile der öffentlichen Güter (Erziehung, Sicherheit), die man über lange Zeit unter staatlicher Aufsicht sehen wollte.

(3) Umverteilende Eingriffe durch Steuern und Sozialabgaben setzen meist falsche Anreize, denen die Menschen sich durch Abwanderung entziehen. Wer dem Staatshaushalt Gutes tun will, soll deshalb die Steuern senken, und er wird seine Einnahmen erhöhen, so heißt eine der paradoxen Lehren des neuen Paradigmas. Amerika hat vorgemacht, daß das geht.

Ganz andere Rezepte handeln auch die Ökonomen jetzt im Vergleich zu den Zeiten der Mixed Economy. Ihre Empfehlungen heißen nicht mehr staatliche Makrosteuerung, sondern Privatisierung, Deregulierung und Dezentralisierung auf den Güter-, Dienstleistungs-, Finanz- und Arbeitsmärkten. Dem nationalen Regime bleibt nur noch eine Aufgabe: Einrichtung einer unabhängigen Notenbank, die auf das Ziel der Geldwertstabilität verpflichtet wird und dazu das Instrument der Geldmengensteuerung zu beherrschen hat. Inflationsbekämpfung und Fiskaldisziplin sind die Primärziele, um die gute Wirtschaftspolitik sich zu kümmern hat. Hält sie sich ansonsten aus den Märkten heraus (»Die Wirtschaft findet in der Wirtschaft statt«), tut sie der Wirtschaft und den Menschen damit zugleich den größtmöglichen Gefallen. Privatisierung ist ein Rezept, das auch vor den sozialen Sicherungssystemen nicht haltmacht.

Der Paradigmenwechsel sagt auch: Für Beschäftigung ist weder der Staat noch die Zentralbank zuständig, sondern die Unternehmen vor Ort, wo im Spiel zwischen Angebot und Nachfrage sich der Preis für Arbeit ins Gleichgewicht bringt. Sehr eindrucksvoll hat sich dieser Wechsel in einem Disput zwischen Amartya Sen, dem Nobelpreisträger für Wirtschaftswissenschaften des Jahres 1998, und Hans Tietmeyer, Bundesbankpräsident bis September 1999, auf dem Jahreskolloquium der Alfred-Herrhausen-Gesellschaft 1999 gezeigt. Sen verwies auf den konstitutionellen Unterschied der Zielsetzung zwischen amerikanischer Notenbank Fed und Europäischer Zentralbank (EZB). Die Fed ist per Gesetz verpflichtet, in ihrer Politik Stabilität und Beschäftigung zu berücksichtigen (»dual objectives«), während die EZB einzig und allein für den stabilen Binnenwert des Geldes zuständig ist. Für Sen ist dieser Unterschied verantwortlich für die unterschiedlichen Erfolge am Arbeitsmarkt in Europa und Amerika. Tietmeyer widersprach energisch: Die Fed sei zwar formal beiden Zielen verpflichtet, aber nur, weil ihre Richtlinien vor 30 Jahren (also in der Zeit des alten Paradigmas) kodifiziert worden seien. De facto betreibe aber auch die Fed keine andere Politik als die EZB, und das sei gut so, weil es bei einer strikten Begrenzung der Geldmengenausweitung nicht zu einem Preisauftrieb kommen kann. Das aber sei die beste Voraussetzung zum Aufbau von Beschäftigung. Sen gab Tietmeyer recht und widersprach abermals: Das europäische Beispiel zeige um so mehr, daß die EZB ein Beschäftigungsziel in den Blick nehmen müßte. Der Unterschied der Verfassungen spiegelt den Abschied vom makroökonomischen Paradigma. Sen hält die Kehre für revidierbar, Tietmeyer nicht.

Offenkundig lösen seit den achtziger Jahren in den maßgebenden handlungsleitenden Theorien Friedrich August von Hayeks Liberalismus und Milton Friedmans Monetarismus den als altmodisch geltenden Keynesianismus ab: Stabilitätspolitik statt Globalsteuerung heißt die Devise. Gegen jegliche staatliche Planification gilt der Verdacht »anmaßenden Wissens«, welches im Ergebnis immer einen höheren Preis verlangt als das »Entdeckungsverfahren« der Märkte, ein Prozeß, der sich seiner Unvollkommenheit bewußt ist, aber gerade aus diesem Grund nie voreilig Fakten setzt. Das theoretische Schlagwort heißt: Angebotspolitik anstelle von Nachfragesteuerung. Eine Angebotspolitik aber hat auf interventionistische Eingriffe zu verzichten.

Die politische Durchsetzungsgeschichte des neuen liberalen Paradigmas ist oft erzählt worden. Unstreitig setzt der Bruch mit dem Wahlerfolg Margaret Thatchers in Großbritannien 1979 ein. Das war über lange Jahre vorbereitet. Der erste große Nachahmer in den Vereinigten Staaten war Ronald Reagan. In der Dritten Welt kam es gänzlich zur Abkehr von der klassischen Entwicklungspolitik. Offene Märkte, Abbau von Handelsschranken und Zulassen von Direktinvestitionen lauteten jetzt die Rezepte, die dort, wo sie angewandt wurden – in den aufstrebenden Ländern Asiens – viel mehr Erfolge zeitigten als jahrzehntelange alimentierende Entwicklungspolitik etwa in Ländern Lateinamerikas. Aus Entwicklungsländern wurden »Emerging Markets«.

In Deutschland hat das Marktparadigma nur mit großer Verzögerung Einzug und allenfalls verhaltene Zustimmung gefunden: Zwar wurde es mit Aplomb im sogenannten Lambsdorff-Papier 1982 gefordert, welches die politische Wende der Regierung Kohl einläutete. Doch die Verwirklichung einer liberalen Politik blieb – im Vergleich mit den angelsächsischen Ländern – weit zurück. Insbesondere die Arbeitsmärkte und Sozialsysteme wurden eher noch weiter zentralistisch und korporatistisch unter staatlicher Herrschaft ausgebaut als im Sinne des Wettbewerbsparadigmas eingeschränkt. Gleichwohl gilt: Privatisierung von Bahn, Post und nationaler Fluglinie, über ein Jahrhundert als natürliches Monopol in staatlicher Aufsicht unangefochten, wären auch in Deutschland ohne den Paradigmenwechsel nicht denkbar gewesen. Der Vertrag von Maastricht als Disziplinierungsinstrument auf dem Weg zur Europäischen Währungsunion verhinderte zudem, daß irgend jemand noch auf die Idee gekommen wäre, in Zeiten wirtschaftlicher Rezession (etwa in den frühen und mittleren neunziger Jahren) eine aggressive, auf Deficit Spending ausgerichtete Haushaltspolitik zu propagieren. Die in Angriff genommene Liberalisierung der Bankenverfassung und der Finanzmärkte (Neuer Markt und Smax) wären ebensowenig im Deutschland der Jahrhundertmitte (gleich ob unter Adenauer oder Schmidt) denkbar gewesen. Allein der Diskurs über den sogenannten Neoliberalismus – von dem nur klar ist, daß er hierzulande unerwünscht sei – zeigt, daß auch Deutschland an dem Paradigmenwechsel partizipiert. Allmählich schleicht sich aber der Diskurs auch positiv in die Papiere der Grünen und der Sozialdemokraten.

Daß es sich um einen fundamentalen Paradigmenwechsel handelt, zeigt sich daran, daß die Markt- und Wettbewerbsdominanz in allen westlichen Ländern beibehalten wurde, auch nachdem in den neunziger Jahren konservative Regierungen abgewählt und sozialdemokratische an ihre Stelle traten. Das gilt insbesondere in den Vereinigten Staaten unter Clinton und in Großbritannien unter Tony Blair. Es gilt aber auch in Deutschland unter Gerhard Schröder. Oder anders gesprochen: Schröder ist genauso halbherzig Anhänger des neuen Paradigmas wie es der Vorgänger Helmut Kohl gewesen war.

Aus der Rückschau erhält die Geschichte des Kapitalismus im 20. Jahrhunderts somit ein etwas anderes Profil. Weniger der Einschnitt von 1989 (er ist wichtig für die politische Geschichte und die Transformationsgeschichte der ehemals kommunistischen Staaten) als vielmehr die Wende von 1979 (der konservative Wahlsieg in England) markieren den Wandel. Damals wurden genau 50 Jahre einer gemischten Ökonomie abgelöst, die die Märkte unter die Aufsicht der Staaten stellen wollte. Von dieser Aufsicht wurden sie jetzt befreit.

Soll man den Übergang vom Staats- zum Marktparadigma als »willkommenen Abschied« gutheißen? Dafür spricht vieles. Vor allem eines: Gewinner ist der Kunde. Er profitiert von fallenden Preisen. In allen Industrien, die der Staat verlassen hat, brachte der vom technischen Fortschritt infizierte Wettbewerb die Preise in den freien Fall. Die Kommunikationsindustrie (Telefon, Internet) ist nur das beste Beispiel dafür. Fallende Preise vergrößern nicht nur die Konsummöglichkeiten, sie erweitern auch den Horizont. Das ist ein ungemein demokratischer Prozeß, eröffnen sich doch Aktionsmöglichkeiten für große Gruppen, denen eine frühere Welt eine solche Ausweitung des Radius vorenthalten hat.

Das liberale Paradigma entmachtet Produzenten und Arbeitnehmer zugunsten der Konsumenten. Die Unsicherheit des Arbeitnehmers über seinen Arbeitsplatz und die Stetigkeit seines Einkommens auf der einen Seite korrespondiert einer neuen Sicherheit des Kunden über die Stabilität der Preise. Der Bürger des 21. Jahrhunderts gewinnt als Konsument, was er – womöglich sogar in gleicher Person – als Arbeitnehmer verliert. Er ist freilich nie gefragt worden, ob er diesen Wechsel auch wollte.

Deshalb würden viele Zeitgenossen es ablehnen, den Paradigmenwechsel vom Staat zum Markt als »willkommenen Abschied« zu begrüßen. Der Verlust scheint immer näher (und gravierender) als der Gewinn. Es scheint vielen Menschen deshalb auch plausibler, daß der Staat die Kontrolle über die Märkte nicht verlieren dürfe. Das Entdeckungsverfahren der Märkte macht angst; die vorausschauende Aufsicht des Staates beruhigt – zumindest scheinbar. Das ist der Grund, warum bis heute, trotz des überall vollzogenen Paradigmenwechsels der Märkte, politische Warnungen so schnellen Zuspruch (der Wähler) finden.

Gleichwohl: Die Märkte lassen sich politische Gängelung nicht mehr gefallen. Wird diese Situation stabil bleiben? Anhänger des neuen Paradigmas loben nicht nur den Wandel von der Staats- zur Marktdominanz, sie vertreten auch die Auffassung, daß dies ein unumkehrbarer Prozeß sei. Ihr Argument: Die Verzahnung von Privatisierung, technologischer Erneuerung und Wettbewerb sei so stark, daß kein staatlicher Anbieter jemals wieder die Chance haben werde, ein Monopol durchzusetzen. Andere sind weniger sicher. Der Wechsel des Paradigmas sei weder so segensreich, wie viele es gerne hätten, noch sei der Prozeß unumkehrbar. Was ist die Ausnahme? Was die Regel? Die Liberalen halten mit Friedrich A. von Hayek den keynesianischen Weg des 20. Jahrhundert für einen unnötigen Umweg im Fortschritt offener Märkte. Das späte 20. Jahrhundert hätte dann endlich wieder Anschluß gefunden an den Liberalismus des mittleren 19. Jahrhunderts. Andere sehen das Gegenteil: Der entfesselte, jeglicher staatlicher Aufsicht enthobene Markt sei heute derart verletzlich, daß er vermehrt staatlicher Aufsicht bedürfe. Die Krisen der internationalen Finanzmärkte am Ende des Jahrhunderts in Asien, Rußland und Lateinamerika seien das Alarmzeichen.

Wie steht es um die Unumkehrbarkeit?

Der Wechsel des Paradigmas folgt dem Rhythmus des politischen Konjunkturzyklus. Das heißt nüchtern: Einer Zeit in Sorge vor Marktversagen folgt eine Zeit in Sorge vor Staatsversagen. Der Zyklus übersteigt individuelle Planung oder Theorie. Er kommt über die Menschen. Zyklus heißt auch: Bald werden die Menschen wieder die Angst vor Marktversagen stärker gewichten.

Wer so argumentiert, erzählt gerne die Geschichte der Londoner Untergrundbahn. Als das Verkehrsmittel vor hundert Jahren gebaut wurde, war es selbstverständlich privat. Fünfzig Jahre später wurde die Tube, entsprechend dem geänderten Paradigma, von einer Labour-Regierung verstaatlicht. Abermals nach fünfzig Jahren wurde sie, abermals von Labour, privatisiert. Was war für die Bewohner der City komfortabler? Was war billiger? Die Privatisierung der britischen Eisenbahn, die eine dramatische Verschlechterung des Service zur Folge hatte, gilt den Staatsfreunden immer als Beispiel dafür, daß Privatisierung nicht per se Effizienzgewinne zeitigt. Dagegen hat die Schweiz, ein liberales Land, das sich nicht besonders von der Verstaatlichungslust anstecken ließ, bei seinen Eisenbahnen auf einigen Strecken und in etlichen Kantonen erfolgreich immer Private zugelassen.

Der technische Fortschritt macht möglich, daß ehedem Monopole (Kommunikation, Energie) ohne Not dem Wettbewerb überantwortet werden können. Wettbewerb ist aber unter privaten Regimes immer besser aufgehoben als unter staatlichen. Flug- und Telefongesellschaften haben das in allen Ländern vorgeführt.

Aber: Die neue Technologie hat selbst einen Hang zu (temporären) Monopolen. Private Güter sind für die klassische Ökonomie üblicherweise alternative Güter: Nur einer von zweien kann dasselbe Kuchenstück essen. Wenn zehn dasselbe Auto fahren, haben sie ein Problem. Wenn 5 Millionen Windows 95 und den Internet-Explorer benutzen, haben die anderen ein Problem, weil sie aus der kommunikativen Internetwelt ausgeschlossen werden. Die neue Internetwelt gleicht öffentlichen Gütern (Straßen, Erziehungssystemen, Sicherheit), die Kooperation und nicht Kompetition voraussetzen und klassischerweise von der Kooperative, dem Staat, feilgeboten wurden. Aber der Staat als Betreiber des Deutschen Bundesinternets, wie weiland der Deutschen Bundespost? Eine absurde Idee am Ende des 20. Jahrhunderts. In der Mitte des 20. Jahrhundert hätte man sie so absurd nicht gefunden.

Die Globalisierung verändert die Rolle der Staaten. Sie verlieren in vielen Punkten ihre ehemalige Monopolstellung als Anbieter öffentlicher Güter. Statt dessen werden Staaten Akteure im Wettbewerb der Standortbedingungen. Die Investitions- und Arbeitsmöglichkeiten für Unternehmer und Arbeitnehmer haben sich erweitert. Das führt nicht, wie häufig unterstellt wird, zu einem Abwertungswettlauf. Aber es führt dazu, daß den Staaten in viel stärkerem Maße eine dienende Rolle zukommt.

Vieles spricht dafür, daß die Entwicklung nicht umkehrbar ist. Doch so sehr sich dieser Schluß nahelegt: Wir unmittelbaren Zeitgenossen sind nicht die besten Gewährsleute für langfristige Prognosen über die nachhaltige Stabilität solche Plausibilitäten. Was hätten die Zeitgenossen in der Mitte des 20. Jahrhunderts geantwortet? Sie hätten vermutlich die Unumkehrbarkeit des keynesianischen Paradigmas für selbstverständlich gehalten.

Es bleibt dabei. An der Schwelle zum 21. Jahrhundert scheint die Neue Ökonomie stabil: Vieles können Private besser als Staaten. Der Markt ist ein System, auf dem Knappheiten der Güter in Preise übersetzt werden. Er ist ein Ort, an dem sich zeigt, was die Menschen herstellen und verbrauchen wollen. Er ist ein Prozeß, an dem Angebot und Nachfrage zusammenkommen. Das private Paradigma respektiert die Freiheit mehr als das Staatsparadigma. Seine Regeln selbst sind Regeln der Freiheit. Der Staat ist nötig, um Regelverletzer auszuschließen. Mehr verlangen wir nicht mehr.

UWE JUSTUS WENZEL

Vergessen – Verabschieden – Verlernen

Einige vorläufige Mutmaßungen

1. Die Schwierigkeit mit dem »Vergessenwollen« wird hörbar, sobald das Wort auf der vorletzten Silbe betont wird. Sie läßt sich auch, kaum aufwendiger, mit einem Aufsatztitel von Umberto Eco beschreiben: *An ›Ars oblivionis‹? Forget it.* Soll heißen: Entweder »geht« etwas vergessen – oder eben nicht. Wozu nachhelfen wollen? Weil nie das »Richtige«, weil also »falsch« vergessen wird? Woran erkennt man den Unterschied? (Ein anderer Einwand: Nachdem, wie Heidegger bemerkt hat, bereits »das Sein« in Vergessenheit geraten und auch noch dieses Vergessen selbst vergessen gegangen ist, ist doch eigentlich schon genug vergessen worden.)

2. Wer es sich dennoch nicht aus dem Kopf schlagen will, das »aktive Vergessen«, dem bieten sich vielleicht noch zwei Auswege an; ein nietzscheanischer und ein valentinischer (welche letzterer womöglich ins heideggerisch Unbegangene ausläuft):
2.1 Wer handelt, vergißt; muß vergessen. Also handele, wer vergessen will!
2.2 Wer etwas vergessen will, darf es nicht einmal ignorieren. (Aufforderung entfällt.)

3. Der »Abschied« fällt nur auf den ersten Blick leichter. Die Schwierigkeit beginnt – wiederum –, wenn aktiv verabschiedet, abgeschieden, abgetrennt werden soll: Dann zeigt sich, ob man den Abschied geben kann, wenn »auf der anderen Seite« nicht zugleich der Abschied genommen wird. Vorstellungen, Gewohnheiten, soziale Praktiken, Sitten und Unsitten sind keine Angestellten, denen man den Laufpaß geben könnte. Von ihnen kann man sich nicht selten nur verabschieden, wenn sie »sich« verabschieden: im Schwinden bereits begriffen sind. Das ist – individuell – in gewisser Weise gleichbedeutend mit: »etwas verlernen«.

4. Man sollte also vorsichtigerweise allenfalls die Hoffnung hegen, daß dies oder jenes dereinst »vergessen«, »verabschiedet«, »verlernt« sein werde.

Der Rückblick sähe dann so aus: Man »versteht« es nicht mehr (spontan), man kann es nur noch »erklären« – was es auf sich hatte mit diesem oder jenem. Die Binnenperspektive ist einem verschlossen, nur eine Außenperspektive noch möglich. »Man« (und »einem«) heißt hier: die (den) meisten.

5. Ein Beispiel solcher Hoffnung: Man versteht nicht mehr, wie es war (wie es sich »von innen anfühlt«) zu sagen: »Die ›politisch Korrekten‹ moralisieren unser Leben«, und zu meinen, der Vorwurf selbst sei keinesfalls moralisierend. Man verstünde es nicht mehr, denn es hätte die »an sich« nicht allzu schwierige Einsicht Platz gegriffen, daß ein »moralisierender Antimoralismus« kein hölzernes Eisen und nicht einmal ein schwarzer Schwan sei; daß also Antimoralismus eine Variante des Moralismus sein kann und, jedenfalls, eine Form moralischer Kommunikation ist.

6. Könnten Erwägungen dieser Art den Abschied doch erleichtern?

H.D. KITTSTEINER

Vergebliche Abschiede

Deutsche Erinnerungslandschaften

I. Bloß weg von hier!

Apokalyptisch-zukunftsgestimmt hatte das 20. Jahrhundert begonnen. Es gab technische, politische und soziale Utopien, es sollten eine neue Welt und ein *neuer Mensch* geschaffen werden. Selbst das Vorlaufen in den Ersten Weltkrieg, in die *Urkatastrophe* dieses Jahrhunderts, wurde im August 1914 als Erlösung gefeiert. Ermattet endet dieses Saeculum. Die *condition postmoderne* gibt darüber Auskunft. Keine Wahrheit mehr, sondern »ein bewegliches Heer von Metaphern«, nach dem zu Tode gerittenen Satz Nietzsches. Wer heute etwas hinter sich lassen will, tut es nicht mehr, um sich etwas Neuem zuzuwenden; es scheint sich nur um eine Umverteilung im Rucksack der Bestände zu handeln.

Die Deutschen allerdings wissen ganz genau, was sie sollen: Nicht vergessen, sondern sich erinnern und nochmals erinnern. Das gilt als politisch korrekt; eine ganze Industrie lebt inzwischen davon. Fast schon frivol ist es dann, danach zu fragen, was man gerne im 20. Jahrhundert zurückließe. Doch darum geht es hier nicht. In Frage steht, wie dieses Thema des Erinnerns und Vergessens überhaupt in das Zentrum der Selbstverständigung dringen konnte. Die offiziöse Antwort ist vorgezeichnet. Die Deutschen seien durch ihre Geschichte zu *Skrupulanten* geworden. *Scrupulus* ist eigentlich das Steinchen; hat man es im Schuh, hindert es am guten Fortkommen. Ein skrupulöses Gewissen – so das alte Bild aus den Kasuistiken des 17. Jahrhunderts – möchte gerne weitergehen und sich neuen Dingen zuwenden, doch dieses Steinchen erinnert bei jedem Schritt an etwas Vergangenes. Man kann anhalten und das Steinchen aus dem Schuh schütteln – doch da ist die Grenze der Metapher schon erreicht. Was beim Wandern angeht, das funktioniert beim Gewissen nicht. »Improbis semper aliqui scrupus in animi haeret«, sagt Cicero. »*Gewissensbiß* ist Unlust, verbunden mit der Idee eines vergangenen Dinges, das unerwartet eingetroffen ist« – definiert Spinoza in seiner *Ethik*. Die Übersetzung gerade dieses Passus aus dem Lateinischen macht Schwierigkeiten. Dort heißt es nämlich »quae praeter Spem evenit«. Die Übersetzung verschleiert mehr, als sie erklärt. Das *vergangene Ding* ist nicht einfach »unerwartet eingetroffen« – sondern man hatte übereilt gehandelt, ohne sich vorher zu bedenken. Oder man war einer *conscientia erronea* gefolgt, einem falschen Gewissen mit falschen Vorstellungen, die nachträglich korrigiert werden mußten. Spinoza sieht übrigens, daß die Gewissen kulturell und religiös eingebunden sind: »Denn Gewohnheit und Religion sind nicht bei allen Menschen gleich, vielmehr ist dem einen heilig, was dem andern unheilig ist, und was bei diesem für ehrbar gilt, gilt jenem für schädlich. Je nachdem also ein Mensch erzogen ist, bereut er eine Tat oder rühmt sich ihrer.«[1] Vom »sich rühmen« kann deutscherseits im 20. Jahrhundert kaum die Rede sein; und auf Taten, die man gewöhnlich *unrecht* nennt, folgt – Unlust.

Wir werden uns nicht leichtfüßig auf und davon in das neue Jahrtausend machen können. Hier ist unrecht gehandelt worden, und die Erinnerung an dieses Handeln und Denken ist den Deutschen nachträglich peinlich. Von einer peinlichen Erinnerung verabschiedet man sich aber nicht so schnell. Man kann die psychischen Auswirkungen des Peinlichen, um einen langen Anlauf zu machen, zunächst an Kant und seinem Diener Lampe studieren. Das desto eher, da Lampe zum Schutzpatron dieses Heftes ausgerufen wurde. Wir werfen also einen Blick auf jenen Satz, den Kant sich notierte, als er sich von Lampe getrennt hatte.

II. »... muß nun völlig vergessen werden«

»Endlich kam der Tag im Januar 1802«, berichtet der Diakon Wasianski aus Kants letzten Lebensjahren, »an dem Kant das ihn beugende Geständnis ablegte: Lampe hat sich so gegen mich vergangen, daß ich es zu sagen mich schäme.« Der Diener Martin Lampe aus Würzburg, ein abgedankter Soldat, war seit ewigen Zeiten im Kantischen Haushalt; Herr und Bediensteter waren miteinander grau geworden. Nun aber war es dahin gekommen, daß Kant wegen seiner Schwäche kaum noch gehen konnte und häufig hinfiel. Lampe konnte ihm dann oft nicht behilflich sein, weil er, wenn auch »aus sehr verschiedenen Ursachen, ein gleiches Schicksal mit seinem Herrn hatte«. Nicht also nur, daß er trank und mit der Aufwärterin in dauerndem Streit lebte, er begann auch von Kant Geld zu erpressen, das Kant ihm, um sich Frieden und Ruhe zu erkaufen, auch bewilligte. Zugleich aber setzte sich bei Kant allmählich der Gedanke fest, daß er sich wohl von Lampe würde trennen müssen. Dies geschah nach jenem Vorfall vom Januar 1802.

Ob seine Notiz über das Vergessen aus diesen Tagen stammt, geht aus dem Bericht Wasianskis nicht hervor; sie steht etwas abseits des Geschehens, mehr unter der Aufzählung einiger anderer Eigenheiten des alten Philosophen: »Ein sonderbares Phänomen von Kants Schwäche war folgendes. Gewöhnlich schreibt man sich auf, was man nicht vergessen will; aber Kant schrieb in sein Büchelchen: der Name Lampe muß nun völlig *vergessen* werden.«[2] Kant wollte sich daran erinnern, daß er Lampe vergessen müsse. Die einfachste Auslegung jenes Satzes wäre dann die, daß er nun den neuen Diener in seiner gelehrten und altersbedingten Zerstreutheit nicht mehr mit »Lampe« anreden wollte. Dafür spricht die Formulierung »der *Name* Lampe« müsse nun vergessen werden. Aber warum »völlig«? Ging es nicht so einfach? Kamen Erinnerungen zurück? Da ich die Schriften Sigmund Freuds wenigstens unter kulturtheoretischem Aspekt ins 21. Jahrhundert gerne mitnehmen möchte, schlage ich beim Begründer der Psychoanalyse nach.

Kant wollte vorsätzlich etwas vergessen. Was? Wahrscheinlich nicht Lampe als solchen, sondern jenen Vorfall vom Januar 1802, über den er zu Wasianski nicht sprechen mochte. Auch wenn wir nicht wissen, um was es sich handelte, so bleibt doch, daß Kant sich schämte, es zu sagen. Es muß ein für ihn peinliches Erlebnis gewesen sein; nehmen wir an, daß Lampe ihn bestohlen oder die Hand gegen ihn erhoben hatte. Lampe hätte ihn dann »gekränkt«, und Kant, obwohl er ihn daraufhin entließ, verhielt sich wie jemand, der ein traumatisches Erlebnis nicht hinreichend »abreagieren« konnte.[3] Daß er nachträglich Lampes Pension minderte, spricht dafür, daß er mit seinem alten Diener weniger im reinen war, als er sich eingestehen mochte. Die Art und Weise, in der diese Vorgänge bei Wasianski beschrieben sind, zeigen, daß Kant in der Falle des edelmütigen Philosophen und Aufklärers gefangen saß, der mit dem Sarastro in Mozarts *Zauberflöte* behaupten muß: »In diesen heil'gen Hallen kennt man die Rache nicht.«[4]

Das gesellschaftliche Gebot der Milde, bei gleichzeitigem Wunsch, eine Kränkung zu vergelten – das rief in diesem Fall jene Konstellation hervor, in der das Vergessen mißlang, so daß der rigorose Versuch, den Namen »Lampe« *bewußt* zu vergessen, zumindest verständlich würde. Ein vergeblicher Wunsch, wie Freud hinzufügt. Denn nicht nur, daß das traumatische Erlebnis durch eine unmittelbare Reaktion nicht hinreichend erledigt werden konnte, hier wird auch noch die assoziative Verarbeitung behindert – eben durch den *Vorsatz*, das peinliche Erlebnis zu vergessen. Weiten wir das Denkmodell aus.

III. Die Kette läuft mit

»Wenn Glück das Ziel wäre, so stünden die Thiere am höchsten. Ihr Cynismus liegt im Vergessen: das ist der kürzeste Weg zum Glücke, wenn auch zu einem, das nicht viel werth ist.«[5] Warum ist das Glück der Tiere nicht viel wert? In *Schopenhauer als Erzieher* zeigt Nietzsche uns die Tiere als bedauernswerte Bestien, die den galligen Philosophen nicht gelesen haben und daher von einer Begierde in die andere geschleudert werden. Der Text des ersten Abschnitts aus Nietzsches »Zweiter unzeitgemäßen Betrachtung« ist ihnen etwas freundlicher gesonnen. Das Tier ist mit seiner »Lust und Unlust« kurz angebunden an den »Pflock des Augenblicks«. Das zu sehen geht dem Menschen »hart ein«, denn er überhebt sich des Tieres und will doch das gleiche: weder überdrüssig noch traurig leben. Das jedoch mißlingt ihm, so daß er darüber nachzudenken beginnt. »Er wundert sich aber über sich selbst, das Vergessen nicht lernen zu können und immerfort am Vergangenen zu hängen. Mag er noch so weit, noch so schnell laufen, die Kette läuft mit.« Darauf folgt eine Diagnose, die gern unterschreiben möchte, wer ein neues Glückund also neue Handlungsfähigkeit einfordert. »Es giebt einen Grad von Schlaflosigkeit, von Wiederkäuen, von historischem Sinne, bei dem das Lebendige zu Schaden kommt, und zuletzt zu Grunde geht, sei es nun ein Mensch oder ein Volk oder eine Cultur.«[6]

Das Wiedergewinnen der Handlungsfähigkeit (der Handelnde scheint immer gewissenlos sein zu dürfen), das Wiedergewinnen der »plastischen Kraft« aus dem Übermaß des andrängenden »Historischen«, das Monumentalische und das Antiquarische – all das schieben wir beiseite[7] und wenden uns nur einer einzigen Form der Geschichtsbetrachtung zu: der *kritischen*. Nietzsche wird sie später für sich selbst in Anspruch nehmen; er hat sie nachträglich in das zu einfache Gegensatzpaar monumentalisch/antiquarisch eingeschoben. Der Mensch der kritischen Geschichtsauffassung muß »die Kraft haben und von Zeit zu Zeit anwenden, eine Vergangenheit zu zerbrechen und aufzulösen, um leben zu können«. Die Vergangenheit wird dann vor Gericht gezogen. Nicht die Gerechtigkeit sitze hier zu Gericht, sondern das Leben, »jene dunkle, treibende, unersättlich sich selbst begehrende Macht«. Leben heißt »ungerecht sein«. So weit stimmt alles noch mit dem Anfang überein. Das Tier fand sein Glück im Vergessen, und so brauchte auch das Leben das Vergessen. Jetzt aber macht der Abschnitt eine unvorhergesehene Wendung. Das *kritische* Vergessen unterscheidet sich sehr wohl vom Dahinleben der Tiere.

»Mitunter aber verlangt eben dasselbe Leben, das die Vergessenheit

braucht, die zeitweilige Vernichtung dieser Vergessenheit; dann soll es eben gerade klar werden, wie ungerecht die Existenz irgend eines Dinges, eines Privilegs, einer Kaste, einer Dynastie zum Beispiel ist, wie sehr dieses Ding den Untergang verdient.«[8] Nietzsche arbeitet mit einer doppelten Negation. Die Vergessenheit braucht – um kritisch zu werden – eine vorübergehende »Vernichtung dieser Vergessenheit« – eine Überdeutlichkeit des Erinnerns, in der klar wird, warum diese oder jene Dinge ihre Existenzberechtigung verloren haben. Doch diese radikale Geste stößt an ihre Grenzen. Da man sich eingestehen müsse, selbst aus diesen Irrtümern herzustammen, gelinge es niemals ganz, sich von der »Kette zu lösen«.
Der Abschnitt löst sich nun selbst in eine Kette von Reflexionen auf. Bestenfalls werde man es dazu bringen, über die »angestammte Natur« eine »neue Gewöhnung« einzupflanzen. Nietzsche sieht die Verlockung dieser Operation: »Es ist ein Versuch, sich gleichsam a posteriori eine Vergangenheit *zu* geben, ans der man stammen möchte, im Gegensatz zu der, aus der man stammt – immer ein gefährlicher Versuch.« Denn die neue Gewöhnung ist noch schwach. Man erkennt in Abgrenzung von der Vergangenheit das Gute ohne es zu tun. Was in der Anwendung der Kritik bleibe, sei nur ein merkwürdiger Trost: »nämlich zu wissen, dass auch jene erste Natur irgend wann einmal eine zweite Natur war und dass jede siegende zweite Natur zu einer ersten wird.«

Die Versuchung liegt nahe, diese Sätze aus dem Jahre 1873/74 einer Schematisierung der deutschen Nachkriegsgeschichte nach 1945 zugrundezulegen. Was bei Spinoza noch ahistorisch nebeneinander lag, die Möglichkeit verschiedener Gewissen, ist nun in eine historische Abfolge gebracht, in der die spätere Form sich anschickt, die frühere zu kritisieren. Weil aber zugleich die Kette immer mitläuft und die Vergangenheit, aus der man stammt, mehr Macht hat als die Vergangenheit, aus der man stammen möchte, ist bei dieser Unternehmung von vornherein mit einigen Komplikationen zu rechnen.

IV. Erinnern und Vergessen.

Es gibt kaum einen besseren Text, um sich die geistige Situation unmittelbar nach Kriegsende zu vergegenwärtigen, als Karl Jaspers' Heidelberger Vorlesung aus dem Wintersemester 1945/46. Auch wer mit dem Philosophen Jaspers nicht viel am Hute hat, wird von der Präzision der Zergliederung der Schuldfrage beeindruckt sein, und er wird sich eingestehen müssen, daß seither nicht viel Erhellendes mehr hinzugekommen ist. Jaspers unterschied vier Arten der Schuld: Die Verbrechen, die politische Schuld, die moralische Schuld und ein seltsames Etwas, das er die »metaphysische Schuld« nannte. Auf jeder Stufe diskutiert er die naheliegenden Einwände seiner Zeitgenossen.

Das *Verbrechen* findet seine Strafe – im Nürnberger Prozeß. Ja, aber gilt nicht »nulla poene sine lege«, d. h. kann nicht ein Urteil nur gefällt werden nach einem Gesetz, das vor Begehen der Tat bestand? »In Nürnberg aber wird mit rückwirkender Kraft nach Gesetzen geurteilt, die die Sieger jetzt aufgestellt haben.« So beurteilen die beleidigten Deutschen. Jaspers versucht ihnen geduldig zu erklären, daß es so etwas wie ein Naturrecht gebe. Für die *politische Schuld* gibt es eine kollektive politische Haftung. Sie besteht darin, die nun einsetzende »völlige politische Ohnmacht« zu akzeptieren. Das fällt vielen nicht leicht, aber Jaspers lehnt die damals diskutierte Kollektivschuldthese ab und er hält als eine Art Trost bereit, daß diese Haftung ja nicht die »Seele« betreffe.[9] Mit der *moralischen Schuld* ist es schon schwieriger. Sie erfordert, sich klarzumachen, daß man einem »falschen Gewissen« gefolgt war. Die Einführung der alten Kategorie der *conscientia erronea* zeigt, daß Jaspers noch nicht ein Opfer der in den 50er Jahren einsetzenden Verdrängung war, die – frei nach dem weit verbreiteten Bildband zum zehnten Jahrestag des 20. Juli: *Das Gewissen steht auf* – ein Gewissen nur dem Widerstand gegen Hitler, den Nationalsozialisten aber keines zubilligte. Unmittelbar nach Kriegsende ist noch deutlich, daß die Realität schlimmer und komplexer war: Auch die Nationalsozialisten hatten ihr Gewissen, es unterschied sich als »transmoralisches Gewissen« *sui generis* allerdings grundsätzlich von allen Formen, die man bislang als »Gewissen« bezeichnet hatte.[10] Jaspers hält eine »moralische Erneuerung« für möglich, nicht ohne hinzuzufügen, daß sie bei denjenigen wohl etwas tiefer gehen müsse, die im Jahr 1933 mit einem »gesteigerten Daseinsgefühl« sich dem Nationalsozialismus zugewandt hatten. Lesen wir den Hinweis ruhig als einen Wink an Martin Heidegger.

Das gesteigerte Daseinsgefühl von 1933 taucht auch in der letzten und umstrittensten Schuldkategorie wieder auf: in der *metaphysischen Schuld*, dort unter dem Begriff des »Rausches«. Was metaphysische Schuld sei, wie man sie heute umformulieren könnte, bleibt hier außer Betracht. Nur die beschreibenden Passagen, die Jaspers gibt, sind für uns von Belang. Primär geht es Jaspers um Macht und Ohnmacht beim Mitansehen von »Plünderungen, Deportationen und Ermordungen unserer jüdischen Freunde und Mitbürger, als zu unserer untilgbaren Schmach und Schande 1938 in ganz

Deutschland die Synagogen, Gotteshäuser, brannten«. Wer noch Macht hatte – Jaspers denkt an die Reichswehr –, habe politische und moralische Schuld auf sich geladen, wer ohnmächtig-empört zusah, wisse vor Gott, was ihn demütige. Doch diese Beschreibung einer existenziellen Situation hat noch einen weiterreichenden Hintergrund. Nimmt man die beiden Kategorien zusammen, den »Rausch« von 1933 und das Bewußtwerden einer »metaphysischen Schuld«, wird erst recht deutlich, wie Erinnern und das Vergessen in der Nachkriegszeit bis in die frühen 60er Jahre hinein gelagert waren. Die Deutschen befanden sich in ihrer Mehrzahl in einer paradoxen Lage: Sie sollten etwas *vergessen,* was sie gerne mitgemacht hatten – den »schönen Schein« des Dritten Reiches; sie sollten sich aber *erinnern* an etwas, bei dem sie schon damals stillschweigend weggesehen – falls sie die Vernichtung der Juden nicht sogar um der deutschen »Selbstbehauptung« willen achselzuckend hingenommen hatten.[11]

Wenn Maurice Halbwachs mit seiner These recht hat, daß das individuelle Gedächtnis einen kollektiven Bezugsrahmen braucht, und daß eine »Umformung der Bezugsrahmen des Gedächtnisses das Verschwinden oder die Umformung unserer Erinnerung nach sich zieht«[12], dann kann man die Deutsche Geschichte im 20. Jahrhundert als eine Geschichte der kollektiven Rahmenbrüche schreiben. Die Kenndaten dieser Brüche heißen: 1918, 1933, 1945 und zuletzt noch 1989. Die zentrale Bruchlinie ist die von 1945; hier endet abrupt (mit einigen Nachbeben) eine historische Epoche, der ich den Namen »heroische Moderne« geben würde. Sie beginnt theoretisch mit Nietzsche, wird praktisch im 1. Weltkrieg, steigert sich in der »Weimarer Republik« und findet ihren dunklen Höhepunkt im Dritten Reich. Sie ist geprägt durch die zwanghafte Vorstellung, gegen das Ganze der Geschichte antreten zu müssen, gegen einen historischen Prozeß, der sich seinerseits gegen die Deutschen verschworen zu haben scheint. Wenn die Geschichte in Feindeshand geraten ist, wenn mit ihr kein Synergismus mehr möglich ist, dann muß es *gegen* sie gehen; dann müssen übermenschliche Kräfte mobilisiert werden, dann hilft auch die herkömmliche Moral nicht mehr weiter. Dann braucht man ein neues, ein heroisches Gewissen[13], das sich auf Taten vorbereitet, die getan werden müssen, auch wenn sie Schuld nach sich ziehen.

Es entstand eine Situation, die Hannah Arendt gültig umrissen hat: »Im Dritten Reich hatte das Böse die Eigenschaft verloren, an der die meisten Menschen es erkennen – es trat nicht mehr die Versuchung an den Menschen heran.«[14] Wenn dann wie 1945 ein Bruch der Normen stattfand, kehrte sich diese Situation ruckartig um. Nun sollte – möglichst von einem

Tag auf den anderen – wieder »böse« sein, was ehemals als »gut« oder zumindest als »notwendig« galt. Die heroische Moderne, die schon in bedenklicher Selbstübersteigerung begonnen hatte, endete nicht in heroischen Taten, sondern in einem ganz unheroischen Verbrechen. Und als die Einsicht heranreift, daß man nicht – in Einklang mit Hitlers Wahn – die Welt vor »dem Juden« gerettet, sondern nur Menschen umgebracht hatte, wurde die Vergangenheit peinlich. Der *Feind* war gar nicht das gewesen, was man von ihm geglaubt hatte. Vor einiger Zeit habe ich gelesen (leider weiß ich den Fundort nicht mehr), ein israelischer Psychoanalytiker habe gesagt, die Deutschen würden den Juden niemals verzeihen, was sie ihnen angetan hätten. So wird es wohl sein. Peinliche Erinnerungen aber motivieren Vergessen, Verdrängungen und Widerstände.

V. Schicksalsrausch

Den literarischen Begriff »Schicksalsrausch« verdanken wir – in einer spezifischen Brechung – Gottfried Benn. Er fällt in der 1950 veröffentlichten autobiographischen Schrift *Doppelleben*. Sie beginnt mit dem Hinweis, daß eine vorherige autobiographische Einlassung aus dem Jahre 1934 *vergriffen* sei. Der Dichter scheint aufzuatmen, doch nichts ist so vergriffen, daß nicht ein Herausgeber es wieder ans Licht zöge. Und daher lesen wir Gottfried Benns höchsteigenen Ariernachweis. Er argumentiert, daß »Benn« nichts mit »der hebräischen Silbe ben« zu tun habe.[15] »Vergriffen« – ein bezeichnendes Wort. In diese vergriffene Zeit gehört die Rundfunkrede vom 24. April 1933 »Der neue Staat und die Intellektuellen«. Sie rechnet deutlich genug mit den liberalen Intellektuellen ab und dekretiert, nur leicht verschanzt hinter der »neuen Jugend«, nun sei es genug mit der »antiheroischen Ideologie«.[16] Im *Doppelleben* von 1950 erfahren wir hingegen von den jüdischen Bekannten Benns um 1930, und wie sehr er Weininger, Else Lasker-Schüler, Kafka und Döblin schätzte. Dies alles ausrotten zu wollen sei ihm damals undenkbar erschienen, so als wolle man »die Geschichte blockieren, den Kulturkreis destruieren« – ach, hatte er nicht 1933 gesagt, die Geschichte verfahre nun einmal nicht demokratisch, sondern schicke einen »neuen biologischen Typ vor«?[17]

Nun leitet er hinüber zu dem teilweise in das *Doppelleben* aufgenommenen Briefwechsel mit Klaus Mann vom Mai 1933. Klaus Mann sitzt schon im »Hotel de la Tour«, Sanary im Departement Var, und reagiert auf Benns »Antwort an die literarischen Emigranten.« Benn, der 1950 sogleich einräumt, daß dieser wohlerzogene 27jährige aus guter Familie damals richtiger sah als er, der ältere, distanziert sich in seiner Antwort von Führer und Partei, zieht aber, gestützt auf Fichte, Burckhardt und Nietzsche, eine dreiteilige Geschichtsmetaphysik aus der Tasche, die besagt: 1.) die Weltgeschichte sei nicht der Boden des Glücks (meint er nicht vielleicht Hegel?), 2.) Völker seien dazu berufen, ihnen eigene »Lebenszüge« an den Tag zu bringen, 3.) gegen die Verkleinerung des Menschen müsse man die Züchtung einer stärkeren Rasse ins Auge fassen. »Problem: wo sind die Barbaren des zwanzigsten Jahrhunderts«? Andere Partien seines Briefes würde er heute so nicht mehr schreiben, sie seien zu romantisch, hätten einen »unangenehmen Schwung« und seien »erfüllt von einer Art ›Schicksalsrausch‹«. Er bittet seine Leser von 1950 dieses Wort im Gedächtnis zu behalten, es stamme »aus dem Arsenal eines Erfahreneren.«[18] Offenbar schämt sich Benn einiger Passagen, sie sind ihm peinlich.

Natürlich ist auch die »Antwort an die literarischen Emigranten« getreulich abgedruckt, und der Leser kann nach einigem Hin- und Herschlagen die *rauschhaften* Teile isolieren. Es fehlt ein Abschnitt, den Benn 1950 nicht wiederholen möchte, den er aber heute, im Jahre 1999 (so können wir nach der Goldhagen-Debatte sagen) getrost wieder hinzusetzen könnte: Er antwortet Klaus Mann, daß hinter Hitler nicht irgendwelche »deutschen Schafe« stünden, sondern das gesamte deutsche Volk, »friedliebend und arbeitswillig, wenn es sein muß, auch untergangsbereit«.[19] Es fehlt seine Begeisterung für den von Goebbels inszenierten 1. Mai 1933.

Es fehlt zwar im Wiederabdruck von 1950 nicht die Formel, daß es die Eigenart der Geschichte sei, an ihren Wendepunkten »einen neuen menschlichen Typ aus dem unerschöpflichen Schoß der Rasse zu schicken, der sich durchkämpfen muß«. Es fehlen aber die näheren Ausführungen: »Ein Volk will sich züchten« – eine freie Variante des letzten Abschnitts »Zucht und Züchtung« aus Elisabeth Nietzsches *Der Wille zur Macht*. Es fehlen die Beschimpfungen des Emigranten in seinem mediterranen Badeort mitsamt seinem »bürgerlichen Neunzehntes-Jahrhundert-Gehirn« – es fehlt auch die auffordernde Versicherung, Klaus Mann solle doch zur deutschen »Wissenschafts- und Kunstpflege« zurückkehren, »die Ihnen auch jetzt nicht viel getan hätte, wenn Sie hiergeblieben wären«.[20]

Worte, geschrieben im Schicksalsrausch. Nun wird im *Doppelleben* der Begriff seiner Herkunft nach enthüllt und dem Sohn posthum präsentiert. Er stammt von Thomas Mann aus dem Jahre 1930 und beleuchtet dessen Verhältnis zum Ersten Weltkrieg, den er noch 1918 in den *Betrachtungen eines Unpolitischen* gefeiert hatte. Im Rückblick sagt Thomas Mann dazu:

»Das Gefühl epochaler und zeitalterscheidender Wende, die auch in mein persönliches Leben unweigerlich tief eingreifen mußte, war von Anfang an sehr stark in mir gewesen, es war der Grund *des Schicksalsrausches*, der meinem Verhältnis zum Kriege den *deutsch-positiven Charakter* verlieh.« Diese »seltsam-erregenden Sätze« nimmt Gottfried Benn nun für sein Erlebnis von 1933 in Anspruch – und wenn es im 20. Jahrhundert zwei deutsche Volksverschmelzungen gegeben hat, dann sind es sicherlich die ersten Kriegsmonate 1914 und die Anfangsjahre des »Dritten Reiches« gewesen. Doch der Rausch verflüchtigt sich allmählich, bei dem einen schneller, bei dem anderen langsamer. Man könnte überhaupt die Geschichte der zu Hause gebliebenen Intelligenz zwischen 1933 und 1945 als eine Geschichte des Aufwachens aus dem »Schicksalsrausch« schreiben. Für Gottfried Benn war, inmitten alter und neuer Anfeindungen und dem Irrtum, die Armee beschirme eine »aristokratische Form der Emigration«, 1938 ein Einschnitt: der Hinauswurf per Einschreiben aus der Reichsschriftumskammer. Die Aufzeichnungen aus dem »Block II, Zimmer 66« von 1943/44 ziehen dann schon Bilanz. Nun will er, der anfangs doch so genau wußte, wen die Geschichte *vorschickt* und wen sie in der Emigration verwirft, den »Vogel der Minerva« nicht mehr in seinen Bunker locken.[21]

Die Aufzeichnungen »Zum Thema Geschichte«, geschrieben um 1943, gehen einen Schritt weiter. Benn muß sich eingestehen, daß das NS-Geschichtsbild auch in die Wehrmacht eingedrungen war. »›Die Juden‹ – sagen die Militärs, wenn die Amerikaner in Nordafrika landen.« Die Abkömmlinge alter Adelsgeschlechter, ehrbarer Kaufmannsfamilien und großer Pfarrerdynastien plündern Europa aus, und »alle ausnahmslos sehen die Lastwagen, auf die jüdische Kinder, vor aller Augen aus den Häusern geholt, geworfen werden, um für immer zu verschwinden«.[22] Es ist dieselbe Erfahrung, die Jaspers als Phänomen der »metaphysischen Schuld« unterlegt hatte. Benn beschließt eine Radikalkur: *»Wünsche für Deutschland:* Neue Begriffsbestimmungen für Held und Ehre. Ausmerzung (sic!) jeder Person, die innerhalb der nächsten hundert Jahre Preußentum oder das Reich sagt. Geschichte als Verwaltung mittleren Beamten des gehobenen Dienstes überlassen, aber als Richtung und Prinzip einer europäischen Exekutive öffentlich unterstellen. Die Kinder vom sechsten bis sechzehnten Jahr nach Wahl der Eltern in der Schweiz, in England, Frankreich, Amerika, Dänemark auf Staatskosten erziehen«. Ein mutiger Satz zur Beendigung der »heroischen Moderne«. Doch leider – die unerbittlichen Bemerkungen des Herausgebers besagen, daß diese Aufzeichnungen zwar für eine Veröffentlichung im Jahre 1949 vorgesehen waren, dann aber »aus Rücksicht auf noch bestehende Empfindlichkeiten« nicht publiziert wurden. Sie gelangten in den Nachlaß.

»*Conscientiae morsus* est Tristitia, concomitante idea rei praeteritae, quae praeter Spem evenit.« So hatte Spinoza definiert, und so ist es den Deutschen mit dem Dritten Reich ergangen. Es wurde zu einer Vergangenheit, die anders ausgegangen war, als man gehofft hatte. Doch die *tristitia* setzte sich so schnell nicht durch. Hitler – wie ein neuer Forschungsüberblick zeigt – hatte im Spätsommer 1941 in kürzester Frist den »Blitzkrieg« gegen die Sowjetunion in einen Ausrottungskrieg gegen europäische Juden verwandelt,[23] und dieses Vernichtungsprogramm wurde nun als Bestandteil in den »heroischen Schicksalskampf« aufgenommen. Auf nichts anderes spielt Himmler in seiner Rede vom Oktober 1943 in Posen an, wenn er davon spricht, dies sei ein »niemals geschriebenes und niemals zu schreibendes Ruhmesblatt unserer Geschichte«.[24]

Nachklänge einer Weigerung, in der Ermordung der europäischen Juden *kein* Ruhmesblatt zu sehen, reichen bis in die 50er Jahre hinein. Eine nach heutigem Empfinden unglaubliche Passage aus *dem* Erfolgsbuch jener Tage macht das nur leicht verschleierte Festhalten an vergangenen »Heldentaten« deutlich. Sie sei daher in einiger Länge zitiert; es ist eine Szene aus einem amerikanischen Kriegsgefangenenlager. »Unter den hohen SS-Führern ragten zwei durch ihr Auftreten und ihre Tätigkeit im Lager besonders hervor. Sie taten Dienst als Lagerpolizisten. Der eine, ein Standartenführer, war zuletzt von Himmler nach Ungarn delegiert worden, um dort die ›Judenfrage zu lösen‹; er löste sie auf eine erstaunliche Art, welche bewies, daß mit einiger Geschicklichkeit auch solche Aufgaben auf eine Weise bewältigt werden konnten, die selbst die moralisch so selbstsicheren und anspruchsvollen Amerikaner zu Ausdrücken der Hochachtung hinriß. Sie vernahmen ihn eingehend, sie verprügelten ihn nicht, im Gegenteil, sie nahmen ihn in ihrem Jeep mit nach Deggendorf in die dortige Offiziersmesse zum Mittagessen und entließen ihn jedesmal ins Lager, indem sie ihn feierlich militärisch grüßten. Der andere, ein Obersturmbannführer, war der letzte Kommandeur des ersten Regiments der SS-Panzer-Division ›Leibstandarte‹. Diesen beiden SS-Führern war es eindeutig zu verdanken, daß, wenigstens in diesem Lager, die Einstellung der Amerikaner sich gegenüber der Waffen-SS in einem erstaunlichen Maße wandelte. Die beiden schritten durch das Lager, mit nichts als dem weißen Höschen bekleidet, beide schlank, groß und blond, in ihrer Autorität absolut unangefochten – wie Ille [die Ehefrau des Autors] sagte: ›... wie germanische Herzöge, denen der vom Blute der im Kampf erschlagenen Feinde noch gerötete Mantel unsichtbar von den Schultern wallt.‹ Sie vertraten selbst in den Augen der kritischen Generalität einen Typus, der vorbildlich war – kluge, sachliche, souveräne Gestalten ohne jeden Bruch, körperlich und geistig ohne jede Spur von organischem und intellektuellem Fett.«[25]

Der Realitätsgehalt dieser Szene ist sekundär – wichtig ist das deutsche Selbstbild, das alles in sich aufsaugt, was an alter Befindlichkeit unter der Oberfläche lauerte. Souverän bleiben, keinen Bruch im Denken, Verwandlung der Ermordung von Menschen in ein brillant gelöstes logistisches Problem, dem angeblich auch die Gegner die Achtung nicht versagen konnten, weiße Höschen, in denen blonde Bestien stecken, und der Hauch der Weltgeschichte im Andenken an Felix Dahns *Ein Kampf um Rom*. Mein Exemplar des *Fragebogens* von Ernst von Salomon hat 1952 das 181. Tausend erreicht, es ist gewidmet »dem lieben Richard zu seinem 70. Geburtstag« von Gertrud und Trudi. Nun mag man sagen, von Ernst von Salomon sei nichts anderes zu erwarten gewesen. Es geht aber nicht um ihn, sondern um seine Leser.

VI. »... kann nicht vergessen werden«

Was haben Gertrud, Trudi und Richard damit zu tun, daß das Thema des Erinnerns und Vergessens zur späten Selbstverständigung der Deutschen in den 80er und 90er Jahren wurde? Sehr viel. Ernst von Salomon merkt an, seine beiden SS-Führer hätten sich bei der Diskussion der Schuldfrage im Lager »eher gelangweilt als unmittelbar angesprochen« gefühlt. Der Begriff *Unlust* bezeichnet viel eher die unmittelbare Reaktion. Man hatte keine Lust darüber zu reden, diskutiert aber ausführlich noch einmal die »Verlorenen Siege« des Generalfeldmarschalls v. Manstein. Wer in der vergilbten Ausgabe der Sondernummer des »Parlaments« vom 20. Juli 1952 blättert, bekommt einen guten Einblick in die Geisteslage jener Zeit. Anläßlich des Remer-Prozesses in Braunschweig wurde als Gutachter der Historiker und Kriegstagebuchführer der Wehrmacht Percy Ernst Schramm bestellt, der dem Gericht deutlich zu machen versuchte, daß der Krieg 1944 wirklich und wahrhaftig verloren war und daß der Ausgang des Krieges weder durch Verrat noch durch Sabotage zu erklären sei.[26] Vom Mord an den europäischen Juden war ohnehin nicht die Rede. Das änderte sich erst in den 60er Jahren, aber zu dieser Zeit stand die Generation der unmittelbaren Zeitgenossen nicht mehr allein auf der politischen Bühne.

Die nächste Generation nutzte die seit den frühen 60er Jahren in den Frankfurter Prozessen zutage tretenden Erkenntnisse zur Emanzipation von den Eltern. Die Bewegung der sogenannten 68er ist ohne diesen Hintergrund gar nicht denkbar. Die Väter hatten die peinliche Scham verdrängt – die Kinder erst verwandelten die Schamfrage in eine eigentliche Schuldfrage. Die »Kritische Theorie« half ihnen dabei. Was davon bei der Mehrzahl engagierter Studenten ankam, stellt sich aus heutiger Sicht als eine seltsame Mischung aus nachgeholter Linkskurve und altdeutscher Zivilisationskritik dar. Die älteren dankten es ihnen nicht; dem Soziologen Helmut Schelsky blieb es vorbehalten, 1975 im Vorwort zur Neuauflage seiner *Skeptischen Generation* von 1957 den Tod von Benno Ohnesorge mit der »Märtyrerrolle« von Horst Wessel zu vergleichen und vor einer erneuten Ideologisierung zu warnen[27] Aber eine »Ideologisierung« ist nicht wie die andere, und in die bleierne Zeit der 50er waren nun erhebliche Breschen geschlagen. Zu einer gewissen Breitenwirkung auch jenseits der elitären Diskussionszirkel brachte es das 1967 erschienene Buch von Alexander und Margarete Mitscherlich: *Die Unfähigkeit zu trauern.* Nun war aber das Buch der Mitscherlichs nicht für diese Generation geschrieben, sondern, wie die Fallbeispiele zu Beginn zeigen, für die Generation der Täter. Die Unfähigkeit zu trauern betraf primär das Eingeständnis der Liebe zum Führer, die nun, nach dessen Entwertung durch die Sieger, zu einer Selbstverarmung und -entwertung geführt hatte.[28] Die im Krieg geborene Generation mißverstand das Buch und las daraus, die Deutschen seien unfähig, ihre Untaten zu betrauern. Das hat längerfristig in eine Erinnerungskultur hineingeführt, in die Etablierung eines offiziellen Betroffenheitsbetriebes, der sich zu guter Letzt mit dem Kunstbetrieb verbündet hat[29] Mit einigem Recht kann man sagen, daß die Diskussion um die Errichtung des Denkmals für die ermordeten Juden Europas der Kulminations- und Endpunkt dieser Phase der deutschen »Gewissenseinkehr« war. Wer fragt, was diese Debatte historisch bedeutet hat, mag sich an die Worte Nietzsches über die kritische Geschichtsschreibung erinnern. Was waren seine beiden Hauptpunkte? Die Kritik brauchte eine »Vernichtung der Vergessenheit«. Das ist – mit einer Zeitverzögerung, für die Gertrud, Trudi und Richard verantwortlich zeichnen – eingetreten; in der wissenschaftlichen Erforschung der Jahre des Dritten Reiches ist kein Ende abzusehen. Und das ist gut so. Zugleich aber hat es auch an Versuchungen nicht gefehlt, »sich gleichsam a posteriori eine Vergangenheit zu geben, aus der man stammen möchte, im Gegensatz zu der, aus der man stammt«. Nicht umsonst hatte Nietzsche hinzugefügt: »Immer ein gefährlicher Versuch.«

Hatten die Väter ihre Geschichte in peinlicher Scham verdrängt oder eine Trotzhaltung eingenommen, versuchten die Kinder, sich eine neue

Abstammung zu geben. Diese neue Herkunft wurde aus der Identifikation mit den Opfern erborgt. Das fiel zunächst im Denken der 68er nicht weiter auf, weil es das Verdrängte und Vergessene in allen kulturellen Bereichen wiederzuentdecken galt. Als diese Grundhaltung aber ubiquitär wurde, waren politische Ritualisierungen unvermeidlich. Wenn überhaupt das Berliner Holocaust-Denkmal eine symbolische Bedeutung bekommen wird, dann die, die Unmöglichkeit dieser Identifikation mit den Opfern nachgewiesen zu haben. Offenbar ist auch dieser Versuch, eine angemessene Einstellung zu den Verbrechen des Dritten Reiches einzunehmen, zum Scheitern verurteilt. Den letzten Grund dieses Scheiterns wird man darin suchen dürfen, daß *Reue* in diesem Fall eine unangemesse Haltung war. Wo aber die Reue scheitert, scheitert auch die Wiedergeburt – und statt Wiedergeburten präsentiert die Erinnerungskultur Monstren.

In seiner Schrift *Das Unbehagen in der Kultur* greift Sigmund Freud zu einem seltsamen Bild. Er führt es ein über eine Bemerkung zum *Vergessen.* »Seitdem wir den Irrtum überwunden haben, daß das uns geläufige Vergessen eine Zerstörung der Gedächtnisspur, also eine Vernichtung bedeutet, neigen wir zu der entgegengesetzten Annahme, daß im Seelenleben nichts, was einmal gebildet wurde, untergehen kann, daß alles irgendwie erhalten bleibt…«[30] Dann folgt die phantastische Annahme, die Stadt Rom sei ein psychisches Wesen mit einer Topographie, in der das zeitliche Nacheinander in ein räumliches Nebeneinander verwandelt ist. Alles ist gleichzeitig ineinandergeschoben sichtbar, ohne daß man eines der Gebäude abtragen müßte. Doch Freud bricht das Bild ab mit dem Hinweis, derselbe Raum vertrüge nicht zweierlei Ausfüllung – das Seelenleben folge aber anderen Eigentümlichkeiten. Aber so und nicht anders ist es den Deutschen mit ihrem 20. Jahrhundert ergangen – das zeitliche Nacheinander ist zu einem räumlichen Nebeneinander in einer psychischen Gegenwart geworden, die die Vergangenheit einbehält. Jede Generation hat bislang im Rahmen ihrer jeweiligen kulturellen Möglichkeiten agiert. Die Väter haben verdrängt, die 68er haben moralisiert. Ein Stück des Verdrängten haben sie ans Licht befördert, aber ihre Identifikation mit den Opfern konnte nur in einer Sackgasse enden. Vielleicht gelingt der Generation der munter-depressiven <http://www.internetsurfer.de.> in ihrer größer werdenden zeitlichen Distanz wirklich etwas Neues: Eine detaillierte Erforschung der Zusammenhänge, die Nachzeichnung eines unpathetischen Nebeneinanders von »Schicksalsrausch« und »metaphysischer Schuld« in einem Geschichtsraum, aus dem es keine Abschiede gibt, keine willkommenen und keine unwillkommenen.

1 Benedictus des Spinoza: Die Ethik. Revidierte Übersetzung von Jakob Stern. Nachwort von Bernd Lakebrink, Stuttgart 1977, S.407 und S.415. III, Def. 17 und Def. 27, Erläuterung.
2 Immanuel Kant. Sein Leben in Darstellungen von Zeitgenossen. Die Biographien von L.E. Borowski, R.B. Jachmann und A. Ch. Wasianski, Darmstadt 1974. S. 256 ff. und S. 229.
3 Sigmund Freud: Der psychische Mechanismus hysterischer Phänomene, in: Sigmund Freud: Gesammelte Werke, Frankfurt am Main 1963 ff., Bd. I, S. 87.
4 Wasianski, a.a.O., S. 261
5 Friedrich Nietzsche, Nachgelassene Fragmente 1869–1874, Kritische Studienausgabe, Hrsg. G. Colli/M. Montinari, im Folg. zit KSA, Berlin 1988, Bd. VII, S. 694.
6 Nietzsche, Vom Nutzen und Nachtheil der Historie für das Leben, KSA I, S. 248 ff.
7 Vgl. dazu: H.D. Kittsteiner: Vom Nutzen und Nachteil des Vergessens für die Geschichte, in: Gary Smith und Hinderk M. Emrich: Vom Nutzen des Vergessens, Berlin 1996, S. 133–174.
8 Nietzsche, ebd., S. 269
9 Karl Jaspers: Erneuerung der Universität. Reden und Schriften 1945/46. Hrsg. Renato de Rosa, Heidelberg 1986, S. 156 und S. 161 f.
10 Jaspers, ebd., S. 164 ff. – Vgl. dazu: H.D. Kittsteiner: Das deutsche Gewissen im 20. Jahrhundert, in: Richard Faber (Hg.) Politische Religion – religiöse Politik, Würzburg 1997, S. 227–242.
11 Peter Reichel: Der schöne Schein des Dritten Reiches. Faszination und Gewalt des Faschismus, Frankfurt am Main 1993. – Raul Hilberg: Täter, Opfer, Zuschauer. Die Vernichtung der Juden 1933–45, Frankfurt am Main 1992, S. 237.
12 Maurice Halbwachs: Das Gedächtnis und seine sozialen Bedingungen, Frankfurt am Main 1985, S. 143.
13 Alfred v. Martin: Der heroische Nihilismus und seine Überwindung. Ernst Jüngers Weg durch die Krise, Krefeld 1948, S. 38
14 Hannah Arendt: Eichmann in Jerusalem. Ein Bericht von der Banalität des Bösen, München 1964, S. 189.
15 Gottfried Benn: Lebensweg eines Intellektualisten, in: Gesammelte Werke, Hg. Dieter Wellershoff, Stuttgart 1986, Bd. IV, S. 22.
16 Benn, a.a.O., Bd. I, S. 448.
17 Benn, ebd., Bd IV, S. 72 und Bd. I, S. 444.
18 Benn, ebd., Bd. IV, S. 79 f.
19 Benn, Antwort an die literarischen Emigranten, a.a.O., Bd. IV, S. 247.
20 Benn, a.a.O., Bd. IV. S. 242 ff.
21 Benn, ebd., S. 84, 94, 103 und 166.
22 Benn, a.a.O., Bd. I, S. 377 ff. und 388
23 Tobias Jersak: Die Interaktion von Kriegsverlauf und Judenvernichtung. Ein Blick auf Hitlers Strategie im Spätsommer 1941, Historische Zeitschrift, Bd. 268 (1999), S. 311–374. – Vgl. aber auch Götz Aly: ›Endlösung‹. Völkerverschiebung und der Mord an den europäischen Juden, Frankfurt am Main 1995, S. 387 ff.
24 Aly, a.a.O., S. 394
25 Ernst von Salomon: Der Fragebogen, Hamburg 1952, S. 598.
26 Das Parlament. Die Woche im Bundestag. Sondernummer, 20. Juli 1952, S. 22: Major Remer führte 1944 in Berlin die Verhaftungen in der Bendlerstraße durch, schloß sich nach dem Krieg einer neonazistischen Partei an und sprach von den Widerstandskämpfern als von »vom Ausland bezahlten Landesverrätern«.
27 Helmut Schelsky: Die skeptische Generation. Eine Soziologie der deutschen Jugend, Frankfurt am Main–Berlin–Wien 1984, S. XVIII.
28 Ebd., S. 34 f. – Sicherlich kann man nicht pauschal von einer einheitlichen Affektbeziehung des deutschen Volkes zu Hitler sprechen; dennoch scheint der Aufbau eines »nationalsozialistischen Gewissens« zumindest temporär gelungen zu sein. – Lutz Niethammer: Erinnerungsangebot und Erfahrungsgeschichte. Institutionalisierungen mit kollektivem Gedächtnis, in: Hanno Loewy (Hg.): Holocaust: Die Grenzen des Verstehens. Eine Debatte über die Besetzung der Geschichte, Reinbek bei Hamburg 1992, S. 26 f.
29 H.D. Kittsteiner: Die Geschichte nach dem Ende der Kunst, in: Merkur. Deutsche Zeitschrift für europäisches Denken, 52. Jg., 1998, S. 294–307.
30 Sigmund Freud: Das Unbehagen in der Kultur, Gesammelte Werke, Frankfurt am Main 1963 ff., Bd. XIV, S. 426 ff.

HARALD EGGEBRECHT

Die Unerreichbarkeit

Vom Aufgehobensein im Netz

Endlich allein: Vor sich nur Meer, hinter sich nur Dünen, über sich nur Himmel; kurz, Natur ringsum. Niemand kennt diesen Ort, hier ist er nicht erreichbar, der gestreßte, überkommunizierte Mensch. Hier kann er sich ausruhen, faulenzen, die Sonne auf die Nase scheinen und den Wind um die Ohren blasen lassen. Nichts will er mehr wissen über Intrigen im Betrieb, nichts hören von Familienkrächen, nichts lesen über Politik. Nein, Urlaub, das muß die Zeit sein, die ihm allein gehört, in die nicht die Interessen und Konflikte anderer einbrechen und sie womöglich besetzen.

So vergehen drei, vier Tage. Gewiß, gleich nach der Ankunft hatte er die nächste Telephonzelle aufgesucht und der Heimat mitgeteilt, daß er gesund angekommen sei. Auch wissen Familie und nächste Freunde, in welches Land er sich zurückgezogen hat, sogar in welche Gegend. Aber das ist es schon an Absicherung. Absicherung? Wollte er sich nicht wirklich absetzen, ohne daß irgend jemand wußte, wohin? Wollte er nicht den lang gehegten Wunsch nach dem Trip auf die einsame Insel sich erfüllen, drei Wochen lang gleichsam aus der Welt fallen?

Hat er doch, im Prinzip. Er wollte ja nur, daß die zu Hause nicht anfangen, sich Sorgen zu machen und nach ihm suchen, ihn gar als vermißt melden. Nach vier Tagen kann man ruhig wieder ein Lebenszeichen geben: Hallo, mich gibt es noch.

Spätestens hier zeigt sich, daß es kein Jenseits des Netzes mehr gibt, keine absolute Unerreichbarkeit. Gewünscht wird letztlich bloß die kleine Pause zwischendurch, die suggeriert, man könne dem Gewebe der allseitigen Verkabelung, dem Gewirr des ununterbrochenen Gesprächs tatsächlich noch entkommen. Dahinter aber schimmert immer die Angst durch, wirklich vergessen zu werden, den für einen kurzen Moment verlassenen Platz bei der Wiederkunft ausgefüllt zu sehen, als sei man nie dagewesen. Die Erreichbarkeit sichert das beruhigende Gefühl der eigenen Gegenwart und Anwesenheit. Wie könnte zum Beispiel der freie Autor sich über Wasser halten, wenn er keine Aufträge bekäme oder immer zu spät von ihnen erführe, weil er aushäusig war, als der entscheidende Anruf kam? Also kauft er sich einen Anrufbeantworter, der nicht nur den Anläutenden beruhigt, sondern vor allem den Besitzer der Maschine, die ihm munter entgegenblinkt, wie viele Leute an ihn gedacht haben. Welch diebisches Vergnügen darüber hinaus, den Anrufenden zu lauschen und den Zeitpunkt des Rückrufs selbst bestimmen zu können!

Auch die splendid isolation, die romantische Vorstellung von Größe durch Einsamkeit, von der Inspiration durch Einsiedelei, von der Autonomie des Genies ist sogar dort verblaßt, wo sie einst ihren schwarzen Höhepunkt hatte, beim Attentäter, der in der hintersten Kammer sitzt und fern der Welt seine Bombe bastelt, sein Messer schleift oder sein Gewehr putzt. Schon zum Ausspionieren seines Opfers muß er sich des ganzen Netzes bedienen und legt damit bereits wieder Spuren zu seinem vermeintlich unauffindbaren Adlerhorst. Schriftsteller und andere Künstler brauchen zwar die Phasen des Ungestörtseins, aber ansonsten gieren sie wie alle nach dem Gespräch, nach der Nachricht, nach der Geschichte, aus denen sie ihren Honig saugen. Kunst meint schließlich Kommunikation.

Nein, die Zeiten der Unerreichbarkeit, gewollt oder ungewollt, sind trotz aller Belästigungs- und Geschwätzigkeitsgefahren begrüßenswerterweise vorbei. Reinhold Messner kann vom Mt. Everest telephonieren oder mitten aus der Antarktis, die Astro- und Kosmonauten werden rund um die Uhr kontrolliert, die Staatsmänner der Welt sind verkabelt, man kann sich zum Glück sofort gegenseitig informieren, muß keine reitenden Boten senden, die dann doch zu spät kommen. Das ununterbrochene Sprechen und Mitteilen führt auch zur Minderung, manche werden sagen, zur Banalisierung der Probleme und Konflikte. Pech für Heroen.

Aber die Intimität! War eh immer nur ein Separée für Augenblicke, daran ändert sich letztlich nichts.

Aber das Geheimnis! Wer schweigen kann, wird das Geheimnis wahren können, das von der Dauerkommunikation nicht mehr bedroht ist als früher.

Jetzt läutet das Telephon, schnarrt das Fax, flimmert die e-Mail über den Schirm, und das Handy surrt in der Jackentasche Moment, Moment, der Trick ist ganz einfach: Erreichbarkeit ist die Kunst, sich nicht zu verzetteln, also kann der Ratschlag für das kommende Jahrtausend in dieser Hinsicht nur lauten: Eins nach dem anderen.

ANDREAS PLATTHAUS

Vergeßt dieses Lied

oder Thema ohne Variationen

»See if you can spot this one.« Ein Satz von Eric Clapton: Schaut mal, ob ihr das hier erkennt. Dieser Satz richtet sich scheinbar gegen das Vergessen, denn er beschwört die Erinnerung. Doch in dem Moment, wo er ausgesprochen wird, ist zugleich gesagt, daß die Gefahr des Vergessens besteht – oder der Wunsch danach. Doch das gewünschte, also zwangsweise Vergessen ist ein hoffnungsloses Unterfangen, denn es wird nur dort angestrebt, wo der normale Amnesieprozeß gegenüber allem Erlebten nicht einsetzt: bei traumatischen Erfahrungen oder tiefen Enttäuschungen. Das Vergessen soll als Strafe wirken oder dem Selbstschutz dienen; jedenfalls hat es Sanktionscharakter. Zwangsweises Vergessen ist der älteste Boykottversuch der Menschheit, und genauso sicher wie im Falle entsprechender ökonomischer oder militärischer Maßnahmen wird es immer wieder systematisch durchbrochen. Was bleibt, ist die Absichtserklärung, eine deklaratorische Äußerung, die zwar notwendige Bedingung fürs Vergessen ist, aber niemals hinreichend. Auch Eric Claptons Satz formuliert einen Zweifel, ein Mißtrauen gegenüber der Erinnerungsfähigkeit seiner Adressaten. Auf den ersten Blick würde man ihn als Anregung lesen, als eine positive Sanktion: Wer richtig rät, ist recht geraten. Denn er hat die Anforderungen erfüllt, die der Sprecher an ihn richtete. Doch es gibt eine weitere Lesart des Satzes, die uns eine Strategie des Vergessens verheißt, die dem Sprecher ermöglicht, was unmöglich scheint: vergessen zu machen, ohne selbst vergessen zu müssen.

»See if you can spot this one.« Das hätte auch Bruce Springsteen 1988 seinem Publikum sagen können. Als er nach der Auflösung seiner E-Street-Band zum ersten Mal wieder auf Tournee ging, hatte er eine Version von »Born to run« im Gepäck, die seine Zuhörer sprachlos ließ. Und ratlos. Auf einem an abseitigem Ort erschienenen Mitschnitt aus der Los Angeles Sports Arena kann man diese Version hören und sich all die offenen Münder dazu vorstellen, die seinerzeit gekommen waren, um die ewig junge Zukunft des Rock'n'Roll zu bejubeln. Dazu, zur »Zukunft des

Rock 'n' Roll«, war der Sänger bekanntlich im Jahr 1975 von Jon Landau, damals noch Musikkritiker und sehr wenig später schon Springsteens Manager, ausgerufen worden, und es gibt wohl kaum ein Urteil eines Popmusik-Kommentators, das häufiger von den eigenen Kollegen zitiert, mißbraucht, verhöhnt oder seinerseits be-, ver- und abgeurteilt worden wäre. Und bedingungslos geglaubt von Springsteens Anhängern. Wenn er jedoch jemals so etwas wie die Zukunft des Rock war, dann an diesem 27. April 1988, als er »Born to run« sang, wie es keiner kannte – bezeichnenderweise in einem Moment, als sich Springsteen selbst als alter Mann inszenierte und von Annie Leibovitz für das Cover seines Albums »Tunnel of Love« im schwarzen Anzug mit tiefen Falten im Gesicht und Geheimratsecken hatte fotografieren lassen. Es war denn auch nicht seine Musik, die in die Zukunft wies, sondern die Strategie seines Musizierens. Er ließ das Original von »Born to run« vergessen, weil er eine neue Phase beginnen wollte. Und weil er wußte, daß er »Born to run« nicht selbst würde vergessen können, ließ er es seine Fans vergessen, indem er es neu schuf, lediglich mit akustischer Gitarre und einer Mundharmonika begleitet. Die Rockhymne, die Lizenz zum Grölen, wurde zurückgeführt in die Tradition der singer & songwriter, aus der Springsteen selber stammte, die er aufgegeben hatte für den Anspruch, »die Zukunft des Rock 'n' Roll« zu werden. Nun war die alte Zukunft vergessen, und mit ihr wurde die Vergangenheit dem Orkus überantwortet. Und somit eine neue Zukunft möglich.

»See if you can spot this one.« So kündigte Eric Clapton vor sieben Jahren eines seiner alten Lieder an. Und dann spielte er es – nicht aufs neue, sondern ebenfalls ganz neu. Das Rätsel, das der Interpret aufgab, hatte sein Publikum bereits auf etwas Unerwartetes vorbereitet. Clapton entwarf ein musikalisches Vexierspiel, das jedoch keinen akustischen Dschungel aus Akkorden, Instrumenten, Klängen zur Tarnung verwendete, sondern das Enigmatische aus der Reduktion entstehen ließ. Die Vexierbilder gängiger Provenienz, wie wir sie aus Zeitschriften kennen, entfalten eine Linienvielfalt, die irgendwo, meist kopfstehend oder seitwärts gelegt, jedenfalls gut verborgen, das gesuchte Motiv enthält: als einen winzigen Bestandteil des Ganzen, als ein Muster unter einem anderen. Clapton verwirrte seine Zuhörer durch ein genau entgegengesetztes Verfahren. Er verbarg gar nichts, spielte einen einfachen Akkord, als ob er lediglich eine einzelne Gerade als Vexierbild zeichnen wollte: direkt in die Ohrmuschel seines Publikums hinein. Und diesen Akkord hatte er von jeglichem elektronischen Ballast des Originals befreit. Er intonierte sofort die Melodie, für die er zudem ein langsameres Tempo wählte: Man hatte somit mehr Zeit, zuzuhören. Das gesuchte Muster lag ganz offen zutage, doch im akustischen Gedächtnis seiner Zuhörer war es nicht präsent: Es war nicht etwas Vertrautes, das es im Vexierspiel zu entdecken galt, sondern etwas Verändertes.

»See if you can spot this one.« Die Kunst des Musikers liegt in der Interpretation: einer Auslegung oder Erklärung des Materials. Das Rätsel, das Clapton aufgegeben hat, wird sofort von ihm gelöst, wenn er die Saiten anschlägt. Doch die Lösung ist in seinem Fall eine Loslösung, weil die musikalische Erklärung mehr als nur eine Variation auf das ursprüngliche Thema ist: Sein Spiel ist eine Neudeutung. Bekanntlich läßt sich keine Melodie im Konzert perfekt wiedergeben, die Übertragung von der Partitur in Klang, vom optischen ins akustische Medium, ist notwendig subjektiv, so daß die Interpretation, die doch das Stück erklären soll, es bisweilen verfremdet, statt es erkennen zu lassen. Die Stärke der Rockmusik lag darin, diese Unwägbarkeit zu beseitigen. Die simplen Strukturen, die kurze Dauer der Stücke, der variationsarme Rhythmus – alles diente einem einzigen Ziel: der möglichst genauen musikalischen Reproduzierbarkeit. Im Rock 'n' Roll gab es nichts mehr zu variieren, und der Schlag der Baßtrommel machte die Musik spürbar und damit gegenständlich und damit eindeutig. Interpretation war nicht mehr vonnöten. Doch was eindeutig ist, kann man auch suchen lassen, weil es sich von allem anderen unterscheidet. Und was man suchen läßt, muß man verstecken können. Und was versteckt werden kann, kann auch vergessen werden.

»See if you can spot this one.« So leitete Eric Clapton seine Neuinterpretation von »Layla« ein, als er 1992 mit einer akustischen Begleitband in einem kleinen Studio von MTV saß und die erfolgreichste Session der Reihe »Unplugged« einspielte. Der Grundgedanke dieser Serie ist die Ehrenrettung des musikalischen Rufs von Rockmusikern. Hier können sie zeigen, daß sie zu musizieren verstehen, daß nicht alles auf den virtuosen Einsatz von Technik zurückzuführen ist, wie man seit dem Siegeszug der computergesteuerten Musik in den achtziger Jahren vermuten mußte. Immer wieder kursierten Gerüchte, daß ganze Konzerte prominenter Rockgruppen vorproduziert worden seien, um dann vor Publikum nur noch als Teilplayback abgespielt zu werden. Der Verrat, den seine Anhänger Bob Dylan vorgeworfen hatten, als der Folksänger 1965 seine Klampfe gegen eine Elektrogitarre eintauschte, fand in den Augen vieler Musikfreunde zwanzig Jahre später seine Fortsetzung, als die Elektrifizierung des Rock soweit fortgeschritten war, daß den Musikern die Instrumente vollständig aus den Händen genommen werden konnten. Und sie gaben sie meist willig her.

Die Antwort auf das resultierende Mißtrauen fand mit MTV ausgerechnet derjenige Fernsehsender, dessen Videoästhetik die musikalischen Talente eines Rockstars zugunsten seiner optischen Valeurs entwertet hatte. Er ermöglichte den Musikern nun das eigentümliche Vergessen, wie es Bruce Springsteen vorexerziert hatte, denn »Unplugged« koppelte sie ab: von ihren Stratocastern, Drumsamplern und Keyboards und ließ statt dessen die akustische Gitarre, das Tamburin oder den Flügel wieder zu Ehren kommen. An die Stelle des neu Vergessenen trat das, was einmal davor gewesen und bislang vergessen war.

»See if you can spot this one.« Es hat lange gedauert, bis die Rockmusik vergessen wollte, was einst als ihre Stärke galt: die Eindeutigkeit. »Layla« hatte zweiundzwanzig Jahre lang eine bestimmte Form gehabt. Als Clapton das Stück 1970 aufnahm, hieß seine Band »Derek and the Dominos« – ein kongenialer Name für eine Rockgruppe, weil in ihm das Bild einer per se unbewegten Maskerade genauso enthalten war wie das serielle Prinzip des Dominosteins. Einmal einen gekippt, folgt ihm die ganze Reihe; die Ausgangsaktion wiederholt sich, solange noch Steine stehen. Ähnlich muß es dem Rockmusiker zumute sein. Einmal einen erfolgreichen Song geschrieben, wird er ihn immer wiederholen müssen, solange er auf der Bühne steht. Bisweilen mag das durchaus erwünscht sein: »Derek and the Dominos« war Claptons erstes eigenes Bandprojekt nach seiner Zeit als Gitarrist bei den »Yardbirds« und bei »Blind Faith«, zwei Gruppen, die aus der britischen Bluestradition kamen. Aus dem Blues, dieser unendlichen Variation über ein denkbar einfaches Thema, hatten sich erst der Jazz und dann der Rock 'n' Roll entwickelt – der erste bewahrte die Variation, der zweite die Einfachheit. »Clapton is God« sprühten die Anhänger des Musikers in den späten sechziger Jahren an die Häuserwände von London, als ihr Gitarrengott als Meister der Improvisation galt, der ausufernden Soli, der markanten Riffs. Dann versammelte er »Derek and the Dominos« um sich, spielte Rock und hatte mit »Layla« seinen ersten gewaltigen Erfolg und seinen Platz gefunden. Gott aber hat keinen Ort. Der alte Bund zwischen Clapton und seinen Jüngern wurde erst 1992 erneuert.

»See if you can spot this one.« Natürlich verstanden Claptons Konzertgäste seinen Satz so, wie er gemeint war: als eine Herausforderung. Mehr als das: als eine Provokation. Das Erfolgsrezept der Rockmusik ist die Eingängigkeit und damit die Unvergeßlichkeit. Was gibt es zu raten, wo alles eindeutig ist? Schon nach den ersten Tönen spendierten sie darum den obligatorischen Begrüßungsapplaus, der sich im Rock 'n' Roll etabliert hat als die Signatur derer, die kundig sind. Und treu. Die sich erinnern. Die nicht zu rätseln brauchen. Doch hier hätten sie rätseln müssen. Erst als Clapton den Refrain sang, kam der ehrliche Beifall derjenigen, die zunächst nicht gewußt hatten, was sie hörten, und hinein mischte sich das betretene Klatschen der anderen, die hatten glauben machen wollen, sie wüßten es. Diese Akklamation bekundete zweierlei: Daß »Layla« noch nicht vergessen war und daß man sich doch zunächst nicht mehr an sie erinnern konnte, weil die Melodie vom heulenden Rockstück zur sparsam instrumentierten Ballade mutiert war. Als die Erinnerung dann einsetzte, akzeptierte sie zugleich die neue Form des Lieds. Die Wiederholung als Grundprinzip des Rock 'n' Roll wurde verabschiedet. Clapton sang nicht mehr das alte Lied. Er verließ den Boden der Rockmusik, als er Laylas Platz aufgab. Im Vergessen suchte er Zukunft, und das kollektive Phänomen Rockmusik erlaubt, was dem Individuum verschlossen bleibt.

STEN NADOLNY

Abschied von der Rammdösigkeit

Vom Flaneur im unendlichen Kramladen der Angebote

Die Anfrage der Redaktion traf mich hart. Gewiß, es gibt willkommene Abschiede – aber meist doch erst im nachhinein, wenn man sich schon hat verabschieden *müssen.* Mentale Schadensbegrenzung nach dem Schema: »Warum es vielleicht ein großes Geschenk ist, daß ich jetzt schlechter höre.« Aber für die *Neue Rundschau* so einfach zu entscheiden, wovon ich mich gern verabschiede?

Gut, daß es Tricks gibt! Zum Beispiel das Schema »Lampe vergessen«. Ich beschließe, jemanden zu vergessen, jage ihm damit gehörig Angst ein, vor allem aber mir, vergesse ihn dadurch natürlich auf besonders zuverlässige Weise *nicht.* Ich hebe ihn auf, in dem berühmten zweifachen Sinne: Beseitigen und Bewahren. Man kennt übrigens noch einen dritten, den schwäbischen Sinn: uffhebbe (Aufhalten, Stoppen). Es gibt nun keinen besseren Trick, etwas abzuschaffen, aufzubewahren *und* uffzehebbe als den Vorsatz des Vergessens: es wird damit in Stein gemeißelt für alle Ewigkeit. Insofern errichten (und zwar in aller Welt) die verschwitzten Befürworter von »Schlußstrichen« besonders wirksame Denkmäler. Ich schlage vor, sie darüber weiter im unklaren zu lassen.

Der Trick wäre also: Ich nehme etwas, was ich zugleich liebe und fürchte, und was ganz bestimmt nicht untergehen soll, behaupte, wir könnten uns jetzt von ihm verabschieden, und das sei gut so. Ich fürchte und liebe den Leitzordner, weil er dazu zwingt, Briefe zu lochen (das ist Arbeit und Lieblosigkeit zugleich!), andererseits etwas Achtunggebietendes hat (Leiden ist immer achtunggebietend, daran haben wir uns zumindest gewöhnt). Ich fürchte und liebe (nun ja, respektiere) den Sozialismus als Idee. Diesen gravitätisch für tot zu erklären heißt zweifellos, seine Auferstehung zu fördern. Das würden gut dreihundert Seiten, außerdem sind sie längst von anderen geschrieben. Ich fürchte und liebe – nein, nicht Gott, das würden noch viel mehr Seiten, und auch die sind schon geschrieben! – sondern zum Beispiel die Dummheit. Sie liefert uns ans Messer, wie Volker von Törne einst richtig erkannte. Aber sie ist auch die Umgebung, in der die Klügeren (jeder Mensch gehört zu dieser Gruppe) so recht glänzen können. Wer hätte nicht das Gefühl nötig, überlegen zu sein (außer er ist ein Weiser, die Gruppe können wir hier vernachlässigen). Die Dummheit muß also gerettet werden. Daher: Dummheit vergessen! Abschied von der Dummheit! Peinlich nur, daß hier die Überlebenshilfe nicht gebraucht wird; Dummheit ist unsterblich.

Was jetzt?

Ich versuche wenigstens einen Teil des Gedankens zu retten. Und glaube, ich bin der Lösung nahe. Die Antwort soll ja mit dem Jahrhundert zu tun haben, das (fast) hinter uns liegt. Da fragen wir doch einfach: Was war das für ein Jahrhundert?

Und schon haben wir die Lösung.

Ja, Abschied von der Rammdösigkeit!

Muß ich es noch erklären? Nein. Allenfalls Stichworte. Rammen, das ist hier eine unkontrollierte Bewegung, die gegen Hindernisse rennt. Selbstbeschädigung durch blindes Drauflosdösen und -düsen. Rammen hat etwas Aggressives: jemand döst aggressiv, rammt und schrammt durch die Welt, daß es nur so kracht. Und weil er sich dabei ständig selbst rammt (Hirntrauma!), verstärkt sich das Übel immer weiter. Rammdösigkeit ist ein sich selbst erhaltendes System. Klar: der einzelne ist dabei von begrenzter Haltbarkeit, es fallen Märtyrer an. Was aber (hier wieder der Trick des »Aufhebens«!) neue Rammdösige schafft, die auf demselben »Mikrobenniveau weitertunneln« (Jim Rakete dixit).

Lang habe ich überlegt, ob ich mit »Rammdösigkeit« eigentlich vielleicht die Provinz meine, schon weil ich auch sie fürchte und liebe. Ich bin davon abgekommen. Die Provinz ist unsterblich wie die Dummheit, aber keineswegs dumm, dazu ehrwürdiger. Sie vereinigt die Blochsche »Ungleichzeitigkeit« (nebst Konservativismus, Gemütlichkeit, Geborgenheit, Nestwärme und all diesen bei Erwachsenen nicht unbedenklichen Dingen) mit persönlicher Verbindlichkeit, Nachbarschaft und Hilfsbereitschaft, Menschenwahrnehmung, Naturbetrachtung, Lesen. Etwas mehr Fremdenfeindlichkeit, gewiß. Die Provinz ist oft, und im Grunde fast ständig, von irgend etwas »befremdet«. Sie ist schrecklich empfindlich. Alle Verhärtungen und Feindseligkeiten beginnen mit der Stilisierung und Pflege von Verletztheiten. Aber genau das wird sie wohl, am wirksamsten in Europa, ablegen, ohne sich selbst zu verlieren.

Ja, ohne sich selbst zu verlieren!

Ihr Gehalt an Dummheit ist vermutlich nicht höher als der in den Metropolen – und mit ihm muß sowieso gelebt werden.

Also: Abschied von der Provinz insgesamt? Nein.

Abschied von der Rammdösigkeit, ganz gezielt. Und ohne Trick!

Abschied wegen tatsächlichen Verscheidens. All diese aggressive Geborgenheit, übersensible Nestwärme, der ressentimentgeladene Heimatblödsinn, die Volksmusik in ihren schießschartenartigen Fernsehsendungen – das ist im Gehen, weiß es nur noch nicht. Und ebenso die weniger an die Provinz gebundene Rammdösigkeit, trotz mancher beschwörender Huldigungen, die ihr noch zuteil werden. Oft wird sie uns ja als »Engagement« verkauft, »Treue«, »Verläßlichkeit«, »Solidarität«, sogar als »Liebe«. Das sind, wohlgemerkt, Wörter mit guter Bedeutung, man kann mit Gewinn neu buchstabieren, was sie bedeutet haben und bedeuten. Aber sie werden so oft benutzt, um Menschen einzuschüchtern und am Lernen zu hindern.

Da haben wir es ja!

Rammdösigkeit ist fast synonym mit Lernverweigerung. Es gibt eine riesige (wie gesagt, nicht nur »provinzielle«) Tradition der Lernverweigerung. Die Schule hat, man kann es schlecht verhehlen, trotz guter Absichten einen Anteil daran, daß immer mehr gelernt wird, das Lernen nur zu mimen. Und allzuoft, ja fast immer gibt es solidarische, engagierte, treue oder alberne Gründe dafür, nichts zu lernen als das herrschende Vorurteil. Das, was auch der Rammdösigste kapiert, ist Dogma und Kanon. *War* Dogma und Kanon!

Denn die Welt der Computer und des *worldwide web* fegt das nun hinweg. Und wird genau deshalb mit ausgesuchtestem Mißtrauen beobachtet.

Endgültig und in allen Färbungen und Varianten ist es aus mit den Rasereien des Stillstands (auch wenn sie just im Internet letzte Homepage-Triumphe feiern, vom Rennwagen-Fanclub bis zum Satanismus!). Der Flaneur, der sich die Welt per Mausklick, im Web herumstromernd, erschließt, braucht eine bestimmte instrumentelle Intelligenz und eine Offenheit, mit der sich alles auch anders denken läßt. Rammen nützt nichts, Dösen nützt nichts! Der Internetsurfer ist distanziert, phantasievoll in Fragestellung und Vorgehen, bewegt sich skeptisch und mit eigener Logik durch den unendlichen Kramladen der Angebote, um das zu finden, was er brauchen könnte. Alle verbohrten Sentimentalitäten, die sich früher per Ort, Mief und Zugehörigkeit herstellten (samt pflichtschuldigen Blindheiten und Ausgrenzungsgeboten), er findet sie, wenn er sie denn sucht, nur in wechselnden Gruppierungen. Die Gebundenheit (die für sich nichts Schlechtes ist, sondern notwendig, sofern sie Einsichten folgt) hat ihre angestammte, rammdösige *Ewigkeit* verloren, und das ist mir – jetzt habe ich ein paar enttäuschte Freunde mehr – außerordentlich willkommen!

Den Freunden, die sich nun von mir verabschieden wollen, will ich das keineswegs ausreden, verweise aber auf den Aufsatz, den ich mir für das Ende des nächsten Jahrhunderts vorgenommen habe: »Abschied vom Computer«.

FRANZISKA AUGSTEIN

Vorortweise

oder Wo man sich trifft

Die alten Ägypter haben die Herrschaft des Echnaton systematisch vergessen gemacht: Echnatons Monotheismus war ihnen unheimlich, also wurde der Pharao samt seinem Kult und allen Monumenten aus dem Gedächtnis getilgt. Die Japaner vergaßen, daß sie einst Kontakt zur westlichen Welt gehabt hatten: Das eroberungslustige Abendland auch nur zu kennen galt ihnen unverantwortlich. Mittelamerikanische Indianer vergaßen ihre eigene Schrift, und die Chinesen vergaßen ihre eigenen Erfindungen: stolz auf die Tradition und treu dem Bewährten. Der Westen aber, scheint es, kann nicht vergessen; allenfalls daß er ab und an etwas verliert, Bachs Noten oder das Bernsteinzimmer. Der Westen ist sogar stolz darauf, nichts zu vergessen. Und deshalb werden wir im kommenden Jahrhundert Viagra und dem Telefonieren im Eisenbahnabteil, den Erklärungen der deutschen Bischofskonferenz sowie Hauser & Kienzle wieder begegnen. Von zahlreichen Ärgernissen und noch mehr Unarten krähend begrüßt, werden wir die Zeitschwelle passieren, und uns dort wiederfinden, wo für den Deutschen die Musik spielt: vor Ort. Dort, vor Ort, findet jetzt schon alles statt. Ganze Berufszweige haben sich an der Stätte angesiedelt: Es gibt die Helfer vor Ort und die Polizisten vor Ort, es gibt Experten vor Ort und Korrespondenten vor Ort – als wäre mit dieser angeberischen Bezeichnung, die der Sprache des Bergbaus entstammt, die Hilfe größer, der Schutz sicherer, die Information besser und die ganze Nachricht noch denkwürdiger. Wenn eine Sache aus dem Gedächtnis gelöscht werden möge, dann ist es dieser allgegenwärtige falsche Fuffziger von einem Ausdruck, der bleiben soll, was er nie hätte werden dürfen: Jargon des 20. Jahrhunderts, das stolz darauf ist, daß es nichts vergißt.

Werkgespräch

Ich brauche kein Mahnmal für meine Trauer

Hans Keilson im Gespräch mit Ulrich Walberer
über einen kultivierten Mann, der Nazi wurde,
über Leben und Lesen im Exil, die Faszination des Hasses
sowie die pathologischen Anteile an der
deutschen Vergangenheit

Ich brauche kein Mahnmal für meine Trauer

Hans Keilson im Gespräch mit Ulrich Walberer über einen kultivierten Mann, der Nazi wurde, über Leben und Lesen im Exil, die Faszination des Hasses sowie die pathologischen Anteile an der deutschen Vergangenheit

UW: Sie stammen nicht gerade aus einem literarischen Elternhaus. Wie sind Sie zur Literatur gekommen?

HK: Das habe ich mich auch immer gefragt. Und ich weiß es bis heute nicht. Ich bin kein Literat. Ich bin nicht am Literaturbetrieb beteiligt. Ich reite auf zwei Pferden, ungesattelt. Die Pferde sind nicht sehr hoch; man kann leicht herunterfallen. Ich bin Arzt, ich bin Wissenschaftler, und ich schreibe auch. Aber das hat mit dem Literaturbetrieb nichts zu tun.

Geschrieben habe ich schon früh. Ich erinnere mich an die Vorbereitungszeit auf meine Bar Mizwa. Da habe ich etwas geschrieben, um mich gegen die Bar Mizwa aufzulehnen. Gedanklich und emotional ging etwas völlig anderes in mir vor. Damals war ich immer ängstlich, daß meine Eltern das entdecken könnten. Ich wollte sie nicht kränken. Aber für mich habe ich das aufgeschrieben. Als ich in der Schule war, später in der obersten Klasse des Gymnasiums, habe ich mit der Sprache experimentiert. Ein Lehrer, er war ein Nationaler, meinte, dies sei unwürdig für einen Primaner. Während ich für mich die Semantik entdeckt hatte. Den Drang, etwas auszudrücken, hatte ich auch in der Musik.

UW: Sie sind ja über Jahrzehnte hinweg selbst ausübender Musiker gewesen, nebenbei auf zwei gänzlich verschiedenen Instrumenten, nämlich Trompete und Violine. Ich muß an Ihr Buch *Komödie in Moll* denken, das ja fast im Sinne von Paul Heyse eine klassische Novellenstruktur hat, mit Falken und alle dem, was wir in der Schule und in den Seminaren gelernt haben. Wenn man diesen Gedanken ein wenig verlängert, könnte man in dieser Erzählung so etwas wie eine Sonatenform entdecken. Hat das Ausüben von Musik etwas mit Ihrem Schreiben zu tun, zumindest in dieser Novelle?

HK: Das ist mir ein bißchen zu intellektuell, obwohl ich mir vorstellen kann, daß der Titel *Komödie in Moll* jemanden auf diesen Gedanken bringen kann. Ich habe dieses Buch geschrieben, als ich untergetaucht war. Der Sprachduktus, die Sprachmusik, die Sprachfärbung haben wohl etwas mit meiner Musikalität zu tun, glaube ich. Das sind unterbewußte Prozesse. De la musique avant toute chose – das gehört bei mir schon dazu.

UW: Mein Kollege Hellmut Freund hat mir mit auf den Weg gegeben, Sie zu fragen, welche Rolle in Ihrem Leben Ernst Burkart spielt.

HK: Ernst Burkart war eine Schlüsselfigur für mich. Ich traf ihn in einem Alter, in dem man für Freundschaften mit Männern offen ist, ohne daß dabei eine homosexuelle Komponente im Spiele wäre. Ich war noch Schüler in der Oberstufe des Gymnasiums. Er war Assessor am Landratsamt in Bad Freienwalde. Wenn er ins Amt ging, mußte er am Geschäft meines Vaters vorbei. Wir grüßten einander, wie das so ist in einer kleinen Stadt, obwohl man persönlich sonst noch kein Wort miteinander gewechselt hat. Er war ein Rheinländer mit lebhaften, schlaksigen Bewegungen. Manchmal sah ich ihn in Gesellschaft seiner Kollegen oder in Begleitung der Frau des damaligen Landrats. Dieser war, wie ich später erfahren habe, ein mutiger und charakterfester Mann. Er verließ von selbst sein Amt, als die Nazis an die Macht gekommen waren.

Eines Tages sprach Burkart mich an und lud mich zu einem Vortrag ein, den er im ›Handwerkerverein‹ halten würde, einer traditionsreichen, kulturbeflissenen Bürgerinitiave, wie man heute sagen würde. Er sprach über Thomas Mann und las aus dem *Tonio Kröger*. Durch ihn lernte ich also *Tonio Kröger* kennen, bis heute für mich das wichtigste Buch von Thomas Mann. Später gab mir Burkart auch die Novelle *Unordnung und frühes Leid* mit allen denkbaren Erläuterungen und Kommentaren.

Burkart war für mich wichtig. Durch ihn erhielt der Begriff ›Literatur‹ einen personifizierbaren Inhalt. Durch ihn habe ich auch die *Neue Rundschau* kennengelernt, damals unter der Herausgeberschaft von Oscar Bie. Die Hefte hatte Burkart ebenfalls annotiert. Die *Neue Rundschau* war seine Bibel, durch ihn empfing ich eine Art Weihe.

Burkart hatte etliche Liebschaften in Bad Freienwalde. Später habe ich ihn, er war inzwischen zum zweiten Mal verheiratet, wiedergetroffen. Unter dem Eindruck des Interviews von Hubert Renfro Knickerbocker mit Goebbels hatte er sich, wie er mir erzählte, der NSDAP angeschlossen. Alle antisemitischen Tendenzen bei den Nazis würden sich von selbst erledigen, war seine Meinung, mit der er mich, aber auch sich selbst beruhigen wollte. Ich war tief enttäuscht. Ich hatte in meinem persönlichem Umkreis bereits zuviel erfahren und wußte, daß er sich irrte. Ein intelligenter, kultivierter Mann war auf seine Manier ein Nazi geworden, was abscheulich war.

Ich war tief enttäuscht. Er hatte sein demokratisches und literarisches Profil verloren. Ich habe ihn in meinem ersten Roman *Das Leben geht weiter* verfremdet abgebildet.

Seitdem beschäftigt mich die Frage, was wäre aus mir geworden, wäre ich kein Jude gewesen. Wäre ich dann auch dem kollektiven Identifizierungsangebot politisch-weltanschaulicher Heilserwartungen unkritisch und widerstandslos erlegen, dem damals doch ein übergroßer Teil der Intelligenz in Deutschland erlegen ist unter dem trügerischen Schein, die eigene Identität zu stärken? Meine heutigen Freunde in Deutschland behaupten: ›Nein, du nicht.‹ Ich bin mir dessen nicht so sicher mit meiner Ausbildung an der ›Preußischen Hochschule für Leibesübungen in Spandau‹ und meinem Medizinstudium in Berlin. Seitdem läßt mich die Frage nicht mehr los, wie ein kultivierter Mann wie Ernst Burkart Parteigenosse werden konnte, eine Frage, die mich auch im Fall Hans Schwerte beschäftigt, der ja nur zwei Tage jünger ist als ich.

UW: Sie haben bei Magnus Hirschfeld studiert …

HK: … nein, ich habe nicht bei ihm studiert. Aber ich wußte, wer er war, und habe ihn auch flüchtig erlebt. Ich habe ihn gelegentlich auf den Korridoren der Charité gesehen, wo ich damals studiert habe. Und als ich im zweiten Semester war, gab es im Herrenhaus eine große Kundgebung gegen den Paragraphen 175, an der ich auch teilgenommen habe. Da bin ich ihm kurz begegnet.

UW: Hat er Sie beeinflußt?

HK: Nein.

UW: Gibt es für Sie literarische Vorbilder, gibt es Autoren, auf die Sie sich berufen?

HK: Entscheidende Bücher für meine Entwicklung waren der *Tonio Kröger* und *Der Tod in Venedig*, keine Frage. Das waren aber keine Vorbilder, denen ich nachstreben wollte. – Ist das gutes Deutsch? Sie wissen ja, daß ich seit 1936 in den Niederlanden lebe, ich bin holländischer Arzt und führe meine Praxis auf holländisch. – Als ich während der deutschen Besetzung untergetaucht war, habe ich viel Zeit gehabt zum Lesen. Ich habe zum ersten Mal in meinem Leben viel und konzentriert gelesen. Aber ich bin dabei auf keinen Autor gestoßen, bei dem ich mir gesagt hätte, so möchte ich auch schreiben. Literarische Vorbilder habe ich nicht. Mit einer Ausnahme – der Stil von Sigmund Freud hat mich sehr beeindruckt, auch in seiner sprachlichen Musikalität. Vielleicht müßte ich auch noch den Essay *Winckelmann* von Goethe nennen.

UW: Freud ist jemand gewesen, der komplizierte Sachverhalte, ohne dabei zu versimpeln, so darstellen konnte, daß jeder gutwillig Interessierte ihnen folgen konnte.

HK: So ist es. Freud soll unmusikalisch gewesen. Jedenfalls hat er, soweit bekannt ist, zur Musik kein besonderes Verhältnis gehabt. Die Musik spielt in der Psychoanalyse auch keine sehr große Rolle. Einer angehenden Analytikerin aus den Niederlanden hat er einmal geraten, sie solle nicht Klavier spielen, sondern ihre ganze Emotionalität in ihre Ausbildung als Analytikerin stecken. Ein verheerender Ausspruch! Ich wäre nie zu ihm in eine Analyse gegangen. Mein Lehranalytiker in Amsterdam war zugleich ein ausgezeichneter Cellist. Nach meiner Analyse habe ich einige Zeit mit ihm Quartett gespielt. Interessant bei allem ist Freuds Sprache – darin steckt Musik, die man hören und spüren kann. Sein Stil hat mich von Anfang an fasziniert. Den Stil von Thomas Mann, obgleich sehr musikalisch und fesselnd in seiner ironischen Attitüde, hätte ich nie nachahmen wollen. Ich hätte es auch nicht gekonnt. Oder den von Keller etwa, den ich gern gelesen habe. Kafka schon gar nicht. Kafka hat keinen prägenden Eindruck auf mich gemacht. Ich habe bis heute meine Schwierigkeiten mit Kafka. Er ist gewiß ein Großer. Er beschreibt das Unheimliche der Oberfläche auf grandiose Weise. In den analytischen Therapien geht man auch von der Oberfläche aus und versucht, von dort die dahinterliegenden Konflikte zu erfassen. Das ist ein ungeheuer spannendes, aber auch sehr ermüdendes Unternehmen. Vielleicht ist Kafka zu anstrengend für mich. Er liegt mir nicht. Hesse dagegen hat damals großen Eindruck auf mich gemacht. Meinen einzigen Literaturpreis habe ich übrigens als Schüler bekommen anläßlich eines Preisausschreibens des Börsenvereins des Deutschen Buchhandels ›Können Sie ein Buch empfehlen?‹ Ich habe Hesses *Demian* empfohlen. Dafür habe ich den dritten Preis gewonnen, und mein kleiner Aufsatz wurde im *Börsenblatt* veröffentlicht. Ich habe eine schöne Ausgabe vom *Demian* bekommen und durfte mir Bücher im Wert von dreißig Mark aussuchen.

UW: Das war damals viel Geld. Was haben Sie ausgewählt?

HK: Einen Novellenband von Stefan Zweig; dann einen Titel *Eros im Zuchthaus* von Karl Plättner, um meine pubertäre sexuelle Neugierde zu befriedigen; und schließlich die wunderschöne ledergebundene Dünndruckausgabe der Vorlesungen von Sigmund Freud, die ich über die Jahre gerettet habe – die beste, beglückende Einführung in das Fach, das ich auch heute, wenngleich kritischer geworden, immer noch ausübe. Sie hat einen entscheidenden Einfluß auf mich ausgeübt hat. Sie hat gewissermaßen einen Schleier von meinen Augen gezogen. Ich habe plötzlich die Wirklichkeit anders gesehen. Das ist kein stilistisches Problem, vielmehr ein existenziell-anthropologisches Problem.

UW: Es gibt den Wissenschaftler Hans Keilson, der über die Jahre zahlreiche Aufsätze und Essays publiziert hat, und den Schriftsteller Hans Keilson, der seit den vierziger Jahren zwar etliche Gedichte, aber keine langen Prosatexte mehr verfaßt hat. Hat das Gründe?

HK: Das ist so nicht richtig. Meine wissenschaftliche Arbeit *Sequentielle Traumatisierung bei Kindern* (1979) ist ein langer Prosatext. Als solcher ist er auch in das *Kritische Lexikon der deutschen Gegenwartsliteratur* eingegangen. Ich sehe keinen Unterschied zwischen meinen literarischen Texten und meinen wissenschaftlichen Arbeiten. Ich glaube, daß meine Falldarstellungen und ihre textliche Verarbeitung, wissenschaftlich zum Teil kompliziert, doch in einer Sprache verfaßt sind, die deutlich literarische Züge tragen.

UW: Sie sind als Exilant in die Niederlande gegangen und haben während der Besatzung durch die Deutschen auch als Arzt für die Widerstandsbewegung gearbeitet. Wie haben Sie 1945 die Befreiung erlebt?

HK: Sehr einfach. Ich konnte mich zum ersten Mal seit Jahren mit meiner Frau und meinem Kind öffentlich auf der Straße zeigen. Das war das zentrale Erlebnis. Bis dahin mußten wir uns ja immer verstecken. Wir fielen unter die Nürnberger Gesetze .Wir waren deswegen nicht offiziell verheiratet. Meine Frau stammte aus einem bürgerlichen, liberal-katholischen Milieu aus Süddeutschland. Sie war älter als ich, sie war schlauer als ich. Sie hatte schnell begriffen, daß für mich als Juden in Deutschland kein Lebensraum mehr war. Ihr habe ich zu verdanken, daß ich rausgegangen bin. Wir hatten zwei Kinder. Das eine starb im August 1940, nachdem die deutschen Truppen in Holland einmarschiert waren. Das war eine furchtbare Geschichte. Im folgenden Jahr bekamen wir eine Tochter, die überlebt hat. Wir mußten uns immer verstecken. Unsere unmittelbaren Nachbarn wußten, wer wir waren, und haben zu uns gehalten. Aber es gab ein sogenanntes Deutsches Haus in Bussum bei Amsterdam. Und die Leute von dort durften natürlich nichts von unserer Identität wissen. Meine Frau war schwerhörig, und sie war sehr gescheit. Die Leute vom Deutschen Haus haben oft versucht, meine Frau auszufragen. Sie hat dann ihre Schwerhörigkeit ausgespielt, und ihr Hörrohr immer wieder in eine andere Richtung gedreht. Nach vier-, fünfmaligem Nachfragen hatten die Inquisitoren keine Lust mehr, das Hörrohr hatte der bedrohlichen Situation die Schärfe genommen. Sie wurde natürlich auch nach dem Kindesvater gefragt. Sie antwortete: ›Ach wissen Sie, das war eine Affäre, ich möchte nicht darüber sprechen.‹ Sie ist damit durchgekommen. Die Situation war für uns immer bedrohlich und gefährlich. Die Befreiung war für uns das Glücksgefühl, daß wir uns frei auf der Straße zeigen konnten. Daß meine Eltern nicht überlebt hatten, die nach Auschwitz deportiert worden waren, das wußten wir damals noch nicht.

UW: Warum sind Sie nicht nach Deutschland zurückgegangen? Bei einer anderen Gelegenheit haben Sie einmal gesagt, die Nazis hätten Ihnen weder Ihre kulturellen Wurzeln noch Ihre Sprache nehmen können. Warum sind Sie in den Niederlanden geblieben?

HK: Das hat mehrere Gründe. Die Hauptgründe sind sehr simpel. Der erste ist, daß meine Frau sich absolut geweigert hat, nach Deutschland zurückzukehren. Sie ist auch während des ganzen Krieges, obwohl sie es hätte tun können, nicht ein einziges Mal nach Deutschland gefahren. Nach allem, was geschehen war, wollte sie auf gar keinen Fall mehr nach Deutschland zurück. Der zweite Grund war, daß ich sofort nach der Befreiung mit anderen überlebenden Juden eine Organisation gegründet habe, die sich um jüdische Kriegswaisen gekümmert hat. Ich hatte in Holland meine Arbeit gefunden, nicht eine Arbeit, sondern meine Arbeit. Und wo ich meine Arbeit finde, dort bin ich zu Hause. Nach all den Entsetzlichkeiten hat mich auch nichts mehr nach Deutschland zurückgezogen. Nun muß ich allerdings sagen, daß meine Fähigkeit zu hassen nicht sehr groß ist. Meine Trauer war der stärkere Impuls. So ist es bis heute geblieben. Ich weiß wohl, was Haß ist. Ich kann auch hassen. Aber das ist kein überwiegender Charakterzug in mir. Schließlich hatte ich einen Beruf gewählt, der versucht, Schmerzen und Verwundungen zu lindern. Das ist ja das Wesentliche an einem Psychiater oder einem Psychoanalytiker. Das war also auch ein entscheidender Grund. 1938 habe ich ein Gedicht *Bildnis eines Feindes* geschrieben, das in der Zeitschrift *De Gemeenschap* veröffentlicht wurde. Darin habe ich versucht, die wechselseitige Beziehung zwischen einem Verfolgten und seinem Verfolger auszudrücken. Dieses Gedicht bildet auch den Kern zu meinem Roman *Der Tod des Widersachers*, der heftig abgelehnt wurde, übrigens auch in Israel. Man wollte Revanche haben. Die wollte ich nie bieten. Daß ich in Holland geblieben bin, hat simple biographische Gründe. Vor allem der Kinder wegen, um die ich mich ja auch schon während des Krieges gekümmert habe. Ich habe Angebote aus Deutschland bekommen, zurückzugehen, aber ich wollte nicht.

UW: In Ihrem Roman *Der Tod des Widersachers* spielt ein Motiv eine ganz wichtige Rolle: die Faszination durch das Böse. Sie haben eine historische Begebenheit in eine Fabel gegossen, daß nämlich die Elche, die Kaiser Wil-

helm II. vom Zaren geschenkt bekommen hatte, in ihrem Gehege in Ostpreußen nicht gedeihen wollten. Ihnen haben die Wölfe gefehlt. Nur unter dem Druck von Gefahr und Streß hätten sie sich artgerecht vermehrt. Ein Motiv, das übrigens Michel Tournier in seinem Roman *Der Erlkönig* später wiederaufnimmt. Ist es nach Ihrer Sicht so, daß das Gute nur in der Symbiose mit dem Bösen möglich ist?
HK: Das sind Kategorien, die schwierig zu definieren sind. Verhältnismäßig spät habe ich formulieren können, daß es im Leben weniger um Harmonie als um Konflikte geht. Konflikte sind lebenswichtig. Nicht bis zur Destruktion, sondern mehr zur Spiegelung. Die Verletzbarkeit des Menschen ist unendlich groß, nicht nur, wenn es um Macht geht. Es geht um die Projektion der eigenen, häufig unbewußten Konflikte auf ein Gegenüber, einen Sündenbock, dem man anlastet, was man selbst nicht sehen, wahrnehmen oder wahrhaben will. Ich habe diese Konfrontation in meinem Essay *Die Faszination des Hasses. Zum Verhältnis von Juden und Christen in Deutschland* näher beschrieben. In der Reflexion dieses zwiespältigen Verhältnisses liegt die Gefahr, aber auch die große Chance der Humanität. Das war auch das Thema meiner Abschiedsvorlesung in Kassel als Gastprofessor auf dem Franz-Rosenzweig-Lehrstuhl. Bald trage ich fast ein Jahrhundert auf meinem Buckel, und die Erfahrungen meines Lebens thematisiere ich schreibend. Aus der Projektion der eigenen Konflikte auf den anderen habe ich die Möglichkeit des Bösen dargestellt. So möchte ich auch das Motiv von den Elchen und den Wölfen verstanden wissen. Aus der Reflexion der Konflikte kann sich ein kreatives Zusammenleben gestalten, wie Rudolf M. Löwenstein es später formuliert hat. Doch ich befürchte, dieses Thema rangiert schließlich doch unter dem Motto *Die Zukunft einer Illusion.*
UW: Die amerikanische Ausgabe vom *Tod des Widersachers* wurde 1962 vom *Time*-Magazin zu den zehn wichtigsten Büchern des Jahres gerechnet, immerhin in der guten Gesellschaft von Vladimir Nabokovs *Fahles Feuer* und Katherine Anne Porters *Narrenschiff*. Woher kommt es, daß Ihr Buch nicht wirklich in die deutsche Literatur eingegangen ist?
HK: Beiträge darüber wurde ins *Kritische Lexikon zur deutschsprachigen Gegenwartsliteratur* und in *Kindlers Literaturlexikon* aufgenommen. Das Buch ist wohl viel zu früh erschienen, die darin behandelte Problematik war damals sozusagen noch nicht lebensfähig, auch in Israel nicht. Trauer, Schmerz, Wut, der Wunsch nach Rache hatten Affekte und Emotionen ausgelöst, die das Leben der Menschen zur Zeit des Erscheinens dieses Buches bestimmt haben. Jemand, der versucht hat, dieses zu reflektieren, ein ganzes historisches Geschehen, auch in seiner Grausamkeit, zu reflektieren, der

wurde abgelehnt. Ich kann das begreifen. Zwischen 1951 und 1958 habe ich das Buch an verschiedene Verleger geschickt, bis es endlich angenommen wurde. Ich habe es viermal umgeschrieben. Eine Version habe ich an Peter Suhrkamp gegeben. Er hat den Text sehr genau gelesen. Er schrieb mir, das Buch enthalte keine Klischees, verlangte aber, ich solle auch die andere Seite beschreiben. Ich wußte sofort, was er meint...

UW: ... nämlich ...

HK: ... daß auch der Verfolgte das Böse in sich trägt oder in sich haben könnte. Das war ja die Anlage des Buches, was ich aber literarisch noch nicht darstellen konnte. ›Aber das dürfen Sie nicht tun. Denn das halten Sie nicht aus, Sie werden krank.‹ Suhrkamp hatte recht. Ich schrieb es um und wurde tatsächlich krank. Ich bekam einen rheumatischen Anfall, der mich einige Zeit sehr belästigt hat. Die neue Fassung habe ich nicht mehr an Suhrkamp geschickt. Ich wußte, daß er auch krank war. Ich wollte auf ihn Rücksicht nehmen. Ich hab die neue Version dann an verschiedene andere Verleger geschickt und bekam glänzende Lektoratsgutachten, aber keiner wollte es machen. Schließlich ist das Typoskript bei Westermann gelandet, der gerade eine belletristische Abteilung aufgemacht hatte. Und dann wollte niemand das Buch besprechen. Ich weiß von sehr prominenten Kritikern, die sich geweigert haben, darüber zu schreiben. Sie haben das später geleugnet.

UW: Namen wollen Sie nicht nennen?

HK: Nein. Das war damals so die Stimmung. Wissen Sie, das gehört zu meinem Leben. Ich habe das eingesteckt. Ich habe mir gesagt: so ist das eben. Wenn du kegelst, mußt du dir von den Kegeljungen sagen lassen, was du gekegelt hast. Für mich war das keine Sache von Leben und Tod. Ich hatte meine Praxis, ich hatte meine Patienten. Ich habe ja eine Doppelexistenz geführt als Arzt und als Schriftsteller. Der Schriftsteller war natürlich enttäuscht. Wer will nicht gern gute Kritiken bekommen, wer will nicht gern berühmt sein! Es gab auch einige wohlwollende Kritiken, zum Beispiel von Hans Kricheldorff in den *Neuen Deutschen Heften* oder von Paul Hühnerfeld in der *Zeit*, die hatten begriffen, worum es mir ging. Kricheldorff regte an, zwei bestimmte Passagen aus dem Buch sollten in alle deutschen Lesebücher aufgenommen werden. Das ist nicht geschehen, wie bekannt. Es gab nur wenige, die mit diesem Buch etwas anfangen konnten. Mich hat das nicht sehr gekränkt. Ich habe mich wieder mehr der Musik zugewandt und meiner Praxis.

UW: Spät – die Gründe dafür liegen auf der Hand – sind Sie aber doch noch eine Figur des öffentlichen Lebens geworden. Sie waren jahrelang Präsident des deutschen Exil-PENs, haben auf zahllosen Kongressen und Symposien

Vorträge gehalten und diskutiert, haben eine Gastprofessur in Kassel wahrgenommen. Während der beiden großen Diskussionen der jüngsten Jahre, zum Historikerstreit oder zur Walser-Debatte, hat man öffentlich von Ihnen nichts gehört. Warum?
HK: Zum Historiker-Streit habe ich einen Beitrag für die Festschrift für Julius Schoeps beigesteuert mit dem Titel *Wahn und Geschichtsschreibung*. Darin habe ich mich sehr deutlich geäußert, wenn auch dieser Aufsatz nicht sonderlich beachtet wurde. An meiner Entschiedenheit ändert das nichts. Nach dem, was ich alles in und über Deutschland und seine jüngste Geschichte gelesen und erfahren habe, sind etliche Arbeiten der Zeithistoriker für mich eine besonders edle Form der Briefmarkensammelei.
UW: Ein hartes Urteil.
HK: Ich empfinde es so. Die ganze Geschichte mit Nolte – das sind Wahnvorstellungen. Die Historiker haben sich nicht eingehend genug mit der Paranoia des Nationalsozialismus als historisch pseudolegitimierte Heilserwartung auseinandergesetzt. Das ist doch ein schwer klinisches, pathologisches Geschehen gewesen.
UW: Kann man einem ganzen Volk eine Pathologie nachsagen?
HK: Ja, das kann man. Wenn man Pathologie sagt, meint man zugleich einen Krankheitszustand. Beide Begriffe sind mir als Arzt gut vertraut in ihrem Gebrauch, und auch in ihrem Mißbrauch. Da es sich hier, was die Zustände von damals betrifft, auch um gesellschaftliche und historische Implikationen und Modalitäten handelt, sollte man vorsichtig und umsichtig mit dem adäquaten Begriffsapparat umgehen. Wenn fast die gesamte Intelligenz eines Volkes nicht das kritische Vermögen entwickelt, sich gegen seine Führer zu stellen, die unkontrolliert Macht ausüben, dann kann man schon von einer pathologischen Haltung sprechen. Die Hochschullehrerschaft zum Beispiel. Daß es keinen Protest nach der Röhm-Affäre gegeben hat, ist nicht zu begreifen. Daß man die Geschicke eines Landes in den Händen von Leuten gelassen hat, denen man keinen Gebrauchtwagen abkaufen würde, unterscheidet Deutschland von anderen Ländern. Ich kann mir nicht vorstellen, daß das in Holland oder in England möglich gewesen wäre. In Deutschland ist das aber geschehen. Damit wird man sich in Deutschland noch sehr lange auseinandersetzen müssen. Aber das geschieht ja auch. Man muß den Nationalsozialismus messen an dem Fiasko der deutschen Intelligenz, die keinerlei politisches Bewußtsein entwickelt hatte. All das habe ich detailliert in *Wahn und Geschichte* beschrieben. Das ist mein Kommentar zum Historiker-Streit.
UW: Und die Walser-Debatte?

HK: Walsers Werke kenne ich kaum, ihn persönlich überhaupt nicht. Ich habe keinerlei Beziehung zu ihm. Ich habe keine Sympathien für ihn und auch keine Antipathien. Seine Rede habe ich in der Fernsehübertragung verfolgt. Ich empfand die Rede als sehr Ich-bezogen und im Grunde politisch wenig durchdacht. Also Auschwitz... Für mich ist der Weg nach Auschwitz entscheidend. Demnächst werde ich einen Vortrag in der Psychiatrischen Klinik der Charité halten. Das ist für mich sehr bewegend, weil ich in dem Hörsaal sprechen werde, in dem ich vor bald siebzig Jahren als Student gesessen habe. Bei derselben Gelegenheit wird mein Psychiaterkollege Henner Völkel sprechen, der aus einem ganz anderen Milieu kommt. Er ist bei Stalingrad gefangengenommen worden und hat sich der Paulus-Gruppe angeschlossen. Man hat mich gefragt, ob es von meiner Seite Einwände gebe, mit diesem Kollegen zusammen auf einer Veranstaltung aufzutreten. ›Überhaupt nicht‹, habe ich nach Berlin geschrieben. Stalingrad liegt für mich auf demselben Weg, der auch nach Auschwitz geführt hat. Es geht ja nicht nur darum, die ermordeten Juden zu betrauern. Über die traure ich. Und dazu brauche ich übrigens auch kein Mahnmal. Das ist meine Trauer. Und ich will nicht, daß sich andere meine Trauer anmaßen und sich damit schmücken. Am Weg nach Auschwitz liegt auch Stalingrad. Das ist der Weg in die nationale deutsche Katastrophe. Und dazu habe ich von Walser nichts gehört. Er hat über Auschwitz geredet und nicht über seine nationale Katastrophe. Das war töricht, wenig intellektuell. Dadurch, daß ich in den Niederlanden lebe, habe ich allerdings zu alldem einen etwas größeren Abstand.

UW: Wie ist Ihre Beziehung zum heutigen Deutschland?

HK: Das kann ich so generalisierend nicht beantworten. Ich habe einige gute Freunde in Deutschland. Und ich kenne einige mir wohlwollend gesinnte Kollegen, die mir zum Beispiel die Gastprofessur in Kassel vermittelt haben. Ich glaube, daß ich mit vielen Menschen in Deutschland harmonische und ungetrübte Beziehungen unterhalte.

UW: Sie haben immerhin von der Pathologie eines ganzen Volkes gesprochen zur Hitler-Zeit und deren Vorgeschichte. Wie sehen Sie den Gesundheitszustand der Deutschen heute?

HK: Ganz anders. Sie sind viel kritischer geworden. Es hat sich ein ganz anderes politisches Bewußtsein, eine neue politische Kultur entwickelt. Vielleicht auch durch die Studentenrevolutuion ...

UW: ... das war keine Revolution, das war eine Rebellion ...

HK: Auch Rebellionen können reinigende Wirkungen haben. Ich habe einmal einen Artikel geschrieben über die unkritische Übernahme von kollektiven Identifzierungsangeboten zur Stärkung der eigenen Identität. Das ist das Wesen der Pathologie im Politischen. Ich will die Niederlande nicht verherrlichen. Meine dortigen Freunde müssen ertragen, daß ich auch dort Vorbehalte habe. In kritischen Zeiten entwickelt sich dort aber ein anderes Solidaritätsgefühl als in Deutschland – nicht nationalistisch, sondern ein menschliches Solidaritätsgefühl. Ich habe den Eindruck, daß das, was ich vorhin als unkritische Übernahme von kollektiven Identifizierungsangeboten benannt habe, seit einiger Zeit in Deutschland hinterfragt wird.

UW: Das machen die deutschen Intellektuellen seit Jahrzehnten.

HK: Gott sei Dank. Mir scheint, daß sich in Deutschland mittlerweile ein kritisches Bewußtsein im intellektuellen Bürgertum entwickelt hat. Daß es begriffen hat, daß es Macht hat und diese Macht auch gebraucht. Daß es nicht mehr auf Parteibonzen hereinfällt wie damals.

UW: Sie haben also Zutrauen zu der jetzt gelebten Demokratie in Deutschland?

HK: Ich habe unlängst eine Rede in der Synagoge von Lübeck gehalten, die vor gar nicht langer Zeit wieder einmal angezündet worden ist. Ich hätte diese Rede nicht halten können, und schon gar nicht an diesem Ort, wenn ich nicht hätte sicher sein können, daß meine Zuhörer, die offensichtlich mit meinen Thesen einverstanden waren, das heutige Deutschland vertraten.

Das Gespräch wurde am 27. März 1999 in Amorbach/Unterfranken geführt.

Forum

Adam Gopnik
Geht ein Mann zum Arzt

Wolfram Pichler
Schmutz und Schminke

Paul Claes
Die Reise

ADAM GOPNIK

Geht ein Mann zum Arzt

Aus den Annalen der Psychoanalyse

In letzter Zeit haben mir – warum, weiß ich nicht – viele Leute aus New York Zeitungsausschnitte zum Thema Verfall und Untergang der Psychoanalyse geschickt. Die meisten Gründe, die für den Niedergang der Analyse angeführt werden, sind ja durchaus einleuchtend: die Menschen seien heute zufriedener als früher oder stärker beschäftigt; die Einwände der anti-freudianischen Skeptiker hätten die Allgemeinheit am Ende doch erreicht, und nun fehlte den Leuten eben die Zeit für die langwierigen Umständlichkeiten einer Psychoanalyse, und sie hätten auch kein Verständnis mehr für ihre Mystifikationen.

Neben den Verfalls- und Untergangsartikeln wurden mir nun aber auch – und warum, das möchte ich in diesem Fall eigentlich gar nicht so genau wissen – etliche haarsträubende Artikel über psychische Störungen und neue Therapien zugeschickt: über Depressionen, Zusammenbrüche, heimliche Bedürfnisse, die plötzlich (und unverfroren) auf- und ausbrechen, und wie man sie alle mit Medikamenten kuriert. Reden ist *out*, Schlucken ist *in*. Wenn ich gelegentlich nach New York zurückkehre, kommt es mir vor, als hätten sich manche Freunde von mir hinter sorgfältig gestaffelten Arzneimittelvorräten förmlich verschanzt: vorneweg Rogaine, das Haarwuchswundermittel, dann Prozac, die antidepressive »Glückspille«, dann Xanax, der Tranquilizer, und schließlich Viagra ... Vor diesem Hintergrund nimmt es sich vielleicht ein bißchen armselig und absurd aus, wenn ich berichte, wie es mir bei der Behandlung meiner psychischen Störung erging, und doch war sie auf ihre Weise ein denkwürdiges Erlebnis.

Mir wurde nämlich, wie man wohl sagen darf, eine der letzten und wahrscheinlich auch erfolglosesten Psychoanalysen zuteil, die je unternommen wurden – es muß dies tatsächlich eines der letzten Male gewesen sein, daß ein aus Deutschland stammender Analytiker, dem noch Freud selbst die höheren Weihen erteilt hatte, sechs Jahre lang zweimal die Woche je fünfundvierzig Minuten damit zubrachte, in einem kleinen, mit Motherwell-Postern dekorierten Zimmer an der Park Avenue die Probleme eines »kreativen« New Yorker Neurotikers zu erörtern. Deshalb lohnt es sich vielleicht, darüber zu berichten, auch wenn dieser Bericht vielleicht nur in dem Sinne interessant ist, wie auch der Bericht des letzten Menschen interessant wäre, der jemals mesmerisiert wurde. Oder der Bericht des letzten Menschen, dem noch mit Blutegeln Blut abgezapft wurde. Oder der des letzten Menschen – und auch ihn muß es irgendwann Ende des 16. Jahrhunderts gegeben haben –, der mit einem Klumpen Blei zum Alchimisten ging und fest überzeugt war, er würde mit einem Klumpen Gold nach Hause kommen.

So begab es sich denn, daß ich eines Abends im Oktober 1990 in der Praxis eines der ältesten, patriarchalischsten und äußerlich imposantesten Psychoanalytiker von New York in einem Sessel Platz nahm und vor mir die Couch erblickte. Er war mir von einem anderen Patienten empfohlen worden, einem Veteranen, der dieser Couch zwanzig Jahre lang verbunden gewesen war.

Hier muß ich mich nun entscheiden, ob ich meinen Analytiker mit seinem wirklichen Namen oder mit einem Pseudonym vorstelle – und das ist (da er inzwischen tot ist) weniger eine juristische Frage als eine Frage des Anstands. Wenn ich ihn mit seinem Namen vorstelle, ist das in gewissem Sinne ein Einbruch in seine Privatsphäre. Wenn ich ihn aber nicht beim Namen nenne, dann lasse ich ihn in dem Zopf aus Literatur verschwinden, in dem er sich verfangen hatte und von dem er zuletzt doch mit aller Kraft loszukommen versuchte. Seine Patienten schrieben nämlich gern über ihn, wobei sie sich selbst und ihm Masken aufsetzten. So hatte er zum Beispiel einmal einen psychoanalytischen Aufsatz über einen prominenten Patienten verfaßt, in dem aus dem (sagen wir) Dramatiker, der ihn zu diesem Aufsatz angeregt hatte, ein Maler wurde. Er hatte sodann erlebt, wie sich dieser Aufsatz samt den Debatten, die er auslöste, in eine Episode in einem der Stücke eben jenes Dramatikers verwandelte, wobei aus dem Dramatiker-Maler nun ein Romancier wurde. Und schließlich hatte ein Kollege von ihm diesen Pas-de-deux wiederum zu einer psychoanalytischen Untersuchung über den Austausch zwischen Patient und Analytiker verarbeitet, wobei die Berufe noch einmal abgeändert wurden – der Dramatiker-Maler-Romancier wurde zum Lyriker –, so daß schließlich vier Schichten von Masken und Maskierungen (mit dem, was ich hier schreibe, sind es fünf) eine einzige Episode aus seiner Praxis umlagerten. »Aber ich habe nur *einen* Scheck bekommen«, entgegnete er nüchtern, als ich ihn darauf hinwies.

So werde ich ihn hier Max Grosskurth nennen. Seit fünfzig Jahren praktizierte er als Analytiker, ein deutscher Jude von einem Typus, dem man heute kaum noch begegnet – keiner von diesen kleinen, immerfort Witze reißenden, ängstlichen Juden Mitteleuropas, zwischen denen ich aufgewachsen bin, sondern hochgewachsen, gebieterisch, humorlos. Er schätzte weite Hemden in grellen Farben, dunkle Anzüge, schwere, handgemachte Schuhe und Klubkrawatten. Ein leichtes Hinken wuchs sich in den Jahren unserer Bekanntschaft zu einer starken Behinderung aus und mündete schließlich in völliger Bewegungsunfähigkeit, so daß sich unser letztes Analysejahr in seiner Wohnung unweit der Praxis abspielte. Zu seinen Patienten gehörten fast ausschließlich »kreative Leute«, wie er sie gern nannte – vor allem Schriftsteller, Maler und Komponisten, und er sprach so offen über sie, daß ich manchmal dachte, er würde eines Tages, wie in einem Theatercafé, Fotos von ihnen mit Autogramm und Widmung in seiner Praxis aufhängen. (»Max – Danke für das Tollste an Übertragung, was New York zu bieten hat! Lenny«) Als wir anfingen, war er achtzig, und ich hatte gerade die Dreißig überschritten.

Ich habe mal gelesen, daß man in der Praxis des Analytikers nicht auf irgendwelche Einzelheiten achten soll, aber an diesem ersten Abend habe ich mir alles ganz genau angesehen. Da war die Couch – ein schönes Stück von Charles Eames. An einer Wand prangte eine Grafik von Motherwell – ein flüchtig hingeworfener Tuschestrahl –, und ihr gegenüber hing ein gerahmtes Poster von einem der Masaccio-Fresken aus Santa Maria del Carmine in Florenz. Ich war beeindruckt. Die beiden Bilder schienen ihn (und mich) zwischen den italienischen Humanismus in seiner ersten tastenden, realistischen Ausprägung einerseits und den New Yorker Nachkriegshumanismus in seiner sprunghaften, die Angst bannenden Form andererseits zu plazieren. In einem Bücherregal neben ihm standen bis hoch unter die Decke nur gebundene Bände einer psychoanalytischen Zeitschrift. (Er hatte diese Zeitschrift eine Zeitlang herausgegeben. »Ich will Ihnen einen Rat geben«, sagte er viel später einmal zu mir. »Herausgeberarbeit ist völlig belanglos.«)

Eine einzelne Glühbirne unter dem Schirm einer links neben ihm stehenden Messingstehlampe mit langem, geschwungenem Hals beleuchtete ihn. So war sein Gesicht in ein irgendwie unheimlich wirkendes Dämmerlicht getaucht. Aber sein starker Akzent, das Geräusch des Verkehrs draußen auf der Park Avenue und ein gelegentlich durch den Raum gleitender Scheinwerfer erfüllten die Atmosphäre mit einer tröstlichen europäischen Melancholie, als würde G. W. Pabst hier Regie führen.

Warum war ich dort? Nichts Weltbewegendes: die übliche Mischung aus verletzten Gefühlen, Konfusion und Sich-nicht-verstanden-Fühlen, die jungen Schriftstellern jenseits der Dreißig gelegentlich zu schaffen macht. John Updike hat mal geschrieben, der Neuling würde sich das literarische New York vielleicht als einen Chor himmlischer Engel vorstellen, in Wirklichkeit jedoch sei es das Floß der Medusa, und er lag mit seinem Vergleich nur insofern falsch, als die Leute auf dem Floß der Medusa immerhin noch Hoffnung haben. In New York dagegen treibt das Floß seit Jahren, Jahrhunderten, herum, und noch immer ist kein Rettungsboot in Sicht. Man kann nur eines tun: die anderen nicht aus den Augen lassen und darauf warten, daß jemand so schwach wird, daß man ihn verspeisen kann.

Ich schüttete also meine Probleme vor ihm aus, berichtete von meiner Panik, von meinen Ängsten, weinte vielleicht auch. Er schwieg – eine ganze Minute, und eine Minute kann sehr lang sein.

»Franz Marc war ein Zeichner von bemerkenswerter Kraft«, sagte er schließlich. Es waren die ersten Worte meiner Analyse. Er hatte eine tiefe, kräftige Stimme, die der von Henry Kissinger unheimlich ähnlich war: keine näselnde, quakende wienerische Stimme, sondern eine dröhnende, arrogante deutsche.

Die Bemerkung über Franz Marc bezog sich eigentlich auf nichts Bestimmtes – er wußte, ich war Kunstkritiker. Offenbar hatte er meine erschrockene Miene wahrgenommen, denn er fügte nun leiser hinzu: »Es gibt in der modernen Kunst übrigens noch viele lohnende Themen, die unerforscht sind.« Dann richtete er sich in seinem Sessel plötzlich auf und schluckte heftig, und einen Augenblick lang empfand ich deutlich, wie alt er war.

»Sie erinnern mich«, sagte er – und mit einem Schlag war überhaupt nichts mehr Altes in der barschen, ausgreifenden Autorität seiner Stimme – »Sie erinnern mich an Norman Mailer, als er ungefähr in Ihrem Alter war.« (Das war nun völlig aus der Luft gegriffen, ein nichtiges Kompliment; nichts an mir könnte irgendwen an Norman Mailer erinnern.) »Nach *Am Rande der Barbarei* dachte Mailer, er sei erledigt. Was für ein schreckliches Buch – wirklich grauenhaft! Es war ein schwerer Schlag für seinen Narzißmus. Ich kann mich noch deutlich erinnern, wie ich damals zusammen mit meiner Frau, einer überaus geistreichen Person, Dinnerpartys besuchte, auf denen sich alle über den armen Norman lustig machten. Sogar meine Frau, diese überaus geistreiche Person…« Er sah mich an, als hätte ich dies, der Wiederholung zum Trotz, soeben bestritten; ich versuchte, möglichst amüsiert dreinzublicken, so als hätten mich erste Berichte über Mrs. Grosskurths Geist bereits in der Wiege erreicht. »Sogar meine Frau beteiligte sich an diesem Geplänkel. Ich indessen bewahrte mitten in alldem die Ruhe.« Er raschelte in seinem Sessel, und nun sah ich, warum er sich aufgerichtet hatte: er wurde plötzlich zur reglosen, lebenden Säule, die Hände mit den Innenflächen nach oben ausgestreckt – ein Mann, der inmitten des Geplänkels an der Dinnertafel die Ruhe bewahrt. Ein Fels unerschütterlicher Gelassenheit! Vorsichtig lehnte er sich in seinem Sessel zurück. »Aber Norman hat sich natürlich als ungeheuer findig erwiesen und bekommt nun extrem hohe Vorschüsse für seine Genrestudien über amerikanische Verbrecher.«

In den sechs Jahren meiner Analyse oder Therapie oder was es immer war haben sich gewisse Wörter meinem Gehirn so dauerhaft eingeprägt wie die Wörter »E pluribus unum« dem amerikanischen Zehncentstück. »Geplänkel« und »Genrestudien« waren die beiden ersten. Noch nie war ich so dankbar für das *mot juste* wie in dem Augenblick, als ich erfuhr, daß Mrs. Grosskurth sich an Geplänkel beteiligt hatte und Norman Mailer so findig gewesen war, sich Genrestudien zuzuwenden. Geplänkel, das war es und mehr nicht: Literaturkritik, die Konkurrenz zwischen New Yorker Autoren – alles das war Geplänkel, an dem sich die äußerst geistreichen Frauen von Analytikern auf Dinnerpartys beteiligten. Und das einzige, was man zu tun brauchte, war ... sich nicht beteiligen! Die Ruhe bewahren. Sich nicht einmischen. Wie er – sitzenbleiben und die Woge über sich hinwegspülen lassen.

Und dann diese verquere Vollkommenheit seiner Beschreibung des späten Mailer samt den Andeutungen von Insider-Wissen (obwohl es sicher nicht aus erster Hand stammte; Mailer war, soweit ich weiß, nie sein Patient): Mailer hatte unter Streß die geeigneten Genrethemen gefunden. Amerikanische Verbrecher. Die ganze Ansprache kam mir so tiefsinnig vor, daß College-Studenten sie in ihre Bestandteile hätten zerlegen und auf eselsohrigen Übungsblättern mit Unterstreichungen in verschiedenen Farben versehen können: Künstler litten unter *Narzißmus*, der sie empfindlich gegen *Geplänkel* machte, was sie jedoch durch *Findigkeit* überwinden konnten, indem sie sich – nun ja, eben den *Genrestudien* zuwendeten. (»Genrestudien« war, wie ich etwas später herausfand, in Grosskurthesisch das Wort für »Journalismus«. Er liebte solche seltsamen Umschreibungen aus dem Geiste Samuel Johnsons: als wir uns einmal über Woody Allen unterhielten, sagte er: »Meine Frau, die eine überaus geistreiche Person war, wollte eine so geistreiche Berühmtheit natürlich unbedingt einmal sehen. Wir erlebten ihn dann auf einer Varietébühne. Ich weiß noch, daß er in einem Zustand großer Angst Proben aus seinen Schriften vortrug.« Es dauerte Tage, bis ich begriff, daß Dr. und Mrs. Grosskurth in einem Nachtclub gewesen waren und dort den Monolog dieses Komikers gehört hatten.)

Aus dieser ersten Sitzung kehrte ich in einem Zustand wonnevoller, gespannter Verwirrung heim. So sollte die Psychoanalyse nun ganz gewiß nicht sein. Andererseits war es viel nützlicher – und auch viel interessanter –, zu erfahren, daß sich Norman Mailer mit Genrestudien wiederaufgebaut hatte, als wenn ich zu hören bekommen hätte, meine Familie sei verrückt, denn dieses letztere wußte ich schon. Ich fühlte mich sonderbar ausgelassen und erleichtert, vor allem als er mit boshaftem Lächeln sagte: »Ihre Probleme erinnern mich an...« – hier nannte er einen der Großen aus der New Yorker Schule des Abstrakten Expressionismus. »Zum Glück leiden Sie allerdings weder unter Impotenz noch unter Alkoholismus. Insofern sind Sie im Vorteil.« Damit war für die nächsten fünf Jahre das Grundmuster unserer zweimal, zeitweise auch dreimal in der Woche stattfindenden Begegnungen festgelegt. Er war ein reizbarer, starrsinniger, ungeduldiger, oft gelangweilter, meistens anmaßender und ungeheuer selbstgerechter Mann voller Vorurteile. Ich konnte mich nie entscheiden, ob ich ihn wegen Vernachlässigung seiner therapeutischen Pflichten anzeigen oder aus schierer Dankbarkeit für einen derart originellen Heiler vor ihm auf die Knie sinken sollte.

In unserer Beziehung bildeten sich bald feste Routinen heraus. Um halb sieben nahm ich die U-Bahn *uptown*, stieg an der Siebenundsiebzigsten Straße aus, ging noch ein paar Blocks zu Fuß, betrat seine kleine Praxis an der Ecke Park Avenue, wo ich mich zu drei oder vier Leuten gesellte, die auf einer Bank saßen. Dann ging die Tür auf, ein anderer Neurotiker – manchmal ein sehr bekannter Neurotiker, der aussah, als würde er, wie ein eben verhafteter Börsenmakler, sein Gesicht am liebsten hinter seinem Mantel verstecken – kam heraus, und ich trat ein. Da war er wieder, der Geruch der Klimaanlage.

»So«, sagte dann Dr. Grosskurth. »Wie geht es Ihnen?«

»Schrecklich«, sagte ich, manchmal aufrichtig, manchmal um zu zeigen, wie kooperativ ich war.

»Nichts anderes habe ich erwartet«, sagte er, und ich fing an, die Probleme, die Nöte der letzten drei oder vier Tage und was es sonst noch zu erzählen gab, herunterzustottern. Dann räusperte er sich und setzte zu einem Monolog an, einer ausladenden Erörterung über einige bedeutende Gestalten des zwanzigsten Jahrhunderts (Freud, Einstein und vor allem Thomas Mann waren dabei feste Größen), über Verstöße gegen das Beichtgeheimnis, Episoden aus seinem eigenen Leben, um schließlich mit einem plötzlichen Schwenk und den Worten »Sie sehen also...« irgendeine völlig offenkundige Lebensweisheit preiszugeben, die er dann auf meine Probleme anwendete – oder vielmehr auf das Nichtvorhandensein meiner Probleme, wenn man sie mit wirklichen Problemen verglich, wie er sie schon etliche Male zu hören bekommen habe, da hätten Sie hier sein sollen...

Ein Beispiel: Ich kam auf das Problem zu sprechen, daß es mir immer schwerfällt, ein Buch abzuschließen und überhaupt ohne festen Abgabetermin zu schreiben. Ich wurde sehr ausführlich, holte weit aus, sprach voller Gefühl. Er räusperte sich. »Es ist allgemein bekannt, daß Schriftsteller extreme Anreize brauchen. Martin Buber zum Beispiel.« Ich ging meinen inneren Zettelkasten durch: War das nicht der Theologe? »Buber hatte auf seinem Vortragspult pornographisches Material liegen, mit dem er sich zu einer besseren Leistung als Vortragender anspornen wollte. Er sprach über *Ich und Du*, und dann kramte er in seinen Notizen und sah sich Fotos von nackten Frauen an.« Dr. Grosskurth schüttelte den Kopf. »Es ging wirklich ziemlich weit. Trotzdem war er ein bedeutender Gelehrter, und für seine Art zu arbeiten war es genau das Richtige. Für Sie wäre es nichts, es würde Ihre extreme Überschätzung Ihrer eigenen Rolle nur noch steigern.«

Meistens sprach er darüber, was nach seiner Meinung zum Überleben auf dem New Yorker Kriegsschauplatz nötig war. Er sprach über die Größen des literarischen Lebens von New York – nicht unbedingt Patienten von ihm, sondern Schriftsteller und Künstler, deren Laufbahn er voller Bewunderung verfolgte –, als ginge es um jene Kette von Forts oben am Lake George, die noch aus den Kriegen mit den Franzosen und den Indianern stammten, wo man als Kind hinfuhr und dann Autoaufkleber geschenkt bekam. Da gab es das Fort Sontag, das Fort Frankenthaler, das Fort Mailer. »Sie verfügt über eine ausgezeichnete Abwehr.« »Ja, ich bewundere ihre Abwehr.« »Eine bewundernswert gut organisierte Abwehr.«

Seiner Theorie zufolge waren »kreative« Leute von einer inneren Wut erfüllt, die aus ihrem enttäuschten Narzißmus herrührte. Dieser Narzißmus konnte eine negative, paranoide Form oder eine positive, trotzig arrogante Form annehmen. Seine Aufgabe als Analytiker bestand nun nicht etwa darin, den Narzißmus (der untrennbar mit der Kreativität verbunden war) zu kurieren, sondern im Gegenteil darin, ihn zu befestigen – die Zugbrücke hoch- und das Tor zuziehen, so daß die Indianer nur noch draußen herumkreisen und allenfalls ein paar harmlose brennende Pfeile über die Palisaden schießen konnten.

Seine erste große Zeit als Analytiker fiel in die vierziger und fünfziger Jahre. Damals behandelte er die großen Kämpen dieses goldenen Zeitalters der New Yorker Intellektuellenszene, eines Zeitalters, das allerdings nicht mehr ganz so golden glänzte, wenn es – als ein Gebrodel aus Ressentiment, Eifersucht und Trieb – auf der Couch lag. »Ich kann mich noch gut erinnern«, begann er, »wie ich ... in Behandlung hatte« – hier nannte er zwei berühmte Kunstkritiker aus jener Zeit. »Sie bekämpften einander bis aufs Messer. Der eine kam um zehn Uhr morgens. ›Darauf muß ich erwidern‹, sagte er. Um halb fünf kam dann der andere und sagte: ›Darauf muß ich erwidern.‹ ›Nein‹, sagte ich beiden, ›warten Sie ein halbes Jahr und sehen Sie zu, ob sich dann noch irgend jemand an den Ausgangspunkt dieses Streits erinnert.‹ Sie waren einverstanden und warteten. Sechs Monate später veranstaltete meine Frau, diese überaus geistreiche Person, eine Dinnerparty und machte einen Scherz über ihren Streit. Niemand verstand ihn; niemand konnte sich erinnern. Und damals galt die *ARTnews* noch etwas! Da fällt mir ein, Thomas Mann hat mal gesagt...« Schließlich, als die Uhr an der Wand auf halb sieben zeigte, sagte er unvermittelt: »Sie sehen also ... das beweist wieder einmal, was ich Ihnen im Hinblick auf die Debatten zwischen Intellektuellen immer wieder klarzumachen versuche.«

Ich beugte mich vor und wollte es wirklich wissen. »Aber was denn bitte, Doktor?«

»*Keiner interessiert sich dafür.* Die Leute haben selbst Probleme genug. Wir müssen jetzt Schluß machen.« Und damit hatte es sich.

Ich verließ die Praxis in einem Zustand diffuser Enttäuschung. *Keiner interessiert sich dafür?* Niemand interessiert sich für den schweren, verlustreichen Kampf um den richtigen Satz, das unwiderlegliche Argument? Und: *Die Leute haben selbst Probleme genug?* Das hätte mir auch meine Großtante Hannah sagen können. Kam *das* dabei heraus, wenn man die Psychen einer bedeutenden Epoche der Kulturgeschichte ein halbes Jahrhundert lang an sich vorüberziehen sah? Doch dann, eine Viertelstunde später, während ich im Taxi *downtown* fuhr, schlug mein Herz plötzlich höher – begann zu schweben. Es stimmte ja: *Keiner interessiert sich dafür! Die Leute haben selbst Probleme genug!* Es ist okay. Es bedeutet ja nicht, daß man deshalb nichts tun soll; es bedeutet nur, man soll es irgendwie um der Sache selbst willen tun, ohne Illusionen. Einfach schreiben, einfach leben, und nicht zuviel darüber grübeln. Keiner interessiert sich dafür. Es ist bloß *Geplänkel.*

Manchmal war die Methode, mit der er mir zu mehr Bewußtsein verhalf – falls es das war, was er tat – ziemlich verschlungen, um nicht zu sagen verschroben. Da gab es zum Beispiel die Volestein-Abschweifung. Es ging um einen Schriftsteller namens – sagen wir, Moses Volestein. Dr. G. hatte mal etwas von ihm gelesen, und der Name dieses Mannes hatte ihn fasziniert. »Was für ein scheußlicher Name«, sagte er. »*Vole!* [Wühlmaus] Warum behält jemand so einen scheußlichen Namen?« Ich hielt diesen Namen nicht für besonders belastend und sagte ihm dies.

»Sie unterschätzen den Schaden, den der Name dieses Mannes in seinem psychischen Wohlbefinden anrichtet«, erwiderte er mit ernster Stimme. »Er ist unerträglich.«

»Ich glaube nicht, daß er ihn unerträglich findet.«

»Sie irren.«

Dann bei unserer nächsten Begegnung: »Ihr Widerstand gegen das, was ich während der letzten Sitzung über den Namen Volestein gesagt habe, ist typisch für Ihre extreme narzißtische Selbstüberschätzung. Nach wie vor unterschätzen Sie den Schaden, den ein Name wie dieser in der Psyche eines Menschen anrichten kann.«

»Doktor, sicherlich überschätzen Sie den Schaden, den ein solcher Name in der Psyche eines Menschen anrichten kann.«

»Sie irren. Daß seine Familie es versäumt hat, diesen Namen zu ändern, zeugt von einer tiefen Realitätsverleugnung.« Er blieb in dieser Sitzung bei Volesteins Name und kam auch in der nächsten wieder auf ihn zurück. Schließlich ging ich in die Luft.

»Ich kann nicht glauben, daß wir jetzt noch eine Stunde damit verbringen sollen, über den komischen Namen von Moses Volestein zu sprechen!« sagte ich. »Ich meine, genausogut könnten manche Leute meinen eigenen Namen komisch finden.«

Er überlegte. »Ja. Aber Ihr Name ist bloß sehr häßlich und ungewöhnlich. Er enthält nichts, was auf ein schädliches Nagetier hindeutet, mit dem viele Leute unerfreuliche Assoziationen verbinden. Er ist bloß sehr häßlich.«

Nun war ich es, der nachdachte. Mein Name – der mir so selbstverständlich war wie mein Atemgeräusch? Daß er komisch klingen könnte, hatte ich bloß aus Freundlichkeit gesagt, um endlich weiterzukommen. Nun aber war ich tief verletzt. Meine Frau, die ihren Namen behalten hatte, als wir heirateten – aus feministischen Erwägungen, wie ich immer gedacht hatte – sagte nun: »Ja, ich konnte es gar nicht fassen, als wir uns kennenlernten. Eine Woche lang wollte ich deswegen gar nicht mit dir ausgehen.« Es war ein Schock, aber ein heilsamer. War Dr. Grosskurth so lange auf Volestein herumgeritten, um mich mit Gopnik in seiner ganzen Merkwürdigkeit zu konfrontieren, damit mir nachher irgendeine paradoxe Weisheit begreiflich würde? *Ich hatte einen komischen Namen.* Und dann die Folgerung, die sich daraus ableitete: Leute haben komische Namen und arbeiten trotzdem weiter. Vielleicht fällt es ihnen nicht einmal auf. Jahre später fand ich mich im Internet in einer Liste von Schriftstellern mit äußerst komischen Namen wieder – wahrscheinlich verbringen die Leute, seit sie nicht mehr in die Psychoanalyse gehen, ihre Zeit damit, solche Listen aufzustellen –, und erstaunlicherweise freute ich mich darüber. Das war also dabei herausgekommen. Der eigene Name konnte absurd klingen, und man merkte es nicht mal. Und nun der entscheidende Zusatz: es kam auch nicht darauf an. Mit Gleichmut und einem guten Panzer kam man überall durch.

Manchmal kam Dr. Grosskurth auf sein eigenes Leben zu sprechen. Er war vor dem Ersten Weltkrieg in Berlin geboren, zu einer Zeit, als deutsche Juden vor allem deutsch waren. Seine Mutter hatte gehofft, er würde Diplomat werden, doch er beschloß, Medizin zu studieren, insbesondere Psychiatrie. Er gehörte zu jener Generation deutscher Juden, die in Freuds Lehren das fanden, was die Physiker jener Zeit bei Einstein fanden. 1933 hatte er etwas Kritisches über die Nazis gesagt und mußte von einem auf den anderen Tag aus Deutschland fliehen. Einer seiner Professoren hatte ihm dabei geholfen. (Dr. Grosskurth schilderte diese Episode auffällig unheroisch. »Ich habe daraus die Lehre gezogen, meinen großen Mund zu halten«, bemerkte er dazu.) Er floh nach Italien, wo er an der Universität Padua sein Medizinstudium abschloß.

Italien liebte er noch immer: fast jeden Abend aß er im Parma, einem nahegelegenen Restaurant an der Third Avenue, und jeden August verbrachte er in Venedig, im Cipriani. Ich weiß noch, wie ich ihm in einem Frühjahr ankündigte, meine Frau und ich hätten beschlossen, in diesem Jahr ebenfalls eine Reise nach Venedig zu machen.

Er sah mich scharf an. »Und wo werden Sie wohnen?« fragte er.

»In dieser *pensione*, Accademia«, antwortete ich.

»Nein«, sagte er. »Sie werden im Monaco wohnen, das ist ein sehr angenehmes Hotel, und frühstücken werden Sie auf der Terrasse. Das Monaco ist genau das richtige Hotel für Sie.«

Ich kramte in meinen Taschen nach dem Bleistiftstummel, den ich normalerweise dabei hatte, und nach einer American Express-Quittung oder sonst einem Stück Papier, um mir den Namen aufzuschreiben.

»Nein, nein!« sagte er voller Abscheu. Meine Unordentlichkeit war seiner teutonischen Seele ein Greuel. »Hier, ich schreibe es Ihnen auf. Oh, Sie sind so chaotisch. Geben Sie mir mal das Telefon herüber.« Ich reichte ihm das Telefon, das auf einem kleinen Tisch neben seinem Sessel stand, und er blätterte in einem schwarzen Büchlein, das er aus der rechten Innentasche seiner Jacke gezogen hatte. Er wählte eine lange Nummer. Dann begann er mit einer Stimme, die noch tiefer und noch dröhnender klang als sonst – er war in einer Zeit aufgewachsen, als man bei Ferngesprächen noch das Gefühl hatte, man müsse Entfernungen überwinden –, Italienisch zu sprechen.

»*Sì, sono Dottore Grosskurth.*« Er wartete einen Augenblick – und zum erstenmal, seit wir uns kennengelernt hatten, kam er mir wirklich besorgt vor, bis dann ein breites Lächeln über sein Gesicht glitt. Die Leute wußten, wer er war.

»*Sì, sì*«, sagte er und dann mit leiserer Stimme »*No*« und etwas, das ich nicht verstand; offenbar erklärte er, daß Mrs. Grosskurth gestorben war. »Pronto!« setzte er von neuem an, und dann folgte ein langer Satz, der mit meinem Namen begann und mehrere Daten im *giugno* enthielt. »*Sì, sì.*« Er schob seine Hand über die Sprechmuschel. »Wollen Sie ein Zimmer mit Bad oder mit Dusche?« fragte er.

»Mit Bad«, antwortete ich.

»Recht so!« sagte er. Nichts von dem, was er je zu mir gesagt hatte, war einem Lob so nahe gekommen wie diese Bemerkung. Schließlich legte er auf, warf einen Blick auf das Blatt in seiner Hand und gab es mir.

»Da«, sagte er. »Ihr Zimmer ist für fünf Tage reserviert, es hat keine Aussicht auf den Canale, aber das ist eigentlich auch besser so, denn die Anlegestelle für die Gondeln kann ziemlich störend sein. Sie werden auf der Terrasse frühstücken und von dort den Blick auf die Salute genießen. Aber essen Sie im Hotel nicht zu Abend. Ich werde Ihnen ein paar Lokale aufschreiben.« Und dann notierte er mir auf einem »Fragen Sie Ihren Arzt nach Prozac«-Block eine Liste von venezianischen Restaurants. (Wie ich später feststellte, als ich mich in der Stadt ein bißchen auskannte, schätzte ein New Yorker Analytiker vor allem die großen, alten Restaurants aus den Fünfzigern: Harry's Bar, Da Fiore, Madonna.)

»Sie gehen in diese Lokale, bestellen Spaghetti *vongole*, und dann …«

»Und dann?«

»… werden Sie endlich glücklich sein«, sagte er kategorisch.

Er hatte so wenig von einem orthodoxen Freudianer oder einem orthodoxen Sonstwas, daß ich sehr erstaunt war, als ich bemerkte, wie tief und geradezu inbrünstig er sich dem psychoanalytischen Dogma verbunden fühlte. Eines Tages, es war in unserem dritten Jahr, kam ich in seine Praxis und sah ein Exemplar der *New York Review of Books* aufgeschlagen bei ihm liegen.

»Es ist sehr traurig«, begann er. »Es ist wirklich sehr traurig, wenn man mit ansehen muß, wie eine von vielen einst hochgeschätzte Zeitschrift auf ein Niveau absinkt, wo sie den Respekt aller vernünftigen Leute verliert.« Es dauerte einen Moment, bis mir einfiel, daß er auf einen der vieldiskutierten Artikel anspielte, in denen der Literaturkritiker Frederick Crews mit Freud und der Psychoanalyse hart ins Gericht ging.

Ich las diese Artikel später selbst, und sie erschienen mir unwiderleglich. Nachher setzte ich mich auch hin und las zum erstenmal in meinem Leben Freud – »Das Unbehagen in der Kultur«, »Totem und Tabu«, »Die Traumdeutung«. Die Unsinnigkeit der Argumente als solcher überraschte mich genauso wie die eindrucksvolle Fülle von Bildungsgütern, die zu ihrer Untermauerung aufgeboten wurden. Man hatte das Gefühl, vor einem stehe eine Art Schausteller, ein brillanter Essayist, der von einem brüchigen Beleg zur nächsten durch nichts bewiesenen Schlußfolgerung sprang und dabei mit der Zuversicht eines Disney-Cartoonisten, der seine Häschen und Eichhörnchen zeichnet, einen kompletten psychologischen Mythos mit Es, Ich und Libido entwarf. So geriet ich in die sonderbare Lage, daß meine Skepsis gegenüber dem Therapieansatz, bei dem ich zweimal in der Woche Zuflucht nahm, immer mehr wuchs. Schließlich faßte ich mir ein Herz und gestand Dr. Grosskurth meine zwiespältigen Gefühle.

»Sie stellen also fest, daß es einen Konflikt zwischen ihren entschiedensten intellektuellen Überzeugungen und ihren tiefsten Bedürfnissen nach Wunschbefriedigung gibt?« fragte er mich.

»Ja.«

Er zuckte mit den Achseln. »Dann sind Sie offensichtlich Freudianer.«

Ein erstklassiger Wortwechsel, das mußte ich ihm lassen – aber zufrieden mochte ich mich damit nicht geben. Meine ältere Schwester war Professorin für Psychologie in Berkeley. Sie hielt Freud für ein Relikt aus grauer Vorzeit (ich hatte ihr von meinen psychoanalytischen Abenteuern erzählt) und schrieb auf dem Höhepunkt der Debatte in der *New York Review of Books* einen vernichtenden Anti-Freud-Leserbrief. Sie machte darin sogar eine abschätzige Nebenbemerkung über »Gestalten von großem persönlichen Charisma« – worauf sich das bezog, wußte ich – und stellte abschließend fest, zur Verteidigung der Psychoanalyse ließe sich nichts sagen, was sich nicht auch zur Verteidigung von Magie oder Astrologie anführen ließe. (»Ihre Schwester verfügt über eine sehr gute Abwehr«, sagte Grosskurth.)

Über seine Grundanschauungen hätte Grosskurth wohl gesagt – und hat dies im Laufe der Zeit, wenngleich nicht in genau diesen Worten, auch getan: Freud mag sich in allen Einzelheiten geirrt haben, aber seine zentrale

Erkenntnis ist dennoch richtig, die Erkenntnis nämlich, daß das menschliche Leben durch eine Reihe von egoistischen, unausrottbaren, vor allem sexuellen Trieben bestimmt wird und daß es sich bei allem anderen, was im Leben vor sich geht, nur um Methoden handelt, diese Triebe zu bändigen und ihnen ein »akzeptables« Ventil zu verschaffen. Eine wirkliche, undramatische, aber gefahrvolle Welt aus realen Dingen existiere, die im wesentlichen durch ihre Gleichgültigkeit gegenüber menschlichen Gefühlen gekennzeichnet sei: zu dieser Welt der wirklichen Dinge gehörten Schmerz, Tod und Krankheit, aber auch viele Dinge, die keine Bedrohung für unser Wohlergehen darstellten. Sein Projekt – das Projekt der Psychoanalyse, wenn man sie nur richtig verstand – laufe nicht darauf hinaus, die Geschichte unserer Psyche, die sonderbare Salonkomödie von Es und Ich und Libido, nachzuerzählen, es gehe im Gegenteil darum, all unseren Geschichten ihre Dramatik zu nehmen. Mit dem Wissen um die mörderische Wut, die man in der eigenen Brust mit sich herumschleppte, konnte man seiner Ansicht nach nur eines tun: diese Wut nicht mythologisieren, sondern ihr eine Krawatte umbinden und ordentliche Schuhe und einen dunkelblauen Anzug anziehen. Nur ein Mann, der wußte, daß er, wenn er die Wahl hätte, die eigene Mutter vergewaltigen und den eigenen Vater umbringen würde, konnte sich seine Spaghetti *vongole* in einer Art Frieden bestellen.

Diese Argumentation hatte jedoch einen Haken. Das behauptete ich jedenfalls im dritten Jahr meiner Analyse mehrere Sitzungen lang. Waren nicht gerade die Leute mit der guten Abwehr, die er so bewunderte, denkbar weit von den wirklichen Dingen entfernt, von der Wirklichkeit, deren Wert er so hochhielt? Kam Susan Sontag tatsächlich besser als andere Leute mit den Dingen, wie sie wirklich waren, zurecht? Würde irgendwer Harold Brodkey als Muster eines Menschen anführen, der imstande war, die Welt in ihren wahren Maßstäben und den angemessenen Platz des Ich in ihr ruhig und gelassen zu würdigen? War die »enorme narzißtische Überschätzung«, die er mir vorwarf, nicht untrennbar verbunden mit dem »durch eine gute Abwehr befestigten, verinnerlichten Selbstwertgefühl«, das er kultivieren wollte? Alle diese Leute, die über eine besonders gute Abwehr zu verfügen schienen – das Auffälligste an ihnen war doch, wie atemberaubend weit sie sich von der Welt entfernt hatten, von den Ansichten anderer Leute, davon, wie diese Leute über ihre Arbeit dachten. Der Narzißmus konnte nicht nur als Panzer dienen; man konnte sich in ihm wie in einer Gruft praktisch begraben, wo dann die Leute kamen und anklopften wie Howard Carter am Grab Tutenchamuns, und damit kam man immer noch durch. Ob das kein Problem für seine Theorie oder zumindest für seine Therapie wäre?

»Doch«, sagte er kühl, »es ist ein Problem.«

»Oh«, sagte ich, und wir wechselten das Thema.

Selbstverständlich machten alle meine Freunde ebenfalls eine Therapie – wir waren schließlich in New York –, und gelegentlich rückten sie spät abends bei einer Flasche Rotwein mit dieser oder jener »Einsicht« heraus, die mir die Augen öffnete: »Mein Analytiker hat mir geholfen, mich einem in meinem Leben wiederkehrenden überprotektiven Verhaltensmuster zu stellen, das von dem heimlichen Alkoholismus meiner Mutter herrührt« oder »Meiner half mir, deutlicher zu erkennen, wie die Depression meines Vaters meine eigenen Ängste geprägt hat« oder »Meiner half mir einzusehen, daß meine Abneigung gegen die Veröffentlichung meiner persönlichen Arbeit Teil meiner Abneigung dagegen ist, ein Kind zu bekommen«. Und was hätte ich sagen können? »Meiner schläft andauernd ein, außer wenn wir uns über das Geschlechtsleben von Hannah Arendt unterhalten, über das er eine ganze Menge weiß.«

Dieses ständige Einschlafen war ein Problem. Während der ersten Jahre, in denen ich bei ihm war, hatte Dr. Grosskurth noch einen ziemlich vollen Terminkalender, und unsere Sitzungen fanden meistens spät am Tag statt; man merkte ihm die Belastung an. Kaum hatte ich wieder einmal (ich war zu dem Schluß gekommen, wenn ich analysiert werden sollte, dann sollte ich auch analysiert werden) zu einer umfassenden Schilderung meiner Unzufriedenheiten, der mir widerfahrenen Ungerechtigkeiten, meiner Ängste und Kindheitserinnerungen angesetzt, da konnte ich beobachten, wie sein großer, teils kahler Kopf langsam dem Knoten seiner Krawatte entgegensank. Unter einigem Lidklappern schlossen sich die Augen, und er begann tief zu atmen. Ich redete weiter – »Und deshalb glaube ich, daß es meine Mutter war, die mir zum erstenmal ein Gefühl für Großartigkeit vermittelte. Es gab da einen Geburtstag, ich glaube, es war mein sechster, da empfand ich zum erstenmal…« –, das Kinn näherte sich der Brust, der Kopf sackte immer tiefer, bis ich schließlich seine kahle Stelle direkt vor mir erblickte. Nach einigen irritierenden Wochen, in denen ich meine Probleme einem schlafenden Therapeuten vorgetragen hatte, fand ich heraus, wie ich ihn zum Leben erwecken konnte – mit Klatsch. »Und deshalb erinnert mich die Beziehung meiner Mutter zu meinem Vater auch – also, in gewisser Hinsicht erinnert sie mich an das, was man sich über die Scheidung von Philip Roth und Claire Bloom erzählt.«

Sofort fuhr sein Kopf hoch, die Augen öffneten sich, und er schüttelte sich wie ein Labrador, der gerade aus dem Wasser kommt. »Ja, was erzählt man sich denn über diese Scheidung?« fragte er.

»Ach, eigentlich nichts«, erwiderte ich und fing an, eine Zeitlang zu improvisieren – froh, seine Aufmerksamkeit gewonnen zu haben.

Leider war mein Vorrat an heißem Literaturklatsch begrenzt. So kam es tatsächlich vor (ich hoffe, dies ist das schlimmste Geständnis, das ich je machen muß), daß ich mir auf dem Weg zu ihm literarischen Klatsch ausdachte, einfach, um etwas in Reserve zu haben, falls er einschlief – wie ein viktorianischer Arzt, der zu einem Picknick aufbricht und für alle Fälle ein Fläschchen Riechsalz einsteckt. (»Mal sehen: wie wäre es, wenn ich sagen würde, Kathy Acker hat eine Affäre mit, oh, mit V. S. Pritchett angefangen – das würde doch jeden interessieren.«) Einerseits ärgerte mich dieses ständige Einschlafen, auf der anderen Seite weckte es fürsorgliche Gefühle in mir. Ärger, weil es schließlich um meine Kohle ging, und Fürsorge, weil ich ihn auf seine Weise für einen großen Mann hielt und nicht mit ansehen mochte, wie es mit ihm langsam bergab ging: ich fragte mich, wie lange er noch weitermachen würde, wenn er spürte, daß es mit ihm bergab ging.

Kürzlich fand ich in einem Buch zum Thema Therapien einen Hinweis auf einen namhaften älteren Analytiker, der ganz bewußt in Anwesenheit seiner Patienten eingeschlafen sei. Offenbar war Grosskurth – denn auf wen sonst hätte sich diese Bemerkung beziehen sollen? – berühmt für sein therapeutisches Einschlafen, während der Patient redete. Es war ein taktisches, um nicht zu sagen, ein strategisches Einschlafen.

Oder war er bloß ein alter Mann, der seine Praxis in Gang zu halten versuchte, weil ihm nichts Besseres einfiel, und der nun alles mögliche tat – schlafen, Hotelzimmer reservieren, plaudern –, um nicht allein sein zu müssen? Entweder war er ungeheuer raffiniert oder tief zu bedauern: aber was von beidem? Daß ich eine Antwort auf diese Frage finden wollte, war auch ein Grund, warum ich weiter zu ihm ging.

Im Laufe des vierten und des fünften Jahres schnurrten sämtliche Probleme, die ich ihm vorgetragen hatte, zu einem einzigen Problem zusammen, zu *dem* New Yorker Problem schlechthin. Sollte meine Frau – sollten wir – ein Kind bekommen? Wir quälten uns mit dieser Frage auf die zeitgenössische Art. Monatelang hörte Grosskurth schweigend zu, und dann sprach er.

»Ja, Sie müssen weitermachen und ein Kind bekommen. Es wird Ihnen gefallen. Das Kind wird Ihre Geduld wiederholt auf eine harte Probe stellen, aber Sie werden feststellen, daß es viel Freude macht, Kinder großzuziehen.« Er räusperte sich. »Sie werden zum Beispiel feststellen, daß das Kind beim Sprechen sehr amüsante Fehler macht.«

Ich sah ihn verdutzt an – das war das Schönste daran?

»Verstehen Sie«, fuhr er fort, »ungefähr mit drei Jahren fangen Kinder an zu sprechen, und ihre Unerfahrenheit bringt es mit sich, daß sie die Sprache oft auf eine überraschende Weise benutzen. Diese Fehler können wirklich *überaus* amüsant sein. Die sprachlichen Irrtümer des Kindes bieten außerdem reichlich Stoff zu Anekdoten, der den Eltern bei gesellschaftlichen Anlässen wertvoll sein kann.« Als Begründung für die Gründung einer Familie klang es etwas seltsam, daß das Kind ein unverwüstlicher Pointenlieferant sein würde und daß sich mit seinen Irrtümern die eine oder andere Party bestreiten ließ – aber ich dachte, vielleicht definierte er hier sozusagen nur den Minimalfall.

Wir bekamen also ein Kind. Freudig erregt brachte ich Bilder mit, auf denen unser Baby eine Woche alt war, und zeigte sie ihm. (»Ja«, sagte er trocken, während er meine Polaroids beäugte, »das sieht sehr nach einem Kind aus.«) Da sich in meinem Leben nun vieles veränderte, kam mir der Gedanke, daß es vielleicht an der Zeit sei, unsere Beziehung zu beenden oder zumindest einzuschränken. Sie währte inzwischen sechs Jahre, und trotz allem, was sie mir gebracht hatte – ich fand, sie hatte mir viel gebracht: wenn schon keine Behandlung, dann doch immerhin soviel Stoff, daß ich mich damit dauerhaft als Erpresser hätte etablieren können –, wußte ich, wenn ich »wirklich erwachsen« werden wollte, mußte ich mich aus der Abhängigkeit losreißen. Außerdem wurde er alt. Er war schon betagt gewesen, als wir anfingen, aber jetzt war er fünfundachtzig oder sechsundachtzig und wurde gebrechlich. Altwerden ist anscheinend kein stetiger Niedergang, sondern eine Kette von Abrutschern. In der einen Woche dröhnte er wie eh und je, in der nächsten lag etwas schwerfällig Bedächtiges in seinen Bewegungen, wenn er mich an der Tür seiner Praxis begrüßte. Sechs Monate später konnte er nicht mehr sicher aus seinem Sessel aufstehen, und einmal fiel er in meiner Anwesenheit vor seiner Praxis hin. Als ich ihm aufhalf, wirkte er weder wütend noch belustigt, sondern nur geistesabwesend, wie jemand, der noch etwas anderes vorhat. Damals verlegten wir unsere Sitzungen in seine nahegelegene Wohnung an der Neunundsiebzigsten Straße, wo ich dann klingelte und wartete, bis er mich hereinrief – er oder seine Nurse, die ich nie zu Gesicht bekam, hatte die Tür offengelassen. Ich trat ein und fand ihn auf seinem Sofa – grauer Anzug, blaues Hemd, dunkle Krawatte, jemand hatte ihm beim Anziehen geholfen –, um ihn herum Holzschnitte von Hans Hofmann und Miró und zwei oder drei kostbare Kandinsky-Blätter.

Ungefähr nach einem Monat in diesem neuen Arrangement beschloß ich, für längere Zeit nach Europa zu gehen, um dort zu schreiben, und erzählte ihm in bester Laune davon. Die Freude über diesen großen Schritt nach vorn raubte mir fast den Atem: Ich würde weggehen, mich von New York lösen, noch einmal anfangen. Ich dachte, er würde sich freuen.

Zu meiner Bestürzung wurde er wütend – sein altes Selbst trat in Erscheinung, und sogar mehr denn je. »Wie kann man nur auf eine solche Idee kommen? Was für eine selbstzerstörerische Regression!« Mir wurde klar, warum er so wütend war: trotz all seiner Befestigungsarbeiten hatte ich beschlossen, davonzulaufen. Fort Gopnik zog die Flagge ein, die Besatzung lief auseinander, gab ihr Territorium auf – alle seine Mühen waren umsonst. Wie General Gordon, der Verstärkung nach Khartum bringen wollte, aber zu spät kam und wegen der unverzeihlichen, unorganisierten Passivität der Eingeborenen scheiterte.

Bei unseren letzten Sitzungen gelangten wir zu einem Nichtangriffspakt. (»Haben wir zu früh aufgehört, Doktor?« fragte ich. »Ja«, erwiderte er teilnahmslos.) Wir sprachen unverfänglich über Kunst und Familienangelegenheiten. Am Tag vor meiner Abreise fuhr ich noch einmal zu ihm, es würde unsere letzte Sitzung sein.

Es war ein Halb-Sechs-Termin in der zweiten Oktoberwoche. Zunächst unterhielten wir uns wie alte Freunde über die Einzelheiten, die bei einer Reise ins Ausland zu bedenken sind, Visa und Impfungen. Doch plötzlich begann er mit einer weit ausholenden Geschichte über die Krankheit und den Tod seiner Frau, ein Thema, über das er noch nie mit mir gesprochen hatte. Immer wieder kam er auf die Erinnerung zurück, wie sie im letzten Sommer vor ihrem Tod in dem Becken des Hotels in Venedig hin- und hergeschwommen sei.

»Sie war krank gewesen, und das Cipriani hat, was Sie nicht wissen können, einen herrlichen Swimming Pool. Sie schwamm darin hin und her, hin und her, stundenlang. Mir war klar, daß ihre Krankheit sehr wahrscheinlich tödlich verlaufen würde.« Er schüttelte den Kopf und streckte die Hände aus, als versuchte er, mit der Wirklichkeit fertig zu werden. »Als sie Schwindelanfälle und Probleme mit dem Gleichgewicht bekam, hatte ich sehr rasch eine Diagnose gestellt. Trotzdem, sie schwamm hin und her.«

Er hielt inne. Im Zimmer war es inzwischen dunkel geworden. Der Verkehr auf der Neunundsiebzigsten Straße hatte sich zu einem verdrossenen, hupenden Rush-hour-Geschiebe verdichtet. Ich wußte, Grosskurth war zu wacklig auf den Beinen, als daß er hätte aufstehen und das Licht anschalten können, ich aber wollte das Licht nicht einschalten, es erschien mir unfein – schließlich waren es seine Lampen. Also saßen wir im Dunkeln.

»Es war natürlich der letzte Sommer, den wir in Venedig verbrachten. Aber sie hatte diese Reise unbedingt machen wollen. Und sie schwamm immerzu.« Er sah sich in dem dunklen Zimmer um – die Bilder, die Zeichnungen, die gebundenen Zeitschriftenbände, alles, was von zwei Leben, die sich miteinander verbunden hatten, geblieben war, das eine abgeschlossen, das andere im Begriff, sich zu schließen.

»Sie schwamm einfach immer weiter. Sie war nämlich auch eine außerordentlich gute Sportlerin gewesen, und nicht nur, wie Sie ja wissen, eine überaus geistreiche Person.« Einen Augenblick lang schien er sich in der Erinnerung zu verlieren, doch dann faßte er sich wieder und ließ im Dunkeln, wie schon so viele Male vorher, sein professionelles Räuspern vernehmen.

»Sie sehen also«, sagte er und wollte den mir längst vertrauten Bogen in Richtung Heimweg schlagen. Doch dann tat er etwas, das er, glaube ich, noch nie getan hatte: er nannte mich bei meinem Namen. »Sie sehen also, Adam, im Leben, im Leben …« Ich stand auf und dachte: Jetzt, endlich, bei unserer letzten Sitzung – ohne Hoffnung auf Wiederkehr, die Koffer gepackt, das Ticket in ein anderes, fernes Land gekauft –, und jetzt die Wahrheit, der springende Punkt, das, was ich mitnehmen konnte von dem, was wir in all den Jahren aufgebaut hatten.

»Sie sehen also, Adam, im Rückblick …«, fuhr er fort und wollte sich ebenfalls erheben, versuchte mit seiner ganzen Autorität, den ungehorsamen Körper zu bezwingen. »Im Rückblick hat das Leben viele lohnende Aspekte«, sagte er, und dann mußten wir Schluß machen. Er saß da und sah vor sich hin, und wenig später nahm ich mit Goodbye und einem Handschlag Abschied.

Ich war wütend. Ich versuchte, gerührt zu sein, aber dazu hätte ich mir etwas gewünscht, das mich leichter rührt. War das alles, was er mir zu sagen hatte: *Das Leben hat viele lohnende Aspekte*? Diesmal hielt die Enttäuschung lange vor, während des ganzen Fluges, bis Paris. All die Abende, der ganze Aufwand, der ganze Humanismus, die Motherwell-Graphiken – ja, und all das Geld, mein Geld – dafür? *Das Leben hat viele lohnende Aspekte.* Konnte es einen alberneren, unrhythmischeren, weniger denkwürdigen Abschluß für das geben, was immerhin *meine* Analyse, meine einzige Analyse gewesen war?

Inzwischen hat sich mir dieser Satz natürlich tiefer eingeprägt als alles andere, was er mir gesagt hat. Im Rückblick hat das Leben viele lohnende Aspekte. Es geht nicht um alle oder wenigstens um die meisten Aspekte, und diese Aspekte sind auch nicht herrlich oder schön oder bedeutsam, sondern einfach nur *lohnend.*

Ein Jahr später kam ich nach New York zurück und besuchte ihn. Eine Frau mit westindischem Akzent war am Apparat gewesen, als ich seine

Nummer wählte. Ich wußte, daß ich ihn in einem Stadium fortgeschrittenen Verfalls finden würde, aber ich erwartete doch, daß ich ihn selbst noch finden würde. Wir erwarten, daß sich unsere Väter mit dem Sterben so lange Zeit lassen, wie wir zum Erwachsenwerden brauchen. Er war jedoch schon sehr weit weg. Er lag in einem Krankenhausbett, die Haut so grau wie das Straßenpflaster, der Körper so schmal und nutzlos wie ein Baum auf einer New Yorker Straße im Winter. Der Fernseher lief leise, eine Game Show. Beim Sprechen rang er nach Atem.

Er berichtete mir genau von seiner Krankheit. »Die Prognose ist sehr ungewiß«, sagte er. »Es könnte sich unendlich lange hinziehen.« Er erwähnte einen umstrittenen Aufsatz, den ich geschrieben hatte. »Sie haben darin Ihre geistige Unabhängigkeit unter Beweis gestellt ...«, er wälzte sich unter Schmerzen auf die Seite, »... und, wie immer, Ihre geringe Urteilskraft.«

Als ich fünf Monate später wieder in New York war, fiel mir ein, ich könnte ihn überraschen und ihm wenigstens die Hand geben. Ich ging zu dem Haus, in dem er wohnte, und fragte den Portier, ob Dr. Grosskurth da sei. Er erklärte mir, Dr. Grosskurth sei vor drei Monaten gestorben. Einen Augenblick dachte ich: Jemand hätte mich anrufen sollen, eines von seinen Kindern. Doch sie hätten wohl kaum alle seine Patienten anrufen können. (»Aber ich war etwas Besonderes!« kreischt das Kind.) Dann stolperte ich über die Third Avenue und geriet fast wie von selbst ins Parma, jenes Restaurant, das er so geliebt hatte. Ich fragte den Besitzer, ob er wisse, daß Dr. Grosskurth gestorben sei, und er antwortete: Ja natürlich, es hätte bei ihm ein großes Abendessen mit seiner Familie und einigen Freunden zu seinem Andenken stattgefunden, und dann lud er mich ein, ebenfalls zu seinem Andenken etwas zu essen.

Ich setzte mich und machte mich über ein ausgezeichnetes, einsames Dinner zu Ehren meines toten Psychoanalytikers her – Pasta mit Meeresfrüchten, natürlich ein venezianisches Gericht. Im Gedenken an ihn kaute ich Tintenfisch. (Er aß gern Tintenfisch.) Der Kellner brachte mir die Rechnung, und ich zahlte. Noch heute denke ich, der Besitzer des Restaurants hätte mir wenigstens den Wein spendieren können. Und daran zeigt sich vermutlich, daß meine Behandlung unabgeschlossen geblieben ist. (»Diese Leute hätten Ihnen den Wein bezahlen sollen?« – »Es wäre eine nette Geste gewesen, ja. In Paris hätten sie es so gemacht.« – »Sie sind hoffnungslos. Ich bin zu früh gestorben, und Sie haben zu früh aufgehört. Die Analyse war nicht beendet.«)

Ich vermute, die Übertragung war nicht vollendet, aber etwas – eine Art

Implantation – ist doch dabei herausgekommen. Er ist jetzt in mir. In Augenblicken der Krise oder der Panik kommt es mir manchmal so vor, als hätte ich mir seinen Anzug übergezogen, sogar im August. Hin und wieder, in ganz gewöhnlichen Augenblicken habe ich das Gefühl, ich sei er geworden. Obwohl meine Geduld von meinem Kind wiederholt auf eine harte Probe gestellt wurde, lache ich über seine vielen amüsanten Fehler beim Sprechen – es ist sogar vorgekommen, daß ich diese Fehler bei gesellschaftlichen Anlässen wiederholt habe. Ich beziehe mich auch oft auf die Aussprüche meiner Frau, dieser überaus geistreichen Person. Alles in allem würde ich sagen, meine Jahre in der Analyse hatten viele lohnende Aspekte.

[Aus dem Englischen von Reinhard Kaiser]

WOLFRAM PICHLER

Schmutz und Schminke

Über Goyas Malerei

Abb. 1 François Boucher: *Madame de Pompadour*, 1758. Öl auf Lw., 81 x 63 cm. Cambridge (Mass.), Fogg Art Museum

Paris 1758: Madame la Marquise de Pompadour, gemalt von François Boucher (Abb. 1). Mit dem Auftragen ihres Rouge beschäftigt, hält sie inne und wendet den Blick aus dem Bild, als ob jemand ins Boudoir eingetreten wäre. Doch verfestigt sich die Geste gleich zur statischen Pose: Das Oval des Gesichts reimt sich mit der Form des Bildes ebenso wie mit der Kamee, die die Dargestellte am rechten Handgelenk trägt. Oben, en face, das Antlitz der königlichen Titularmätresse: rouge sur blanc; unten, blanc sur rouge, das Profilporträt Ludwigs XV. – Ein geistreich konzipiertes Stück also, das von der Empfängerin – seit Jahren schon Gönnerin des Malers und von ihm selbst im Zeichnen unterrichtet – erwarten durfte, mit Witz gewürdigt zu werden. Schließlich ist es gegen den obligaten Vorwurf mangelnder Ähnlichkeit auf raffinierte Weise gewappnet: Denn nicht der Maler, das Modell hat die Schminke aufgetragen. Als ob sie sich die Farben ihres Protegés ausgeliehen hätte (der weiß-rosa Kontrast war längst zu einem Markenzeichen des Künstlers geworden), verwandelt sich diese Pompadour von selbst in einen Boucher. So daß am Ende vielleicht gar nicht mehr so klar ist, wer hier wen porträtiert. Jene Kritiker jedenfalls, die schon bald nach der Entstehung des kleinen Bildnisses behaupten sollten, der geschmackliche Einfluß der Marquise habe die Kunst Bouchers zugrunde gerichtet, würden zu Bedenken gegeben haben: Diese Malerei mußte doch schon sehr viel Pompadour enthalten, um sich im Bildnis der Mätresse auf solche Weise spiegeln zu können...

*

Wer aber sagt, daß der Untergang der Malerei in Schminke ihr schlechtestes Ende wäre? Hören wir, wie ein anderer Maler, Francisco de Goya, über das Verhältnis der beiden Schwesternkünste nachdenkt. In einem 1795 geschriebenen Brief an den Freund Martín Zapater heißt es:

> Es wäre besser gewesen, wenn Du gekommen wärst, mir zu helfen, die Herzogin von Alba zu malen, die mir gestern ins Atelier hereingeplatzt ist, damit ich ihr das Gesicht male/schminke – und erfolgreich wieder abzog; klar, daß mir das besser gefällt, als die Leinwand anzumalen.

Goyas Anekdote spielt mit einer Mehrdeutigkeit des Wortes »pintar«, das im Spanischen ja sowohl »malen« wie auch »schminken« bedeuten kann. Woraus sich ergibt, daß für eine Wendung wie »pintar la cara« immer mindestens zwei Interpretationsmöglichkeiten in Frage kommen. Es mag von der Aufgabe die Rede sein, ein Gesicht in einem Gemälde darzustellen, kurz: es zu malen. Die Wendung könnte aber ebensogut auch das Be-malen oder besser: Schminken eines Gesichts meinen. Ist das Verhältnis der Malerei zu ihrem Gegenstand im ersten Fall durch einen Repräsentationsbezug geregelt (der Maler malt ein Bild, das ein Gesicht darstellt), so stellt es sich im anderen Fall als physische Relation dar: Ob ein Gesicht geschminkt ist oder nicht, ein Gegenstand bemalt ist oder nicht, das läßt sich durch eine entsprechende empirische Untersuchung am Objekt feststellen. (Nicht, daß sich das Phänomen der Schminke reduzieren ließe auf einen solchen physischen Zusammenhang: Es handelt sich dabei lediglich um eine notwendige Bedingung, die allerdings gerade im Vergleich mit jener Malerei, die illusionistische Bilder hervorbringt, in den Vordergrund tritt.)

Natürlich stehen diese beiden homonymischen Varianten von »pintar« nicht gleichberechtigt nebeneinander, im Gegenteil, sie sind Träger ganz unterschiedlicher kultureller Valenzen. »Pintar« mit Darstellungsbezug gilt als die komplexere, interessantere Relation und wird traditionell höher bewertet als »pintar« in physischer Beziehung. Wobei die Assoziation mit Malerei als Kunst im einen, mit Haus- oder Dekorationsmalerei und einer verrufenen Körperpraktik im anderen Fall an der Valorisierung entscheidenden Anteil hat. Goyas kurioser Bericht gewinnt seine Pointe zum Teil aus der Fallhöhe, die sich zwischen beiden Lesarten auftut. Während wir zunächst meinen, »pintar« werde im Sinn von »malen« gebraucht, machen wir bald die Entdeckung, daß die im gegebenen Kontext (Maleratelier) völlig unerwartete Bedeutung »schminken« relevant ist (die überdies einen intimen körperlichen Kontakt zwischen dem Maler und der hochadeligen Dame impliziert). Wir dachten an ein Porträt – und in Wirklichkeit war von Schminke die Rede.

Wie wir über dieses amüsante Mißverständnis aufgeklärt werden, ist nun freilich von entscheidender Bedeutung. Denn daß die Herzogin den Maler veranlaßt hatte, ins kosmetische Metier überzuwechseln, steht erst in dem Moment fest, als Goya erklärt, die Arbeit an ihrem Gesicht bereite ihm selbstverständlich mehr Vergnügen als das Bemalen der Leinwand (»pintar el lienzo«). Der Irrtum, an ein Porträt gedacht zu haben, wo doch nur Schminke gemeint war, wird uns paradoxerweise dadurch zu Bewußtsein gebracht, daß der Erzähler dazu übergeht, ein reduktives Bild von Malerei zu entwerfen. Indem er sie nämlich als eine Form des Bemalens (von Leinwänden) charakterisiert, geht die entscheidende Differenz zur Schminke verloren; der Unterschied zwischen den beiden Verwendungsweisen von »pintar« wird eskamotiert.

Die gedankliche Bewegung ist damit jedoch noch nicht zu ihrem Abschluß gelangt. Denn die Malerei wird in Goyas Anekdote nicht allein unter Abstraktion ihrer illusionistischen Darstellungsfunktion (und der darauf aufbauenden sinnstiftenden Bezüge) betrachtet, vielmehr wird sie gleichzeitig in einen neuen Zusammenhang gestellt, der eine ganz anders geartete Form von Repräsentation impliziert. Läßt Goya die Leinwand, die ihm sonst als Bildträger dient, doch als schäbiges Surrogat eines lebendigen Gesichts erscheinen. Das Malen – eine traurige Nachahmung des Schminkens. – »Klar, daß mir das besser gefällt, als die Leinwand zu bemalen.« – Womit wir es also letztlich zu tun haben, ist eine Ersetzung der für Malerei sonst kennzeichnenden illusionistischen Abbildfunktion durch eine ganz andere Repräsentationsbeziehung, die nicht darauf beruht, daß das Gemälde etwas Gegenständliches illusionistisch zur Darstellung bringt, sondern aus der strukturellen Vergleichbarkeit des Malens mit einer anderen Tätigkeit resultiert. Abbildlichkeit wird folglich eingetauscht gegen einen Begriff von struktureller Äquivalenz, der der aristotelischen »Mimesis« nahekommt.

Interessant wird die Sache dadurch, daß dieses Thema tatsächlich zu den wichtigen Motiven in Goyas Kunst gehört. Es gibt in seinem Œuvre manches Gemälde, das den Betrachter auffordert, Schminke für Malerei und Malerei für Schminke zu nehmen. Die berühmten *Majas* sind ein naheliegendes Beispiel. Zwar ist es nicht so, daß die Malerei hier ihren gegenständlichen Darstellungsbezug einbüßen würde. Natürlich nicht. Man wird aber dennoch in einem sehr spezifischen Sinn davon sprechen können, daß diese Gemälde auch nachahmen, imitieren, was sie gemäß der Bildillusion darstellen. Dabei wäre zunächst in Erinnerung zu rufen, daß die Entkleidung sich nicht auf Vestimentäres beschränkt: Der Gegensatz von be- und entkleidet ist hier auch einer von geschminkt und abgeschminkt. Außerdem erweist sich die »bekleidete Maja« als koloristisches Bravourstück, das sein Pendant an malerischem Reiz weit übertrifft. Das heißt: Goya spielt mit der Idee, daß man die Farbe als Schminke eines Gemäldes ansehen könnte – so wie die französische Kunstliteratur der Rokokozeit gelegentlich den Ausdruck »le beau fard« benützt, um das verführerisch schöne Kolorit eines Bildes zu loben. Umgekehrt könnte man die »nackte Maja« ein abgeschminktes, seiner Farben (und damit auch seiner wesentlichen Verführungsmittel) entkleidetes Gemälde nennen. Nun ligt es aus zwei Gründen nahe, diesbezüglich von Mimesis des Mediums an sein Sujet, also von Nachahmung im engeren, aristotelischen Sinne zu sprechen: Erstens, insofern die Beziehung zwischen Kleid und Schminke einerseits, Haut oder Körper andererseits ein strukturelles Analogon findet im Verhältnis des Pigments zur Leinwand (oder auch im Verhältnis der zuletzt aufgetragenen Buntfarben zu den darunter bzw. dahinter liegenden Tonwerten). Zweitens deshalb, weil Goya uns anregt, Malerei nicht nach dem Modell des klassischen Tafelbilds zu denken und somit als statisches Tableau aufzufassen, sondern vielmehr in ihr einen performativen Akt zu erkennen, der mit Handlungen wie dem Be- und Entkleiden eines Körpers verglichen werden kann.

Aus jener Idee einer mimetischen Beziehung zwischen Malerei und Schminke, die der eingangs zitierten Anekdote zugrunde liegt, hat Goya also ein eigenes künstlerisches Verfahren entwickelt. Welche neuartigen bildsemantischen Möglichkeiten ihm auf diese Weise zugänglich wurden, mag ein späteres, gegen 1820 entstandenes Gemälde vor Augen führen, das sich heute im Museum von Lille befindet: *Der Brief* (Abb. 2). Das ikono-

Abb. 2 Francisco de Goya: *Der Brief*, gegen 1820. Öl auf Lw., 181 x 125 cm. Lille, Musée des Beaux-Arts

graphische Repertoire dieses Bildes – aufrecht stehende junge Frau mit älterer Begleiterin, die gerade einen Sonnenschirm aufgespannt hat; die junge Frau selbst mit einem Brief in der Hand; dahinter in geringer Entfernung Wäscherinnen bei der Arbeit – ist durchaus konventionell. Ähnliches gibt es etwa, ein paar Jahrzehnte früher, bei Pietro Longhi in Venedig. Konventionell sind auch die mit dem Sujet verbundenen kulturellen Konnotationen, insbesondere die Assoziation der sozial niedrig stehenden Wäscherinnen mit sexueller Verfügbarkeit – eine Assoziation, die sogleich den Verdacht bestätigt, daß das Schriftstück im Zentrum des Bildes in einem erotischen Zusammenhang zu sehen ist und die junge Frau, die vielleicht selbst einmal als Wäscherin gearbeitet hat, mittlerweile den Rang einer erfolgreichen Kurtisane bekleidet. All dies speist sich, wie gesagt, aus einem relativ geläufigen ikonographischen und kultursemantischen Repertoire. Ungewöhnlich ist freilich (wenn man einmal von dem monumentalen Maßstab und der stupenden malerischen Ausführung absehen will) das Geschick, mit dem Goya diese Vorgaben beim Aufbau eines besonders dichten und anspielungsreichen semantischen Gefüges zu nützen versteht. Dazu gehört etwa der gezielt hervorgerufene Eindruck, daß die junge Frau nur so tut, als ob sie ihre ganze Aufmerksamkeit auf die Lektüre konzentrieren und den von der Seite des Betrachters her auf sie gerichteten Blick gar nicht wahrnehmen würde, während ihre gesucht aufreizende Pose doch das Gegenteil beweist und die Blicke und das Getuschel der Wäscherinnen im Hintergrund verraten, daß die Präsenz des Antragstellers (den man sich als fiktive Instanz vor dem Bild vorzustellen hat) gar nicht übersehen werden kann. Die junge Frau scheint diesen Blick also absichtlich und mit Berechnung zu ignorieren – so, wie sie auch den an ihr hochspringenden kleinen Pudel nicht beachtet. Dessen geschorenes Hinterteil übrigens, mit seiner bloßgelegten Fleischesröte, nimmt im gegebenen Zusammenhang durchaus obszönen Charakter an und darf als Anspielung darauf gelesen werden, wie Goya das Verhältnis zwischen der Prostituierten und ihrem Klienten verstanden wissen will.

Raffinierter ist freilich die Art, wie Goya die Konnotationen des Weißzeugs, das hinten an der Leine hängt, aktiviert. Die Laken, der Brief und die in signalhaftes Weiß gekleidete Brust der Frau – all dies ist kompositorisch in eine Linie gebracht worden. Das solcherart gebildete Syntagma aus Brust, Brief und Laken mag für sich genommen sprechend genug sein; verdichtet wird der assoziative Zusammenhang aber auch noch dadurch, daß das Weißzeug hier ja nicht als etwas Reines, sondern als Ge-reinigtes erscheint, eine Sache, die beschmutzt und dann wieder gewaschen worden ist, aufgestiegen aus dieser merkwürdigen, morastartigen Substanz, in der die Frauen im Hintergrund ihre Arbeit verrichten, als ob sie im Dreck wühlen würden. Wie die Laken wieder beschmutzt werden, so ist auch der leuchtend weiße Brief ein Medium unreiner Geschäfte… – und so weiter und so fort in einem Kreislauf von Reinigung und erneuter Beschmutzung.

Hatte Goya in dem eingangs zitierten Brief an Zapater nicht behauptet, es sei ihm lieber, das Gesicht der Herzogin von Alba zu schminken, als seine Leinwände mit Farbe zu bedecken? Hier sehen wir nun Bettlaken, vertikal aufgehängt wie Bilder, die sich zu einer Galerie blankgewaschener Gemälde ordnen, wovon eines, das auffälligste, klar erkennbar seine rechtwinklige Form zeigt. Man wird folglich fragen dürfen, ob der *Brief* nicht ein ähnlich fremdartiges, verfremdendes Licht auf Malerei wirft wie die gut zwanzig Jahre früher formulierte Anekdote; ob in dem Bild nicht das Malen selber ins Spiel gebracht werde: das Malen als eine Form des Färbens oder mit Farbe Bedeckens und letztlich eben – Besudelns von Leinwänden. Tatsächlich gibt es Anhaltspunkte dafür, das Bild gerade so zu lesen. Da

Abb. 3 Francisco de Goya: *Der Brief*, Ausschnitt

wären zunächst jene merkwürdigen Schatten, die, von der jungen Frau und ihrer Begleiterin ausgehend, die Bodenwelle im Vordergrund dunkel imprägnieren (Abb. 3). In ihrer eigentümlichen Konsistenz – körperhaft, dickflüssig, formlos – mögen dies typische Goya-Schatten sein, doch wird der Eindruck des Schmutzigen hier durch die Nachbarschaft der Waschszene noch zusätzlich verstärkt. Die junge Frau, ihrer klar gezeichneten Körperumrisse und der emphatisch aufrechten Haltung wegen die einzige wirklich gestalthaft prägnante, auch visuell für sich stehende, aparte Erscheinung des Bildes, kommt gerade durch den eigenen Schattenwurf mit jener Tendenz zur Formauflösung in unmittelbaren Kontakt, die das Signum fast aller Gegenstände des Gemäldes ist. Wir kennen Goyas Schattenmetaphorik; es gibt durchaus auch andere Werke, in denen er sie effektvoll eingesetzt hat als eine naheliegende Veranschaulichung gefallener Menschennatur. Im *Brief* aber sind die Schatten vor allem jener Ort, an dem die Vorstellung von der Malerei als einem Besudeln von Leinwänden ihre Bestätigung findet. Denn nicht nur, daß die in so eigentümlicher Weise verfremdeten Verdunkelungen, die auf dem Boden zu liegen scheinen wie irgendeine unappetitliche Substanz, als innerbildliche Wiederholung der analogen Beziehung zwischen Farbe und Bildträger erscheinen: Auch die malerische Faktur als solche gerät an dieser Stelle, der Vorstellung des Besudelns gemäß, zur kunstlosen, profanen Geste.

Noch eine zweite Partie im Gemälde gibt es, die den Gedanken einer mimetischen Verschränkung von Medium und Sujet suggerieren mag: das stark geschminkte, geradezu maskenhaft starre Gesicht der jungen Frau. In phänomenaler Hinsicht will diese »Gesichtsmaske« nicht bleiben, wo sie hingehört: Sie tendiert dazu, sich vom Kopf abzulösen, um irgendwo im Raum *vor* dem Körper »in der Luft zu schweben«. Dieser Effekt verdankt sich wiederum der Malweise an der entsprechenden Stelle – man findet dort ein sehr dicht angelegtes, oberflächlich geglättetes Bleiweiß-Impasto, das sich zur umliegenden Farbtextur wie ein Fremdkörper verhält. Das Gesicht, die Schminke auf dem Gesicht und das Pigment des Malers, das das geschminkte Gesicht darstellen soll – sie fallen tendenziell alle in eins zusammen und entgleiten daher dem Illusionszusammenhang des Bildes. Goyas Malerei – dies wäre die Schlußfolgerung – identifiziert sich mit beiden morphologischen Grenzpolen des »Briefs«, mit der maskenhaft verfestigten Form ebenso wie mit dem darunter hervorbrechenden amorphen Gemenge – sie identifiziert sich mit Schmutz und Schminke gleichermaßen.

Abb. 4 Francisco de Goya: *Die Alten*, gegen 1812. Öl auf Lw., 181 x 125 cm. Lille, Musée des Beaux-Arts

Stärker noch als der *Brief* ist das andere, ein paar Jahre früher entstandene Goya-Gemälde des Museums von Lille, genannt *Die Alten*, durch den Parallelismus von Medium und Sujet geprägt (Abb. 4). Es ist eine im monumentalen Maßstab vorgetragene Groteske. Vorne im Bild sitzen zwei kraß geschminkte, mit Schmuck behangene Greisinnen. Die eine, angetan mit heller Perücke, gewagtem Haarschmuck, großen Ohrgehängen und einem dekolletierten Kleid in der französisierenden Mode von anno dazumal, umklammert auf mädchenhaft kokette Weise ein Miniaturbildnis. Die den Spiegel haltende Begleiterin, mit traditioneller *mantilla* bekleidet, verhält sich zur altjungferlichen Hauptdarstellerin wie ein inverses Gegenbild: dunkel vs. blond, schwarz-rot vs. weiß-blau; zu den rot konturierten die schwarz umrandeten Augen und zur Adlernase die Stupsnase; zu dem offenbar verschwindend kleinen, von der Nase verdeckten Mund ein maulartig breites Gegenstück, aus dem unwahrscheinlich weiße Zähne leuchten; zur affektierten Geste ein derbes Zupacken und schließlich zur selbstbewußt aufrechten die nachlässig gebückte Haltung. Eine sehr konsequent durchgehaltene Kontrastkoppelung also, die das Identische – eben die abstoßende Häßlichkeit und den grotesken Gegensatz zwischen hinfälliger Physis und auftrumpfender Kosmetik – nur um so grausamer hervortreten läßt.

Die Aufschrift: »Que tal?« (»Wie geht's?«) auf der uns zugewandten Rückseite des Spiegels verweist auf dessen andere Seite, wo die zur Frage passende Antwort stehen müßte. – Ob sie vernommen wird? – Es scheint, daß die stolz aufrecht sitzende Greisin sich von ihrer Eitelkeit immer noch blenden läßt, während ihre dunkle Begleiterin den Nacken einzieht, als ob sie über eine eben gemachte Entdeckung erschrocken wäre. Doch bleibt ungewiß, ob wir richtig interpretieren, denn die vom Alter entstellten Körper, reduziert wie sie sind auf Knochen, Haut und Schminke, mögen unlesbar geworden sein und entziehen sich vielleicht der mimischen Deutung.

Für den Betrachter hat der Spiegel die Funktion einer Leerstelle im Gemälde, und die Aufschrift »Que tal?« fordert dazu auf, diesen Platzhalter durch einen imaginativen Akt auszufüllen. Wir sind aufgefordert uns vorzustellen, was sich den Greisinnen – ob sie es nun wahrnehmen oder nicht – im Spiegel zu erkennen gibt. Ob in der gespiegelten Ansicht, die uns unzugänglich bleibt, nicht schon zu sehen sein müßte, wie aus dem Raum hinter den Köpfen der beiden Alten ein seltsam blickloses Gesicht auftaucht – das Gesicht von Vater Chronos, der sich den Frauen schwebend nähert und der offenbar im Begriff ist, sie mitsamt ihrem Putz von der Bildfläche zu fegen. Stellt man sich den Chronos so vor, wie er den Alten erscheinen müßte, wie er plötzlich in ihrem Blickfeld auftaucht, mag sein

Auftritt unheimlich wirken. Dagegen hinterläßt er so, wie wir ihn unmittelbar sehen, einen pervers-komischen Eindruck (trotz der durchaus irritierenden Lichterscheinung im Hintergrund, mit der sein Auftreten in Zusammenhang zu stehen scheint). Dieser Effekt einer perversen, grausamen Komik läßt sich unschwer bestimmen. Er hat vor allem zu tun mit der Ersetzung des traditionellen Attributs des Chronos, seiner Sense, durch einen Besen – eine Ersetzung, die passend und unpassend zugleich ist. Passend in einem bösen, verächtlichen Sinn, nämlich im Hinblick auf die Hinfälligkeit der Opfer. Unpassend, weil solches Gerät weder mit der antikischen Dignität der mythologischen Figur noch mit ihrer heroischen Geste zusammenstimmt. Diese große Geste ist aber ihrerseits in einem zynischen Sinne unangemessen, da der Kraftaufwand in keinem Verhältnis zum Zweck zu stehen scheint: Ist es nicht ohnehin ein Rätsel, daß die eine, dürre Greisin sich überhaupt noch aufrecht halten kann, wo ihr das Bild doch nicht einmal eine Fläche läßt, auf der sie tatsächlich sitzen könnte? (Es scheint, als ob ihr Stuhl seine Sitzfläche auf der anderen Seite hätte.) Und ähnelt das Gesicht ihrer buckligen Begleiterin nicht selbst schon einem Totenschädel?

Im Grunde ist das Unpassende, Unangemessene ein Leitmotiv, ja mehr als das: ein Strukturprinzip des ganzen Gemäldes. Grotesk unangemessen ist das Verhalten der beiden Alten, unpassend sind Auftreten und Erscheinungsweise der mythologischen Figur, und unangemessen, anarchisch geradezu, ist die Art, wie sich das Gemälde selbst – zum Spott akademischer Regeln – quer durch das hierarchische Gefüge der Genres bewegt, um Konventionen unterschiedlichster Gattungen gegeneinander auszuspielen. Ist es eine Karikatur, die sich als monumentale Allegorie ausgibt? Oder eine zur Karikatur entstellte monumentale Allegorie? – Die Aufschrift auf dem Spiegel gehört zu den zentralen Momenten in diesem Verwirrspiel. Es handelt sich dabei um ein Äußeres, das ins Innere gezogen worden ist, einen ins Bild hineingenommenen Kommentar von der Art, wie Goya sie seinen »Caprichos« (in Form einer Schriftzeile außerhalb des Bildes) hinzugefügt hat. Goya wußte, daß diese Inschrift dazu tendieren würde, aus dem illusionistischen Bildgefüge herauszufallen: Von daher die merkwürdige Umrandung, die offenbar den Sinn hat, den Schriftzug fester mit der Oberfläche des Spiegels zu verbinden.

Chronos spielt in dem Zusammenhang auch insofern eine entscheidende Rolle, als er auf doppelte Weise vermittelt zwischen motivischer und struktureller Unangemessenheit, also zwischen der innerbildlichen Ebene und dem Gemälde als solchem. Er leistet diese Vermittlung einmal durch seine

Stellung im formalen Aufbau des Bildes, dient er der ganzen Komposition doch als »Schlußstein«: Erst durch sein Auftreten schließt sich das Ganze zur monumentalen Figuration zusammen – wodurch die Diskrepanz zwischen dem niederen Inhalt und der großen Geste des Gemäldes zur Evidenz gebracht wird. Außerdem gilt es zu bedenken, daß Chronos, inhaltlich gesprochen, zu seinen Opfern in paradoxem Verhältnis steht. Trotz der merkwürdigen Irrealität seines Auftretens wird man in ihm nicht eine transzendente Vollstreckungsinstanz erblicken, sondern den Gott der innerweltlichen Zeit – und damit auch: den Urheber der Mode und des modischen Wandels. Er ist also die Zeit, die verstrichen ist, seit die Kokette jung und ihr Kostüm in Mode gewesen ist, und er ist die Zeit, die – dem alten Topos gemäß – vernichten wird, was sie selbst hervorgebracht hat. Er ist Komplize und Henker zugleich. Hier findet nun eine zweite Vermittlung zwischen motivischer und struktureller Ebene statt. Denn die Komplizenschaft des Chronos mit denen, die er richtet, läßt sich betrachten als innerbildliche Variante des Verhältnisses zwischen dem Bild als solchem und dem, was es darstellt. Schließlich ist das Gemälde offenkundig selbst von dem betroffen, worüber es urteilt, selber ein Teil dessen, was es karikiert. Man braucht nur die roten Lippen der buckligen Begleiterin zu betrachten (Abb. 5): Es ist unentscheidbar, ob das nun geschminkte Lippen sind – oder nicht doch eher Lippen *aus* Schminke. Lippen aus purer Schminke aber sind ein Ding der Unmöglichkeit – es sei denn, sie befinden sich an der Oberfläche eines Gemäldes. Ähnliches gilt dann auch für die blonde Perücke, den Haarschmuck, die Ohrgehänge, Schleifen und Rüschen: Alle diese Dinge führen vor Augen, was es mit der Malerei auf sich hat – und werden umgekehrt im Hinblick darauf wahrgenommen, was wir vom Pigment des Malers wissen (und in diesem Fall auch sehen können), nämlich daß es eine ablösbare Substanz ist, hinter der sich nichts verbirgt. Daher zielt der »Kehraus« des Chronos nicht allein auf den Putz *im* Bild, sondern ebenso auch auf den Putz *am* Bild: Er nimmt sich auch alle diese bunten Flecken und Glanzlichter vor, denen man den Charakter des Aufgemalten, oberflächlich Hinzugefügten so überdeutlich ansieht.

Was im Bildpaar der beiden *Majas* angeklungen war – die Idee einer Be- und Entkleidung, des Auf- und Abschminkens eines Gemäldes – wird hier in einem einzigen Bild auf drastische Weise durchgespielt. Und wieder sind beide Momente zu finden, die das Verhältnis des Mediums zum Sujet als ein im engeren Sinne mimetisches bestimmen: das Moment der strukturellen Ähnlichkeit zwischen Gegenständen und Mitteln der Darstellung (also etwa zwischen Schminke *im* Bild und Schminke *am* Bild) wie auch jene

Abb. 5
Francisco de Goya:
Die Alten, Ausschnitt

dynamische Vorstellung von Malerei, die sie einem performativen Akt (wie dem des Wegfegens) vergleicht. Allerdings ist bei den *Alten* an die Stelle der erotischen Enthüllung ein bitterer Mortifikationsprozeß getreten.

Aber bleiben wir noch ein wenig bei diesem merkwürdigen Bild und sehen uns die Oberflächenbehandlung etwas genauer an, insbesondere die Art, wie Goya die Alte im dekolletierten Kostüm gemalt hat (Abb. 5). Diese offene, unregelmäßig fleckige Pinselschrift läßt sich nach Stil und Herkunft exakt benennen: Es handelt sich um eine Malweise à la Velázquez – ein Stilmittel, das Goya von seinem großen Vorgänger übernommen und sehr konsequent im Bereich des königlichen Repräsentationsporträts zur Anwendung gebracht hat. Wichtigstes Beispiel dafür ist das monumentale Porträt der Königsfamilie von 1800/1801, wo der Rückbezug auf Velázquez auch auf kompositioneller Ebene gegeben ist (es werden die *Meninas* zitiert). Man weiß, daß das Stilzitat dort einen befremdlichen Charakter hat. Der Eindruck des Aufgesetzten, Falschen, der sich unwillkürlich einstellt, kann aber nicht allein vom Motivischen her erklärt werden (obwohl die Aufmachung der Porträtierten an dem Effekt zweifellos beteiligt ist), sondern dürfte ebenso mit der auffälligen Diskontinuität in der malerischen Textur des Bildes zu tun haben: Das extrem pastos gemalte Glitterwerk hebt sich relativ stark von der sonst sehr viel glatter angelegten Farbschicht ab. Außerdem tendieren die sehr großen, zahlreichen und in ungewöhnlicher Dichte auftretenden Glanzlichter dazu, aus dem tonalen Gefüge des

Ganzen herauszufallen. Fast scheint es möglich, alle diese hellen Farbtupfer mit einem Blick zusammenzufassen und in Gedanken vom übrigen Bildbestand zu subtrahieren.

Was uns bei den *Alten* in Lille begegnet, bedeutet nun freilich, wenn man es mit dem königlichen Gruppenporträt vergleicht, einen auffallenden qualitativen Sprung. Goya hat hier die Malweise à la Velázquez in solcher Weise vergröbert, daß die Glanzlichter abzusterben beginnen – das heißt: ununterscheidbar werden von sonstigen hellen Stellen. Die barbarisch aufgetragenen Bleiweißtupfer bewirken kaum noch den Effekt des Glitzerns, sie stören vielmehr die Illusionswirkung des Bildes, fallen zurück in den Zustand einer unbestimmten, amorphen, geradezu klebrigen Körperlichkeit und wirken daher wie etwas der illusionistischen Bildstruktur Fremdes: beliebige, abhebbare Anbringsel an der Epidermis des Gemäldes.

Mit anderen Worten: Goya karikiert hier ein Stil-Idiom, das er sich zuvor wie ein Zitat aus der Geschichte der Malerei angeeignet hatte. So etwas paßt natürlich sehr gut zu dem Bild, das man sich gegenwärtig von seiner kunsthistorischen Stellung und von der allgemeinen Situation der Kunst um 1800 macht. Die Erfahrung eines Auseinanderfallens von Form und Inhalt; das Wahrnehmen der Möglichkeit, traditionelle Bildformeln und Stilmittel in ihrem Sinngehalt umkehren, sie semantisch neu besetzen zu können (wie hier beim Wechsel von »prunkvoll« zu »ekelhaft«); schließlich die neue Sensibilität für zusätzliche Ausdruckswerte künstlerischer Darstellungsmittel, unabhängig von oder auch im Konflikt mit den Anforderungen illusionistischer Bildlichkeit (so wie hier die Abhebbarkeit der im Velázquez-Stil gemalten Partien als eigener Ausdruckswert zur Geltung kommt): – Das alles sind wichtige Kriterien zur Bestimmung jener historischen Umbrüche in der Zeit um 1800, die von Kunsthistorikern wie Robert Rosenblum, Werner Hofmann und zuletzt vor allem Werner Busch analysiert und für eine historische Rekonstruktion dessen, was in der Kunstgeschichte »modern« heißen soll, in Anspruch genommen worden sind. Auch der anarchische Umgang mit den Konventionen der verschiedenen Genres (der den Zerfall der akademischen Gattungshierarchie einleitet) gilt als charakteristisches Phänomen.

Es ist zweifellos wichtig, die Dinge, mit denen sich der vorliegende Aufsatz befaßt, vor dem Hintergrund dieser allgemeinen, epochenspezifischen Problematik zu betrachten. Dies müßte jedoch beinhalten, daß man sich gegenüber zwei weitverbreiteten Mißverständnissen absichert, die die Einschätzung der Epoche im allgemeinen und die von Goyas Kunst im speziellen betreffen.

Das eine Mißverständnis läßt sich leicht benennen durch den banalen, aber unumgänglichen Hinweis – daß Goya nicht mit Manet verwechselt werden sollte. Die Erfahrung einer Autonomisierung formaler Sprachmittel spielt bei ihm sicher nicht dieselbe Rolle wie bei späteren Künstlern des 19. oder gar des 20. Jahrhunderts. Künstlerische Selbstreflexion bedeutet bei Goya nicht: Bezugnahme auf eine aparte, von allen Moralvorstellungen kategorial verschiedene Sphäre der Kunst. Ganz im Gegenteil: Moralität und Stil sind bei ihm aufs engste miteinander verflochten. Wir brauchen, um uns das klarzumachen, nur an die *Alten* zu denken. Daß dies ein moralisierendes Gemälde ist, davon wird in der Analyse kaum zu abstrahieren sein. Die selbstreflexive Geste, der Rückverweis der Malerei auf sich selbst (etwa in der karikierenden Verwendungsweise des Velázquez-Idioms) hängt hier unmittelbar zusammen mit einer Rückbezüglichkeit im moralischen Sinn. Gibt sich das Gemälde doch schließlich selber als eine kokette Greisin zu erkennen, behängt wie es ist mit dem Schmuck vergangener Zeiten. Dem moralischen Urteil, das es fällt, unterliegt zuletzt also auch das Bild – und mit ihm die Kunst. (Ähnliches gilt für den *Brief*: Wenn Malerei sich darin als eine »Beschmutzung von Leinwänden« darstellt, so wird sie unweigerlich mit jenem »schmutzigen Geschäft« der Prostitution assoziiert werden, auf das die Kritik des Bildes zielt.)

Ein zweites mögliches Mißverständnis könnte sich aus der Art ergeben, wie wir über die Umbrüche der Zeit um 1800 zu sprechen gewohnt sind. Verbindet sich die Rede von der Disponibilität der Gattungskonventionen und von der Neubesetzbarkeit der Bildformeln und formalen Sprachmittel doch allzuleicht mit einer (nicht zufällig) von derselben Epoche geprägten Vorstellung – der vom souveränen Künstlergenie nämlich, das sich seines Materials mit unbedingter Willkür zu bedienen weiß. Es ist wichtig, diese triumphale Selbstermächtigungsgeste, die sich als ideologische Kehrseite bedrängter Subjektivität zu erkennen gibt, in der Interpretation nicht weiter fortzuschreiben.

Gerade das ist der Grund, weshalb es im gegebenen Zusammenhang nützlich sein mag, einmal so zu tun, als ob die Figur des Malers (so, wie wir seine Rolle gewöhnlich verstehen) gänzlich ausgeblendet werden könnte. Die Malerei, Goyas Malerei, wäre demnach nicht als Produkt eines gezielt handelnden Akteurs, sondern als ein in Veränderung begriffenes System anzusehen – ein Repräsentationssystem mit seinen eigenen Strukturen, seinen eigenen Gesetzmäßigkeiten und seiner eigenen Dynamik. Man würde diese Malerei beschreiben als ein gestörtes, tendenziell desintegrierendes System illusionistischer Darstellung, und die Probleme, von denen hier die

Abb. 6 Francisco de Goya: *Betende Alte*, Pinsel in Tusche auf Papier. Paris, Louvre

Abb. 7 Francisco de Goya: *La novicia*, Album E.g, 1803–12. Pinsel in Tusche auf Papier, 264 x 179 mm. Paris, Stiftung Custodia (Inst. Néerlandais)

Rede war, wären Systemeffekte, Krisensymptome einer auseinanderbrechenden Struktur. (Während all jene Überlegungen, die einen auf Deutung und Sinnverstehen ausgerichteten Zugang voraussetzen, suspendiert würden zugunsten der strukturellen Betrachtungsweise.)

Besonders gut läßt sich dies an einem Problemkreis erläutern, der im Vorhergehenden schon einmal berührt wurde: Goyas Schatten. Daß diese nämlich zu viel Körper haben, um noch als optische Erscheinungen wahrgenommen werden zu können, ist bei ihm ein durchgehendes Phänomen. Verdinglichung findet dabei nicht nur im Motivischen statt (man könnte die Schatten leicht mit Schmutzlacken oder dergleichen verwechseln), sondern auch – und das ist eigentlich der entscheidende Punkt – auf struktureller Ebene. Denn diese Schatten bleiben oft nicht dort, wo sie im Sinne der Bildillusion liegen sollten; sie lösen sich ab vom dargestellten Boden, kippen aus dem fiktiven Bildraum heraus und fallen zurück auf die materielle Oberfläche des Gemäldes oder Blattes (Abb. 6). Wodurch es in diesem Fall hier ebenso wie in vielen anderen Werken zu einer Destabilisierung des Figur/Grund-Verhältnisses kommt. Der Eindruck einer auf dem Boden

Abb. 8 Francisco de Goya: *Esta lo deja pensativa*, Album C.131, 1810–14. Pinsel in Tusche auf Papier, 206 x 146 mm. Madrid, Prado

Abb. 9 Francisco de Goya: *Se desnuda para siempre*, Album C.126, 1814–24 (?). Pinsel in Tusche auf Papier, 206 x 144 mm. Madrid, Prado

stehenden Figur vor unbestimmtem Hintergrund gerät buchstäblich ins Wanken, und am Bild selbst, das greifbar wird in seiner Materialität, vollzieht sich ein Prozeß der Verdinglichung. – Dann aber passiert etwas sehr Eigentümliches: Die Figuren in den Bildern scheinen selbst zu bemerken, daß etwas aus den Fugen zu geraten droht. Irritiert oder nachdenklich verlieren sie sich im Anblick der eigenen Schatten (Abb. 7)... Oder sie ziehen dunkle Gewänder von ihren Körpern und lassen ihre Hosen herabgleiten, so daß diese abgezogenen, sich ablösenden Hüllen nun unmittelbar zusammengesehen werden mit den formlosen Schatten (Abb. 8 u. 9). Das heißt, unsere Aufmerksamkeit wird ganz auf die motivische Seite des Phänomens gelenkt, eben auf die Dinghaftigkeit der dargestellten Schatten, während der strukturelle Verdinglichungseffekt, nämlich daß die unbotmäßigen Schatten die Illusionswirkung des Bildes stören, in den Hintergrund tritt. Durch die Betonung des Phänomens auf motivischer Ebene wird es auf struktureller Ebene tendenziell entschärft. Oder, um es abstrakter zu formulieren: Das chronisch irritierte Repräsentationssystem – Goyas kritisch gewordener Illusionismus eben – bildet so etwas wie Symptome aus, motivische Statthalter seiner strukturellen Schwachpunkte. Als ob die strukturellen Probleme dadurch, daß die Störmomente auf die motivische Ebene projiziert werden, vorübergehend ausgeglichen und entschärft werden könnten.

Bei der Übertragung dieses Modells auf das Bild in Lille wäre zunächst hervorzuheben, daß der Eindruck der Abhebbarkeit oder Ablösbarkeit der obersten, bunten Farbschicht, so wichtig die karikierend vergröberte Faktur in diesem Zusammenhang auch sein mag, letztlich eine Folge der koloristischen Organisation des Gemäldes ist. Schließlich hat der Effekt primär damit zu tun, daß hier zwei zentrale Funktionen illusionistischer Farbgestaltung: die Verteilung von Buntwerten einerseits und die Abstufung von Helligkeitswerten (Tonabstufung) andererseits, radikal auseinanderdriften. Während der Hintergrund mit Chronos rein tonal angelegt ist, sind die beiden Greisinnen mit völlig ungebrochenen Buntwerten besetzt, die gänzlich außerhalb des Tongefüges bleiben. Die *Alten* sind diesbezüglich keineswegs ein Einzelfall, vielmehr gehört das problematisch gewordene Verhältnis von Tonabstufung und Lokalfarbigkeit zu den zentralen Krisenherden in Goyas Malerei (sofern man sie als ein desintegrierendes illusionistisches Darstellungssystem betrachten will). Ähnliches gilt ja schon für das große Porträt der Königsfamilie, und ähnliches läßt sich etwa auch an dem 1812 (sicher nicht lange nach den *Alten*) entstandenen *Massaker vom 2. Mai* beobachten: Der Hintergrund ist tonal, die Menschenmasse stark lokalfarbig angelegt, ein übergreifendes Tongefüge fehlt, so daß die Anbindung von Vorder- und Hintergrund nicht richtig funktioniert. Später ziehen sich die Buntfarben aus dem System zunehmend zurück, sie finden nur noch punktuell Verwendung. Aber das bringt keine Lösung, denn je sparsamer Buntes eingesetzt wird, desto deutlicher rücken Schwarz und Weiß in die Position von Lokalfarben auf. Schließlich sind es also die Grenzwerte der Tonskala selbst, die, als Lokalfarben gegenständlich gebunden, die Etablierung einer durchgehenden, raumillusionistischen Helligkeitsabstufung verhindern. (Ein Prozeß, der in die *pinturas negras* mündet.)

Das Gemälde aus Lille hat Anteil an diesem konsequent ablaufenden Desintegrationsprozeß – mit der Besonderheit, daß das Auseinanderfallen von Lokalfarbigkeit und Tonalität hier vom Sujet her eine Motivation erfährt, insofern es mit dem Thema der Schminke assoziiert ist. Man mag diesbezüglich weiterhin – wie es im Vorhergehenden vorgeschlagen wurde – von einer mimetischen Relation zwischen Medium und Sujet sprechen. Doch stellt sich diese Beziehung nun in umgekehrter Perspektive dar, denn nicht das Medium gleicht sich dem Sujet an, vielmehr scheint es umgekehrt so zu sein, daß das Sujet gewissermaßen eine Nachahmung medialer Bedingungen ist. Diese umgekehrt mimetische Beziehung aber, die auf eine Entschärfung struktureller Probleme durch ihre Verdoppelung im Motivischen hinausläuft, ist ein der Schattenikonographie funktional entsprechender Vorgang: Sie wäre zu analysieren als eine in der Systemlogik begründete Entlastungsbewegung, dem Modell der Symptombildung vergleichbar.

Eine solche Betrachtungsweise könnte, so scheint es, ein nützliches Antidot sein gegen die Tendenz, den Prozeß der Autonomisierung formaler Sprachmittel, wie er bei Goya und anderen Künstlern seiner Zeit erstmals zu beobachten ist, in Begriffen zu beschreiben, die letztlich, indem sie die Veränderungen als Quantensprung im Bereich künstlerischer Materialbeherrschung verbuchen, Ideologeme der Genieästhetik reproduzieren. Zusätzliche Attraktivität mag die skizzierte Sichtweise im Falle Goyas jedoch auch dadurch gewinnen, daß sie zum Gegenstand der Untersuchung in bedenkenswerter Beziehung steht. War uns eine durchaus verwandte Einstellung, charakterisiert durch eine ähnliche Suspension intentionalen Sinnverstehens, doch zuerst bei Goya selbst begegnet. Erinnern wir uns ein letztes Mal an die eingangs zitierte Briefstelle – insbesondere aber an das Schlußmanöver der kleinen Geschichte, jene überraschende Wendung, wo Goya die Malerei ein »Bemalen von Leinwänden« nennt. Bringen wir dieses Detail nun auf Lebensgröße. Da ist es doch, als würde einer aus allzu schrägem Winkel auf ein Gemälde blicken, aus einer Perspektive, in der alles unverständlich geworden ist: Unlesbar das Objekt, uneinsehbar der Zweck der Handlung – ja, gar keine Handlung mehr, sondern nur noch leere Gesten, physische Relationen zwischen Maler, Leinwand und Farbe. – Was ist das für ein Blick? – Es ist der Blick eines, der die Spielregeln nicht mehr kennt (oder dies zumindest vorgibt); der nach Bezügen Ausschau hält, um wenigstens zu ordnen, was er wahrnimmt; der Analogien konstruiert wie die zwischen Schminke und Farbe, Leinwand und Haut, der Geste des Schminkens und der Geste des Malens. Der Blick eines, der versucht, einen abhanden gekommenen Code zu rekonstruieren. Es ist der Blick des Ertaubten auf die Münder der Sprechenden.

*

New York 1958: *Your lips are blue*, gemalt von Frank Stella (Abb. 10). Das untere Bilddrittel, mit seiner eigentümlichen optischen Tiefenwirkung, den konsequent verdoppelten *drippings* und der zum Teil schwer lesbaren Aufschrift, läßt an einen Spiegel denken. Evoziert wird das Hollywood-Kli-

Abb. 10 Frank Stella: *Your lips are blue*, 1958. Öl auf Lw., 183 x 229 cm. Sammlung des Künstlers

schee einer mit Lippenstift geschriebenen Botschaft im Badezimmer. Wessen Eigentum der pinkfarbene Stift sein mag, darüber belehrt ein Blick auf den Keilrahmen des Gemäldes. Die dort angebrachte Doppelsignatur nennt neben Stellas Namen auch den seines weiblichen Rock-'n'-Roll-Alter ego: Mary Lou. Wobei der Reim von LOU und BLUE suggeriert, das Bewußtsein des Malers sei vom hartnäckig wiederkehrenden Refrain eines billigen Songs vereinnahmt worden. Ein wenige Jahre später aufgenommenes Foto zeigt jenen besser bekannten, »klassischen« Stella, der ganz im Banne eines willkürlich gesetzten, aber streng durchgehaltenen Kalküls (man könnte wiederum an eine mechanisch verhärtete Melodielinie denken) zu stehen scheint: Ausgerüstet mit den Werkzeugen eines Hausmalers, stellt er nunmehr Gemälde her, von denen gesagt werden konnte, sie sehen aus, als ob sie sich selbst erzeugen würden, in der Art einer automatisch und zwanghaft ablaufenden logischen Schlußkette.

PAUL CLAES

Die Reise

Eine Erzählung

Als der Zug in den Tunnel eindrang, schloß ich die Augen, wie in jener Zeit, da mein Vater mich bei Beginn der Osterferien zu meinen Großeltern brachte, zu denen ich – so wie er selbst – ›Vater‹ und ›Mutter‹ sagte, so daß ich eigentlich zwei Väter und zwei Mütter hatte, ein Paar zu Hause in der Stadt, ein anderes in meinem zweiten Zuhaus auf dem Lande. Auch jetzt wartete ich nicht lange genug (als ob die Zeit, kaum daß wir unsere Augen schließen, träger verrinnt) und tat die Augen wieder auf, ehe wir wieder aufs neue ins Tageslicht tauchten. Hinter dem Fenster saß in einem Abteil, das eine Kopie des unseren schien, ein Mann, der den Kopf hob, als ich in seine Richtung schaute; da saß mein Vater, neben dem Kind, das ich gewesen war: Schemen, die zurückgekommen waren, um uns durchs Glas hindurch anzustarren. Plötzlich erinnerte ich mich an das wachsgelbe Licht, das in dem hölzernen Abteil hing und das ich später nur noch in Grabgewölben, Metrostationen und Pissoirs gesehen hatte, das Licht, vor dem ich erschrocken erneut die Hände vor die Augen gelegt hatte, bis mein Vater mich am Arm zog, damit ich durch die Scheibe die Weiden sehen konnte, wo irdische Kühe standen und wiederkäuten, an jener Stelle, wo soeben noch Geister mich aus ihrer glasigen Unterwelt heraus angestarrt hatten.

Als wir uns dem Bestimmungsort näherten und die Reisenden in unserem Abteil begannen, ihr Gepäck einzusammeln, fühlte ich, ohne daß ich es sehen konnte, daß auch die farblosen Bewohner des anderen Coupés jetzt aufgestanden waren, um den Mantel vom Haken zu nehmen und die Jacke zuzuknöpfen, fühlte, wie der Mann, der meinem Vater glich, ein Rohrköfferchen von der Gepäckablage herunternahm und es gerade neben mich auf die hölzerne Bank legte, während der kleine Junge aufschaute zum schwarzen Bart seines Vaters, welcher sich über ihn neigte, um ihm die Joppe zu geben, so daß ich selbst auch aufstand, um mir mit ausgestreckten Armen in meinen blauen Blazer helfen zu lassen.

Der Bahnhof war ein dämmriges Terrarium, in das sich von Zeit zu Zeit mit träger Bedrohlichkeit Züge hineinschoben wie Riesenreptilien, die von ihren Flanken ganze Kolonien Ameisen, Käfer, Termiten auf den Bahnsteig abschüttelten, direkt vor die Füße der Gepäckträger, die wie schwarze Totengräber herbeischossen in der Hoffnung, sich einer Reisetasche oder eines Regenschirms zu bemächtigen und sie wie ein Klümpchen Pollen oder einen im Gedränge abgebrochenen Fühler wegzuschleppen. Drüben aber stand wie eine Orchidee mit malvenfarbenen Blütenblättern meine Großmutter und winkte; ich machte mich von meinem Vater los, schwenkte mich durch das Drehkreuz und warf mich in ihre Arme, die nach Patschuli dufteten.

Im Wartesaal nahmen mein Vater und ich voneinander Abschied – nicht mit einer Umarmung, sondern mit einem Händedruck, als wüßten wir beide, daß dieser Abschied keine Widerspiegelung jenes ersten Abschieds sein konnte, den ich erst vor wenigen Stunden in dem anderen, jetzt fern verschwimmenden Bahnhof von meiner Mutter genommen hatte, die mich bleich, schweigend und fast wie erstarrt in die Arme geschlossen, auf die Stirn geküßt und ruckartig losgelassen hatte. Ich schlug die Augen vor dem plötzlich nervösen Blick meines Vaters nieder, der mir das in dunkelblaues Seidenpapier eingewickelte Päckchen, das er die ganze Zeit bei sich getragen hatte (und von dem ich angenommen hatte, es sei ein Geschenk für meine Großmutter), in die überraschte Hand drückte, während seine Stimme sagte: »Für dich, Otto, eine Kleinigkeit von Mutter.« Ich durfte das Papier nicht aufreißen, solange meine Vater bei uns stand, doch als Großmutter und ich ihn fortgewinkt hatten, begriff ich, daß auch sie hier ganz und gar ausgeschlossen bleiben mußte. Ich kann mich an den sonst stets endlosen Weg nicht erinnern, den ich von der Bahnstation zum Haus meiner Großeltern zurücklegte, das Rohrköfferchen in der einen, das Päckchen in der anderen Hand. Es hätte mich nicht verblüfft, zu erfahren, daß ich – wie der Held in manchen russischen Märchen – auf dem Rücken eines Zaubervogels dorthin geflogen war.

Auf meinem Zimmer (dem rosaroten, großen, durchsichtigen Raum im ersten Stock) warf ich meinen kleinen Koffer aufs Bett und legte das Päckchen vorsichtig auf den Tisch (denselben Tisch, an dem ich an Regentagen die Romane aus der Anrichte mit ihren goldgeprägten Einbänden las). Ich hatte »Vater«, der wie gewöhnlich über Mittag sein Nickerchen machte, nicht begrüßt, ich war nicht in die brütendwarme Veranda gegangen, um den dort sphinxartig seinen Herrn nachahmenden kastrierten Kater zu streicheln, ich hatte nicht einmal »Mutter« die Genugtuung gegönnt, mir zur Ankunft eine Tasse von ihrem Kräutertee vorzusetzen: So eilig hatte ich es gehabt, das Geschenk meiner Mutter (meiner ersten Mutter) zu öffnen. Und wieder war es der Widerschein meiner selbst in der Fensterscheibe, der mir die magischen Gebärden vorführte, die ich ausführen mußte, um zu werden, wie ich war.

Mit einem leisen Herzprickeln packte ich das Geschenk aus. Meine Finger, die an die eckige Form bereits gewöhnt waren, verwunderten sich jetzt, unter der schaumweichen Umhüllung keine Glätte anzutreffen, sondern die Faserigkeit einer halb rauhen, halb samtigen Oberfläche. Erst nachdem ich das Einwickelpapier zusammengefaltet hatte, betrachtete ich den Gegenstand genauer: Aus der blauen Hülle war eine Schachtel zum Vorschein gekommen, die Form und Größe eines Gebetbuchs hatte. Oben, unten und am Rücken bildete bordeauxroter Stoff den Einband; an der Schauseite war mit Goldfaden ein Kreuzmotiv aufgestickt; die Seitenflächen ahmten mit goldgelber Seide den Schnitt eines Buches nach. Ich hob den kleinen Deckel rasch, sah, daß die Schachtel bis zum Rand mit Watte gefüllt war, und steckte meinen Finger in diesen warmen Schnee. Ich spürte etwas Hartes: den scharfen, glatten spröden Rand von etwas Steinernem. Schnell grub ich eine Öffnung in die Daunenweichheit. Unter dem zerfasernden Engelshaar schimmerte wie eine rosa Kerbe eine Rosenblüte.

Es war die Porzellanrose, die ich zu Mutters ängstlicher Beunruhigung immer wieder vom Wohnzimmertisch geholt hatte, um sie zu betrachten, und die sich nun, da ich sie achtsam aus der Schachtel hob, in eine Reihe anderer Rosen verwandelte: Eine erste Rose mit dem altrosa Craquelé der Wangen meiner Großmutter; eine zweite Rose mit aufgerollten Blütenblättern, deren rauhgeränderte, kühle Glausur ich spürte; eine dritte mit einem vagen Geruch von Poudre-de-riz, der mich plötzlich niesen ließ; die vierte mit – als meine Zunge hineindrang – einem Geschmack nach Ruß; die fünfte mit einer Muschelöffnung, die ich an mein Ohr (die andere Muschel) hielt, um das Meergeflüster aufzufangen, das mich noch rauschend weiterbegleitete, als ich wieder die Treppe hinabrannte, um Großmutter von der Überraschung dieser Rose der Rosen zu berichten.

Im Lauf des Jahres sind Wecker, Kirchturmglocke und Kantinenklingel im Komplott, um uns die eigene Zeit zu stehlen, und sie jagen uns wider unseren Willen immer voran bis zu dem düsteren, hohl-violetten Augenblick, da die Standuhr (wie eine Totenglocke dem Verurteilten läutet) die Stunde des Schlafengehens schlägt. In den Ferien liegt der Tag offen da wie ein Garten; jeden Morgen schreiten wir die Freitreppe hinunter und gehen zu dem leeren Postament, auf das unsere Stunden sich wie Göttinnen eine nach der anderen niederlassen werden; mittags ruhen wir uns am Rand des

Brunnens aus, dessen Fontäne lotrecht der Sonne entgegensprüht; wir durchwandern im Kreis immer neue Wege, Durchgänge und Schleichpfade, bis wir unerwartet wieder vor dem weißen Landhaus stehen, wo im Hinterzimmer schon die erste Lampe brennt. Je wärmer es wird, desto mehr längen sich die Tage, so daß die Zeit stets träger tickt, etwa in der Art, wie (das erzählte mein Vater, der Ingenieur) Eisenbahnschienen in der Hitze sich ausdehnen und sich so eng zusammenschieben, daß in den Waggonabteilen das Ticktack der Räder nur noch ganz gelegentlich zu vernehmen ist. Die Zeit ist unsere eigene Zeit: eine Zeit, die wir verschwenden können. Nicht absichtlich (denn das würde ja ein Bewußtsein vom Verstreichen der Zeit erfordern, mit dem sie direkt meßbar und festgelegt wäre und dadurch wertlos), sondern mit der Achtlosigkeit von Maharadschas, die ein Vermögen auf ein Fest verwenden, ohne selbst zu begreifen, wie der zerrinnende Luxus durch ein rätselhaftes System unterirdischer Kanäle unaufhaltsam in ihr eigenes Reservoir zurückströmt. In solch einer Zeit lebte ich damals, und ich begriff glücklicherweise nicht, daß es meine war, denn die Zeit, von der wir wissen, daß sie uns gehört, ist – eigenartig genug – nicht mehr die unsere.

Die ganzen Osterferien hindurch verlief meine Zeit parallel der launenhaften Tageseinteilung meiner Großmutter, die mich einmal bis elf Uhr morgens ausschlafen ließ, wenn wir am Abend vorher noch lange gelesen hatten, um mich dann wieder vor Tau und Tag zu wecken und mit mir zum Milchholen bei einer lauten, freundlichen Bäuerin zu gehen, wo ich mir beim Abschied aus einer Blechdose ein Karamelbonbon aussuchen durfte. Der Zeitrhythmus dieser absonderlichen Frau wäre noch unberechenbarer gewesen, wenn Großvater sie nicht dann und wann zu größerer Regelmäßigkeit angehalten hätte. Er selber brachte übrigens den größten Teil des Tages im Bett zu, wie ein sich verpuppende Raupe in Decken und Umschlagtücher gewickelt und mit einer Mütze auf dem Kopf, da er sich seiner »schwachen Lungen« wegen ständig vor dem Zug fürchtete, der ja an den wunderlichsten Stellen der Wohnung aufzutreten pflegt. Unklare Beschwerden, die er mit Brusttinkturen bekämpfte, machten ihn zum Frührentner, und seine so gewonnene Freizeit füllte er mit literarischen Beschäftigungen aus. Dazu hatte er sich ein Holzbrett zugelegt, das ihm im Bett als Lesepult diente, wenn er (sofern er sich nicht zu schwach fühlte) wieder seine Bearbeitung eines deutschen Heiligenlebens vornahm, der Vita der heiligen Elisabeth. Ein katholischer Verleger, dem er seine erste Version angeboten hatte, hatte ihm zurückgeschrieben, der heutige Leser könne im Gegensatz zur Leserschaft des neunzehnten Jahrhunderts erbaulicher Lektüre nur noch bei einem »zeitgenössischen Bezug« etwas abgewinnen. Mein Großvater hatte sich diesen verstohlenen Wink zu Herzen genommen und versuchte nun, die Wohltätigkeit der heiligen Landgräfin während der Hungersnot des Jahres 1266 mit Hinweisen auf die nicht minder philantropischen Heldentaten von Florence Nightingale im Krimkrieg 1855 auszuschmücken.

Die Rose, die ich von seiner Tochter bekommen hatte, erschien meinem Großvater als glückliches Omen, war doch eine der Mirakellegenden aus dem Leben der heiligen Elisabeth von Thüringen eben die von einem Rosenwunder gewesen. Hintüber ins Bett gesunken, daß ich eben noch den Schirm seiner Mütze sah, erzählte er mir eines Abends die Geschichte. Der unbarmherzige Landgraf hatte seiner heiligen Gattin verboten, noch länger ihren Besitz unter das notleidende Volk zu verteilen; als dann eines Tages Elisabeth doch drei Brote unter ihrem Mantel verborgen hatte, um sie den Armen zu bringen, hielt ihr Gemahl sie an und fragte sie, was sie da versteckte. Sie öffnete ihren Mantel und zeigte ihm ihren Schoß, der sich durch ein Wunder mit Rosen gefüllt hatte. Die Geschichte berührte mich. Jede Nacht, wenn ich nicht schlafen konnte (die anomale Existenzweise von Großmutter machte mich zu einem noch schlechteren Schläfer, als ich es ohnehin schon war), stand ich auf und schlurfte zum Tisch am Fenster, wo ein Mond manchmal genug Licht warf, um der Rose, die dort lag, eine sonderbare Silhouette zu entlocken. Als ich die Porzellanmuschel an mein Ohr hielt, mahnte mich eine Stimme, welche die meiner Mutter schien, nun schlafenzugehen. Ich gehorchte, legte mich ins Bett und schlief nach wenigen Augenblicken ein.

Der Schlaf ist ein Strudel in der Zeit. Während die Wachenden den Strom des Lebens entlangwaten (in Richtung der Quelle, so daß das Wasser immer träger fließt, je mehr sie sich dem Ende nähern), dreht sich der Schläfer in seinem Bett im Kreise, ohne einen Schritt vorwärtszukommen. Selbst unsere Träume entfliehen der gewohnten Zeit – sie lassen in Sekundenbruchteilen ganze Leben vorbeihuschen oder sie wiederholen wie hängengebliebene Schallplatten immer dieselben unerträglichen Szenen.

Solch einen Traum hatte ich in diesen Ferien. Ich träumte, daß ich in meinem Zimmer saß und las, als plötzlich in dem Mahagonischrank hinter mir ein Knacken aufklang, das – während ich den Kopf nicht wenden durfte – zu einem Stöhnen wurde. Als es aufhörte, erhob ich mich. Meine Beine bewegten sich so mühsam, daß es schien, als müßte ich sie durch eine Schlammschicht schleppen. Etwas berührte mich am Rücken. Ich lehnte mich mit einer krampfhaften Bewegung nach hinten, während ich fassungslos meine Füße den Schrank hinaufklettern sah. Mit einem Mal begriff ich, daß ich *in* dem Schrank saß und mich, mit dem Rücken gegen die eine Wand gestemmt, mit den Füßen an der anderen emporarbeitete. Sobald ich das sah, sackte ich unaufhaltsam hinunter. In einem Winkel des Schranks bemerkte ich ein Kästchen, das dieselbe Form wie der Kleiderschrank selbst hatte. Ich zog die kleine Schublade auf, die quer unter der breiten Tür saß. Im Dunkel glänzte weißes Papier. Ich wußte, daß auf der Rückseite etwas geschrieben stand, aber da meine Hände nun wie angeschraubt an den eisernen Bügelgriffen der erneut lebensgroß gewordenen Schublade festsaßen, konnte ich das Papier nicht ergreifen und fühlte einen Schrei aus meiner Kehle dringen, konnte aber doch nicht schreien.

Diesen Traum träumte ich in mehreren Nächten hintereinander, in mehreren Varianten, doch jedesmal endigte er mit dem ungeschrienen Schrei. Ich erzählte ihn meiner Großmutter, die mich beschwor, nicht mehr auf dem Rücken zu schlafen und vor allem abends nicht mehr soviel zu lesen, weil man davon Alpträume bekam. Doch als ich am folgenden Abend ohne Buch ins Bett kroch, blieb ich die halbe Nacht schlaflos liegen und lauschte dem viertelstündlichen Westminster-Schlag der Uhr, um dann, als ich gegen Morgen langsam einnickte, wieder vom selben Traum geweckt zu werden.

Großmutter versuchte mich zu beruhigen, wie sie mich stets beschwichtigte, wenn ich der Krankheit meiner Mutter wegen bei ihr wohnte. Doch sah ich, wie ihr Gesicht runzlig wurde, als ich – mit jenem Grimm, der uns in der Kindheit manchmal überkommt, wenn wir unser eigenes Unglück beschreiben – von meiner Beklemmung sprach: War jene Beklemmung nicht dasselbe wie die Angst, über die meine Mutter ihr ganzes Leben lang geklagt hatte? Sie sagte, ich müsse das Fenster meines Zimmers öffnen, wenn ich dort saß und las, wie gerne ich auch (ebenso wie »Vater«) alle Ritzen dicht verschloß und den Atem zurückhielt – nicht nur, weil mir die Erzählung wie eine Hand um den Hals griff, sondern weil ich mir auch einbildete, daß mich so die »Krankheitskeime« nicht so einfach erreichten. Am Ende konnte sie mich dazu überreden, daß ich auf der windgeschützten Terrasse Platz nahm und dort las, doch dann ergriff sie plötzlich selbst eine solche Angst, ich könne mir einen Sonnenstich holen, daß sie hastig mit einer von Großvaters abgewetzten Mützen angelaufen kam, die mir nur deshalb nicht über die Augen rutschte, weil meinen Ohren kräftig abstanden. Beschämt, daß mich jemand mit diesem fürchterlichen Ding sehen könnte, setzte ich sie ab, sobald meine Großmutter wieder im Haus verschwunden war, um den einen oder anderen Kräutertee aufzugießen oder eine Häkelarbeit fortzusetzen, und lief mit der Mütze tiefer in den Garten hinein, wo ich versuchte, sie so hoch wie möglich in die Luft zu schleudern, so daß sie unversehens an einem Zweig des blauen Fliederstrauchs hängenblieb, wo ich sie nur mit größter Mühe wieder herunterschütteln konnte. Von diesem Augenblick an trug ich das Unding fest auf meinen Kopf gepreßt, obwohl es glücklicherweise in meiner durch zahllose Abenteuergeschichten genährten Phantasie so oft wundersam seine Gestalt veränderte, daß ich völlig verblüfft war, wenn ich am Ende meiner Expedition durch den endlosen Garten (der, wie ich später feststellte, nicht länger war als fünfzig Meter) meine Kopfbedeckung absetzte und merkte, daß ich die ganze Zeit kein funkelndes Rittervisier, keinen Tropenhelm aus Kork und keinen indianischen Federschmuck getragen hatte, sondern eine schmutziggraue, fettglänzende, drollige Mütze.

Ein Garten ist ein Buch, in dem wir blättern. Die ersten Seiten wenden wir achtlos um wie jemand, der zerstreut durch das über den Weg hängende Laubwerk vordringt, bis er an einer Wegbiegung ein Veilchen bemerkt, das ihn wie eine kleine Stilblüte von der Handlung ablenkt – oder der im Gegenteil durch eine unverhoffte Abzweigung des Weges blind wird für die dekorative Flora ringsum und sich durch die Mäander der Erzählung weiterlocken läßt bis hinein in einen Bezirk, den er eigentlich nicht hatte betreten wollen. Solch ein Gebiet war im Garten meiner Großmutter der Raum um den Weiher, wo eine Weide die Zweige hängenließ – in den dünnen Dunst, der abends auf dem Wasser lag (wie das durchscheinende Deckblatt, das jeweils die kolorierten Stiche in Großvaters Büchern beschützte).

Gleich daneben stand die grün gestrichene, abblätternde Holzbank, wo meine Großmutter manchmal saß und häkelte, doch immer mit einem Tuch um die Schultern, weil es hier so kühl, klamm und zugig war, daß sie mir nie erlaubte, am Weiher zu sitzen und zu lesen (vielleicht auch, weil sie Angst hatte, ich könnte ins Wasser fallen und dann wie ihr kleiner Bruder, von dem sie stets dieselbe Geschichte erzählte, an Rippenfellentzündung sterben). Das Wasser war ruhig, flach und durchsichtig, so daß man auf dem Grund – wenn das Sonnenlicht sich nicht zu schräg brach – eine wunderliche Unterwasserwelt sehen konnte; faserige Wurzeln trieben umher, die sich, wenn man lange genug hinschaute, in haarige Tierchen verwandelten, aus denen dann und wann Bläschen entwichen; Lieschgras wiegte sich in fast unmerklicher Bewegung über dem dunkelnden Moos; manchmal erhob sich, wenn man dalag und lauschte, eine Art Gemurmel, das emporstrudelte aus einer Höhlung, einem Schattenmund.

Von Zeit zu Zeit wanderte, während ich am Rande des Weihers lag, eine blaue Libelle vorbei, die wie Jesus auf dem See Genezareth in flachen Grübchen in die Wasseroberfläche eintauchte. Ich streckte meine Hand durch das gelbe Liesch, um ein treibendes Blatt zu ergreifen: der Tümpel verzog sein altes Gesicht zu verwunderten Runzeln. Als ich mich zurückzog, sah ich plötzlich, wie sich unter mir ein dunkler Schatten bewegte, abrupt hielt ich inne und sah – in mein Spiegelbild.

War ich das? Der halbgeöffnete erschrockene Mund, die zu große Nase, die abstehenden Ohren? Ich fuhr mit der Hand ins Wasser. Ein Schauder lief über meine hochgezogenen Augenbrauen, strömte über meine Wangen, zog meine Lippen auf und zu. Ich wartete, bis der Weiher erneut zur Ruhe gekommen war, und führte dann mein Gesicht ganz dicht an den Wasserspiegel. Meine Augen, zwei runde Fische, schwammen nun ganz nah vor meinem Blick vorüber, der den ihren einzufangen suchte, was ihm auch beinahe glückte, bis er ihn doch im letzten Augenblick entschlüpfen ließ. Ich stülpte meine Lippen vor und sagte leise meinen Namen; die Pupillen zitterten unter meinem Atem. Ich kniff den Mund zu und hielt den Atem in der Nase fest; das Bild wurde wieder klarer, greifbar, fest. Doch wie ich nach Atem rang, wurde es wieder dunstiger und verschwamm und zerfloß in ein anderes Gesicht als dasjenige, das ich kannte, in ein tieferes, wirklicheres und furchtbareres Ich.

Obwohl ich bis zu diesem Tag Großmutter alles erzählt hatte, was ich im Garten erlebte, hielt ich jene Entdeckung nun geheim: als befürchtete ich, das Bild von mir allein zu verlieren, wenn ich es jemand anderem offenbarte. In der folgenden Nacht kehrte der Alptraum der letzten Tage nicht zurück, er war verschwunden: verschluckt vielleicht von dem strudelnden Schattenmund auf dem Grund des Weihers. Lief ich deshalb auf mein Zimmer, um die Rose zu holen, die mir meine Mutter geschenkt hatte, ging ich deshalb mit ihr zur Bank im Garten der Großmutter? Ich legte die Blüte auf den Sitz und kauerte mich davor hin, um sie lange und neugierig zu betrachten, als hätte ich sie noch gar nie gesehen mit ihren rosa mattglänzenden, krausen äußeren Blättern, mit den noch blasseren Blättchen, die sich weiter innen zu blutlosen Lippen spannten, mit dem dunklen Spalt in der Mitte. Plötzlich fiel ein Tropfen auf das Porzellan: Ich weinte. Resolut faßte ich einen Entschluß: Ich nahm die Rose in die Hand, lief damit zum Ufer, kniete nieder, setzte die steinerne Blume wie ein Schiffchen aufs Wasser und gab ihr mit dem Zeigefinger einen vorsichtigen Stoß, so daß sie langsam zur Mitte des Weihers dümpelte, wo sie reglos schwamm und dann schräg wegkippte und versank, in einem kleinen, geräuschlosen, fast verlegenen Strudel.

War die Rose eine Opfergabe an eine aufgestörte Quellnymphe, die mich in die Tiefe hatte ziehen wollen? Oder wollte ich meine Mutter bestrafen, indem ich ihr Geschenk in den Weiher warf? Oder war die Blüte eine geballte Kinderfaust (die meine), die noch einmal nach oben steigt, ehe sie sich mit Wasser füllt? Diese Fragen sind bereits Antworten, und deshalb gewiß verkehrt. Alle Antworten, die wir geben können, entrinnen doch nur jener Antwort, die allein der Tod uns geben kann. Vielleicht habe ich zu schreiben begonnen, um diese Antwort, die einzig wahrhaftige, auf Distanz zu halten (wie andere Menschen Börsianer werden oder Zirkusartisten, um ihre Zeit mit anderen Fragen anzufüllen).

In dem Maße, in dem die Stunde meiner Abreise näher rückte, begann meine eigene Zeit immer schneller zu laufen, so daß sie am Schluß dahinrannte, als sei sie sich dessen bewußt, daß sie – wie der Hase im Märchen – noch unendlich viele Zwischenräume zu durchqueren hatte, um ihren Gegner, die Schildkröte, einzuholen (später, zu Hause angekommen, stellte ich auf dem Kalender ungläubig fest, daß dort dasselbe Datum stand wie inmeinem zweiten Zuhause, so daß beide Zeiten anscheinend doch noch gleichzeitig angekommen waren). Wie immer war ich erstaunt, daß meine Rückfahrt fast auf genau dieselbe Weise verlief wie die Hinreise: Wieder ging ich mit meiner malvenfarbenen Großmutter unter den Linden dahin; wieder umarmte ich sie am Drehkreuz, während mein Vater wartend neben dem Stationsvorsteher stand, dem Gott der Zeit persönlich; wieder saßen wir im Abteil mit Reisenden zusammen, die Doppelgänger jener Reisenden schienen, mit denen wir hergekommen waren; wieder schloß ich die Augen, als der Tunnel uns umfing, und wieder machte ich sie zu früh auf, so daß ich wieder das stier hereinschauende Abteil neben dem unseren sah; wieder waren wir in der Stadt, wo mich meine Mutter wie eine Doppelgängerin ihrer Mutter küßte.

In den ersten Tagen nach den Ferien fuhr die vergangene Zeit fort, mich zu begleiten: Ich wußte, wenn ich mich umdrehen würde, käme hinter mir meine Großmutter mit der Milchkanne daher; in meinem Ohr klang ihre neckende oder beruhigende Stimme; wenn ich nachts nicht einschlafen konnte, schlurfte ihr Patschuli-Geruch ins Zimmer. Wie wesenlos sie nun auch schien, sie war weniger schemenhaft als der Aufsichtslehrer, der im Schulhof die Glocke läutete, als wolle er uns wieder die andere Zeit einprägen; selbst meine Mutter, die ich selten sah, weil sie auf ihrem Zimmer lag (wo ich sie manchmal wie ein in die Enge getriebenes Tier keuchen hörte), war weniger real als die Reisenden, die bei uns im Abteil gesessen und geredet hatten; anscheinend gehörte auch sie zu den anderen Reisenden, die schweigend mit uns fuhren und nur aufsahen, wenn wir ihnen das Gesicht zuwandten (so wie Romanfiguren nur dann zu leben beginnen, wenn wir ihre Abenteuer lesen). Während der ganzen Rückreise hatte ich befürchtet, sie könne mich nach der Rose fragen, doch als ich ihre gepuderten Wangen geküßt hatte, da hatte sie mich lediglich mit ihren braunen, rotgeränderten, erschrockenen Augen angestarrt und hatte geschwiegen: Ich, der ich mir den Plan zurechtgelegt hatte, ich würde zu ihr sagen, daß mir die Rose ungeschickterweise ins Wasser gefallen wäre, faßte im selben Augenblick den Entschluß, ihr nichts mehr von mir selbst zu erzählen, von meinem eigenen Ich. Ich wußte da noch nicht, daß wir das Ich doch nicht aussprechen können, weil wir dazu – so wie der chinesische Kaiser, der seinen Untertanen verbot, fernerhin das Wort »Ich« zu gebrauchen, das er ganz den Äußerungen seiner eigenen Person reservieren wollte – jeder über unser eigenes Personalpronomen verfügen müßten, um so das Wort zu vermeiden, das ständig mißbraucht wird, weil es den Eindruck erweckt, daß alle Individuen, die damit ihr innerstes Wesen offenbaren, am Ende einander gleich sind. Jedes Ich – um doch das unausweichliche, verräterische und sinnlose Wort zu gebrauchen – ist so einzigartig wie eine Stimme. Nur Schriftsteller können das Eigene und Fremde, das eine Persönlichkeit darstellt, materialisieren (wie ein Medium einen Geist erscheinen läßt), indem sie diese Persönlichkeit gegen das stoßen lassen, was mit einem verwirrenden Begriff »Stil« heißt und was nichts anderes ist als der Versuch, jedes Wort so zu polieren, daß es als Spiegel einer Seele dienen kann.

Von da an mied ich Mutters Schlafzimmer (wo es, wie im Zimmer von Großvater, immer nach Brustsirup und anderen unnennbaren Medizinen roch). Doch als ob die Nacht Rache nehmen wollte für meine Untreue tagsüber, hatte ich Träume, in denen ich Mutter aus Kasematten rettete, sie zu Pferde durch Gebirgsklüfte geleitete und mit ihr durch Kiefernwälder und Steppen jagte, bis ich beim Erwachen verblüfft feststellte, daß ich nur ein Stück Bettlaken als Zügel für jene endlosen Ritte gebraucht hatte, in denen ich, wie in einem Zerrspiegel verformt, die Abenteuerromane wiedererkannte, die ich am Abend zuvor gelesen hatte. Ich wünschte, Großmutter hätte mich beruhigen können, und wäre es nur durch die Mahnung geschehen, ich solle nicht soviel lesen und nicht auf dem Rücken schlafen.

In der Klasse machte ich, während meine Kameraden ihre Aufgaben lösten, Zeichnungen, um mir die Langeweile zu vertreiben – Zeichnungen von einem Garten, durch den ich als Kurier des Kaisers ritt. Einmal, als ich sah, wie sich der Lehrer näherte, steckte ich die Zeichnung hastig weg, aber er hatte mich gesehen und befahl mir, die Mappe zu öffnen. Ich betete zu

Gott, er solle meine Zeichnung in ein Blatt mit Rechenaufgaben verwandeln (wie er einst der heiligen Elisabeth von Thüringen Brot in Rosen verwandelt hatte), doch mein Stoßgebet blieb unerhört. Mein Vater wurde benachrichtigt, daß ich im Unterricht die ganze Zeit »spielte«, anstatt zu »arbeiten«. Er, der noch nie wirklich streng mit mir gewesen war (vielleicht, weil er fand, daß ich als einziges Kind einer kranken Mutter schon genug zu leiden hatte), reagierte nun schroff und fand instinktiv die ärgste Strafe, die er sich für mich nur hätte ausdenken können: Er nahm mir das Buch weg, das ich gerade las, so daß ich nicht erfuhr, wie Michael Strogoff, der Kurier des Zaren, seinen geschworenen Feind besiegen und seine Geliebte wiederfinden würde. Vaters unerwartete Strafe war nicht minder grausam als die nach Rache schreiende Blendung mit dem glühenden Schürhaken, deren Opfer der Bote in jenem Buch geworden war. Ich war verzweifelt, wie nur Kinder es sein können. Allein auf meinem Zimmer, ja allein auf der Welt, weinte ich um meinen verschwundenen Helden, ohne mir dessen bewußt zu sein (Jahre später, als ich das Buch bei einem Antiquar fand, sollte ich es herausfinden), daß es eben Tränen gewesen waren, die Michael Strogoff vor der endgültigen Erblindung bewahrt hatten.

Eine Woche später saß ich wieder in der Klasse und lauschte meinen Kameraden, die einer nach dem anderen das aufgegebene Gedicht aufsagen kamen (ich selbst war schmählich auf meinen Platz geschickt worden, weil es schon nach ein paar Worten klar wurde, daß ich nichts auswendig konnte), als ich merkte, wie der Hausmeister den Lehrer zur Türe rief. Ich fühlte mehr, als ich sah, wie der Lehrer in meine Richtung schaute, während ein giftiges Getuschel durch die Klasse zischte. Schließlich winkte der Lehrer und bedeutete mir, daß ich dem Hausmeister folgen sollte. Ich lief hinter ihm her durch einen Korridor, der – so mühsam kamen meine Füße plötzlich nur voran – anzusteigen schien. Unter der Tür des Sprechzimmers stand ein unbekannter, graugekleideter Mann, den ich erst erkannte, als er mir die Hand auf die Schulter legte und meinen Namen sagte. Ich wußte mit der merkwürdigen Hellsichtigkeit, über die wir alle verfügen, wenn wir jemandem in die Augen sehen, der uns das Schlimmste mitteilen möchte, was Vater nun sagen würde, und während sich meine Ohren seinen Worten verschlossen, stieg vor meinen Augen das Bild einer Frau auf, die langausgestreckt auf dem Rücken dalag und schlief wie der weiße Dunst, der auf einem Weiher treibt.

Die Reise, die mich nun zum Haus meiner Großeltern führte, war anders als all meine vorhergegangenen Reisen, weil meine Mutter, deren Lippen – vielleicht wegen des schwarzsamtenen Kleides, das sie trug – nun rosiger

aussahen als jemals zuvor, diesmal am Fenster saß, auf dem Platz, wo ich zu sitzen pflegte, so daß die über diese Auswechselung erzürnten Phantome auf der anderen Seite der Glasscheibe sich weigerten, zu erscheinen. In der staubigen Treibhausluft des Bahnhofs erwartete uns nicht meine Großmutter, sondern mein Großvater – mit einer Kopfbedeckung, die ich ihn noch nie hatte tragen sehen: einer Melone. Während unseres Ganges unter den Linden entlang nahm er den Hut zuweilen vom Kopf, um sich mit einem Taschentuch den Schweiß abzuwischen, worauf er seine verwirrten grauen Haare wieder iin Reih und Glied legte, ehe er den Hut erneut aufsetzte.

Als ich nach Vater und Mutter das Vorzimmer betrat, das Großvater schweigend geöffnet hatte, sah ich Großmutter auf dem Bett liegen, worin immer Großvater mit seinen schwachen Lungen gelegen hatte: Ein schräges Licht fiel durch eine der heruntergelassenen Jalousien gerade auf ihr Gesicht. Vater schlug mit einem kleinen Palmwedel, der in einem Glas Wasser auf dem Nachttisch stand, ein Kreuz und reichte den Zweig dann an Mutter weiter. Blindlings, mit vor Entsetzen erstarrtem Arm, wiederholte ich die Gebärde der beiden. Während wir nebeneinander stehend die Tote betrachteten, spürte ich plötzlich einen unbezwingbaren Juckreiz und zerrte, weil ich mich nicht kratzen durfte, meine linke Augenbraue nach oben. Um den Mund von Großmutter lag eine Art Grinsen, als hätte sie, als der Tod an das Fußende des Bettes getreten war, in ein ungläubiges Gelächter ausbrechen wollen. Vor ihr, auf der Decke gefaltet, lagen ihre Hände, die nicht mehr in die Kräuterteebüchse greifen würden.

Kaum waren wir aus dem Zimmer hinausgetreten, als ich wußte, was ich zu tun hatte. Ich rannte in den Garten und kam zum Weiher, der in der Spätnachmittagssonne glänzte wie ein blutiger Spiegel. Ich setzte mich auf die Bank, um Schuhe und Strümpfe auszuziehen. Danach brach ich einen Zweig ab und watete mit bloßen Füßen ins Wasser, das kälter war, als ich erwartet hatte. Wolken von feinem Schlick stiegen bei jedem Schritt aus dem Grund auf, und ich befürchtete jeden Augenblick, in den Schlamm einzusinken. Ich tastete mit dem Zweig wie mit einem Blindenstock den Boden ab und schwankte so voran. Zum Schluß, als ich bis in die Mitte des kleinen Teichs gelangt war, blieb ich stehen, um das aufgewirbelte Wasser sich wieder setzen zu lassen. Ich schaute hinunter, wo mein Bild sich allmählich im roten Wasser klärte. Vorsichtig bewegte ich meinen Stecken (wie ein drittes Bein) über den Boden hin und her, bis ich etwas fühlte, das härter war als der Schlamm. Ich schaute hinab und sah die Rose daliegen, ich schob den Stecken hinein und holte sie so nach oben. Ohne mich um meine verdreckte Hose zu kümmern, stürmte ich zurück in das weiße Haus.

Nachdem ich morgens die Gesten des violettgewandeten Priesters zu entziffern versucht hatte und in meinem Blazer mit dem schwarzen Bändchen am Revers hinter dem Leichenwagen einhergegangen war, um dann in einem Kreis schemenhafter Angehöriger einen Mahagonisarg unter den Erdschollen verschwinden zu sehen, trat ich abends, während meine Mutter bei meinem Großvater blieb und das Haus aufräumen half, mit Vater die Rückreise an. Da ich mich langweilte, aber befürchtete, daß Vater es respektlos finden könnte, wenn ich in dem Buch las, das neben der Rosenschachtel von Mutter in meinem Rohrköfferchen lag, fing ich an, mit dem Zeigefinger auf die angelaufene Scheibe zu schreiben.

Zuerst schrieb ich die Buchstaben meines Namens. Dann dachte ich daran, daß der Junge, dessen Bewegungen ich undeutlich durch das Glas hindurch sehen konnte, auf seiner Seite genau denselben Namen geschrieben hatte: als habe auch er Sehnsucht nach mir. Ich wußte mit einem Mal, was ich tun mußte, um ihn ganz und gar zu sehen: Ich mußte schreiben, mußte immer weiter schreiben, die ganze Scheibe voll, ich mußte wie Großvater Blätter Papier mit Buchstaben füllen und Wörtern und Bedeutungen, die sich ineinander vermengen und schwarze Inseln formen sollten in dem weißen Dunst, der uns nun noch schied, bis ich ihn sehen und fühlen konnte, bis seine Hand meine berühren würde (dieselbe Hand, die, unmittelbar ehe der Sarg wie ein Buch zugeklappt worden war, die gefalteten Hände von Großmutter geöffnet hatte, um ihnen die Porzellanrose zu übergeben, die nun für immer auf ihrer Brust liegen würde), bis ich auch den Mann im Abteil neben dem unseren dasitzen sehen und mich langsam in ihn verwandeln sollte, bis ich es sein würde, der zusah, wie mein Sohn, mit dem ich nun zum Begräbnis seiner Großmutter fuhr, zusammen mit mir die Augen von Mutter im Glas zu finden versuchte und sie im Dämmerlicht wahrzunehmen glaubte.

[Aus dem Niederländischen vom Joachim Kalka]

Einsprüche und Nachreden

Dieter Thomä
Der bewegte Amerikaner (4)

Jakob Stephan
Lyrische Visite (14/1)

Wolfgang Matz
Stéphane Mallarmé

Stefan Pegatzky
Vor sechzig Jahren

Tora Nordström-Bonnier
Thomas Mann meint

DIETER THOMÄ

Der bewegte Amerikaner (4)

Nachrichten aus der immer noch Neuen Welt

Sie wissen nicht, wie *das* amerikanische Spiel funktioniert? Hier, bitte, ist eine kleine Auswahl aus dem schier unüberschaubaren Regelwerk.

Baseball wird auf einem rund 8000 Quadratmeter großen Platz gespielt, der die Form eines platten Kaffeefilters oder Trichters hat. Der Punkt an dessen Spitze ist das Schlagfeld, die sogenannte *home plate*. Sie bildet zugleich eine Ecke des Quadrats, das in die Spitze des Platzes eingezeichnet ist. Dieses Quadrat von 27 Meter Kantenlänge heißt Innenfeld oder *diamond*, und an dessen Ecken befinden sich neben der *home plate* noch die drei sogenannten *bases*. Dahinter öffnet sich der weite Bereich des Außenfelds.

Zunächst stellt das eine Team die Feldmannschaft: Ihre Leute verteilen sich auf dem ganzen Platz, dazu kommt der Werfer, der sich in 18 Meter Entfernung von der *home plate* aufbaut, sowie der Fänger, der hinter ihr wartet. Die andere Mannschaft schickt im Turnus ihre Leute zum Schlagfeld, wo sie den Ball erwarten, den der gegnerische Werfer ihnen entgegenwirft. Dieser Ball, der etwas größer und sehr viel härter als ein Tennisball ist, muß in einem eng umgrenzten Zielbereich in Reichweite des Schlagmanns eintreffen, und dieser versucht, ihn mit einem rund ein Meter langen Holzschläger wegzuschlagen. Die Bälle, die er durchläßt, werden vom Fänger, der hinter ihm wartet, in Sicherheit gebracht.

Beim Spiel von Wurf und Schlag gibt es nun verschiedene Varianten: Wenn der Schlagmann einen gültigen Ball passieren läßt oder durchzieht, ohne zu treffen, dann hat der Werfer einen *strike* erzielt. Ein Fehlwurf, der ganz am Zielbereich vorbeigeht, heißt *ball*. Geschieht dem Werfer dieses Mißgeschick viermal, dann darf der Schlagmann, ohne je getroffen zu haben, gleich zum ersten *base* spazieren (*walk*). Umgekehrt scheidet er aus, wenn er drei gültige Bälle verpaßt (*strike out*).

Was passiert nun aber, wenn der Schlagmann den Ball trifft? Er rennt los und wird zum Läufer (*runner*). Sein letztes Ziel ist es, alle Ecken des *diamond* ringsherum abzulaufen und wieder zu Hause an der *home plate* anzukommen. So nur kann er für sein Team einen Punkt erzielen. Wird der von ihm getroffene Ball jedoch gleich in der Luft von der gegnerischen Feldmannschaft abgefangen, ist der Schlagmann ausgeschieden, kaum daß er zu rennen begonnen hat (*fly out*). Wenn der Ball immerhin zunächst mal auf dem Boden aufkommt, dann beginnt ein Wettlauf zwischen Läufer und Feldmannschaft. Die Feldmannschaft versucht, den Ball unter Kontrolle zu bekommen, während der Läufer versucht, so schnell wie möglich eine der Ecken des Vierecks zu erreichen, denn dort ist er in Sicherheit – vorausgesetzt, er kommt dort an, bevor dem Spieler der Feldmannschaft, der diese Ecke bewacht, der Ball von seinen Teamkameraden zugespielt worden ist. Wenn der Läufer zu spät kommt, ist er ausgeschieden (*ground out*).

Aus eigener Kraft kann ein Spieler nur dann einen Punkt erzielen, wenn er den Ball so weit schießt, daß er genug Zeit hat, das ganze Viereck auf einmal abzulaufen (*home run*); dies ist in der Regel nur dann der Fall, wenn er den Ball unerreichbar für den Gegner über den hinteren Feldrand hinausschlägt. Meist kommt ein Läufer nur bis zum ersten oder zweiten *base* (*single* oder *double*) und muß dort warten, bis einem seiner Nachfolger am Schlagfeld wieder ein Treffer gelingt. Dann dürfen auch diejenigen, die schon auf einem der *bases* gelandet sind, weiterlaufen. Manchmal gelingt es jemandem, sich heimlich von einem *base* zum nächsten zu stehlen (*steal*), während die gegnerische Mannschaft mit Werfen und Fangen beschäftigt ist. Umgekehrt werden Läufer aber auch oft abgefangen, während sie gerade zwischen zwei *bases* unterwegs sind.

Der einträglichste Spielzug ist der *grand slam*: Wenn eine Mannschaft schon Läufer an allen drei Ecken des *diamond* plaziert hat (*bases loaded*) und dann ein Schlagmann einen *home run* erzielt, dürfen er sowie alle anderen Läufer nach Hause kommen und punkten. Sie erringen vier Punkte auf einmal.

Wenn drei Schlagmänner einer Mannschaft ausgeschieden sind, werden die Rollen getauscht. Die Feldmannschaft wird zur Schlagmannschaft, und es beginnt die zweite Hälfte eines Durchgangs, die wieder nach demselben Schema funktioniert. Ein Baseballspiel ist zu Ende, wenn neun solcher Durchgänge (*innings*) absolviert sind; bei Gleichstand kommt es zur Verlängerung, bis eine Entscheidung gefallen ist.

*

Ein Spiel kann vier Stunden dauern, und die Spiele der Heimmannschaft werden natürlich *live* im Fernsehen übertragen. Schalten wir uns irgendwann während dieser Übertragung kurz ein.

Männer sitzen in einem Unterstand (*dugout*), einem Verschlag, der aussieht wie eine halb vergrabene Bushaltestelle auf dem Land; sie stieren ins Leere, kauen Kaugummi und spucken häufig; ein beleibter Mann steht daneben und übt das Wedeln mit einem Stück Holz; hinter ihm hockt ein vermummter Mann auf dem Boden, als würde er ein großes Geschäft verrichten; wieder ein paar Meter weiter steht jemand auf einer Erhebung, die von Ferne an einem festgetrampelten Maulwurfshügel erinnert; draußen auf dem Spielfeld scheinen Männer auf irgend etwas zu warten; der Mann auf dem Hügel hebt das Bein, holt weit aus und wirft einen Ball; der andere zieht mit seinem Schläger voll durch und trifft den Ball nicht; der Fänger fängt; der Werfer verzieht keine Miene und lockert die Schultern; er wirft wieder einen Ball; diesmal rührt sich der Schlagmann nicht; der Fänger fängt; der Werfer spuckt auf den Boden, bläst sanft in seine Hand und zieht die Kappe tiefer ins Gesicht; er wirft einen Ball; der Mann mit dem Schläger tut wieder nichts; der Fänger fängt; der Schlagmann wedelt heftig mit seinem Schläger; beim nächsten Ball, der kommt, haut er wieder daneben; er trottet zurück zu dem Unterstand, wo Männer sitzen, die Kaugummi kauen; er setzt sich wieder auf die Bank, schaut ernst, trinkt und spuckt; ein anderer kommt hervorgekrochen und übt das Wedeln mit dem Schläger; draußen auf dem Spielfeld stehen Männer herum; irgendwo auf einem Nebenplatz werfen sich Männer warm; der Trainer, der neben seinen Leuten im Unterstand sitzt und bei dem das Trikot über dem Bauch noch mehr spannt als bei den anderen, telephoniert; draußen auf dem Spielfeld stehen Männer herum; ein Mann wirft; ein anderer schlägt und trifft nicht; ein dritter fängt; noch ein Wurf; diesmal ein Treffer; der Ball fliegt hoch in die Luft; der Mann, der getroffen hat, wirft seinen Schläger halb entschlossen, halb achtlos zur Seite und beginnt zu rennen; einer der Männer auf dem Spielfeld regt sich, hält die Hand vor die Augen, schaut gegen die Sonne in den Himmel, macht ein paar Schritte, hebt seinen dick gepolsterten Handschuh und fängt den Ball ab; der Schläger läßt seinen Lauf austrudeln, dreht langsam auf dem Absatz um und geht mit gesenktem Kopf zurück zum Unterstand; Werbung.

*

- *Was* hält *dieses Land wirklich zusammen (...)? Der Sternenbanner? Ist es das, worüber die Männer beim Bier reden? Wie sehr sie ihn lieben? Was sagt in Straßenbahnen, Zügen oder Bussen ein Amerikaner zum anderen, um ein Gespräch anzuknüpfen? (...) Was ist es, das Millionen und Abermillionen Amerikaner brüderlich vereint, aus Wettstreitern Verwandte, aus Fremden Nachbarn, aus Feinden Freunde macht – wenn auch nur, solange das Spiel währt?* Baseball! *Und die da, sie haben sich vorgenommen, Amerika zu zerstören, (...) ihr teuflischer, genialer Plan ist es,* unser nationales Spiel zu zerstören!

– *Aber – aber* wie? *Wie können sie so etwas schaffen?*

– *Indem sie einen Witz daraus machen! eine Lachnummer! Ihr Plan ist es, uns ins Grab zu lachen!*

(Aus: Philip Roth, *Der große amerikanische Roman*)

*

Während meines ersten Jahres in Amerika wäre ich sofort bereit gewesen, mich zu den finsteren Mächten zu gesellen, die sich in Philip Roths Buch mit dem waghalsigen Titel *Der große amerikanische Roman* aufmachen, Baseball lächerlich zu machen. (Bei Philip Roth sind es übrigens standesgemäß die Kommunisten, die diesen Plan schmieden. Wer sonst?) Ich fand dieses Spiel unansehnlich, öde, eine Kette von Fehlschlägen. Bälle werden daneben geworfen, Bälle werden nicht getroffen oder manchmal getroffen, immer und immer wieder: eine *Lachnummer*.

Dann, nach einem Jahr in Amerika, begann mich die Faszination für dieses Spiel zu packen.

*

In seinem *Großen amerikanischen Roman* schildert Philip Roth Querelen um eine (erfundene) Baseball-Liga in den vierziger Jahren, die *Patriot League*. Unter anderem streiten sich die Clubs darüber, ob Spiele im Radio übertragen werden sollen. Der Eigentümer der *Kakoola Reapers* will Radioreportagen von den Heimspielen seiner Mannschaft einführen, womit er sich den Zorn des Ligapräsidenten General Oakhart zuzieht. Philip Roth überliefert uns dessen Einwände. *Durch* Worte, *seien sie gedruckt oder gesprochen, ließe sich gar nicht vermitteln, worum es in diesem Spiel geht – noch nicht mal durch poetische und einfallsreiche (...). Wie der General sagte, bestand die Schönheit und der Sinn von Baseball in der festen Geometrie des ›Diamanten‹ und der Prüfung, die er für Beweglichkeit, Kraft und Zeitgefühl bereithält. Baseball war ein Spiel, das von jedem einzelnen Platz im Stadion anders aussah (...); und das galt auch für die Momente, aus denen tatsächlich die halbe Spieldauer oder sogar mehr bestand – die Zeit nämlich, in der überhaupt nichts passierte, jene Momente des Wartens und Zögerns, des Bereitseins und des Wiedereinnehmens der Ausgangsstellung, Momente, in denen alles zurückging, auch der Lärm der Menge, die jedoch für den Reiz des Spiels ebenso ausschlaggebend waren wie die wenigen entscheidenden Sekunden, wenn ein geschlagener Ball über die Wand segelte. Es käme aufs gleiche heraus, einen Sprecher im Oktober in die Wälder zu schicken und ihn eine Live-Sendung über den Herbst machen zu lassen, wie von einem Baseballspiel im Radio zu berichten.*

*

Als Zuschauer eines Baseballspiels kann man nicht davon fasziniert sein, das zu sehen, was man sieht. Denn die meiste Zeit passiert nichts.

Als Zuschauer eines Baseballspiels ist man fasziniert von dem, was man nicht sieht. Das Bild, das man sieht, ist nur das Zweitbild. Das Spiel, das im *ballpark* stattfindet, ist nur das Zweitspiel. Die eigentliche Leistung von Baseball ist, daß es eine andere Wirklichkeit schafft. Obwohl Baseball altmodisch wirkt im Vergleich zu den anderen Sportarten, die in Amerika heute populär sind – American Football, Basketball, Eishockey –, ist es doch immer schon und immer noch das Spiel der Zukunft. Mit ihm ist, lange vor der Computersimulation, die *virtual reality* in Amerika eingeführt worden.

Seit jeher sind die Amerikaner fasziniert von der *schönen, neuen Welt*, von technischer Simulation und *science fiction*. Die höchste Erfüllung des *self-made man* bestünde am Ende darin, daß er sich eine *self-made world* zu Füßen legte. An der Quelle all dieser Träume steht die Überzeugung, daß die Welt nicht so bleibt, wie sie ist. Mark Twain hat gesagt, das Baseballspiel sei *das eigentliche Symbol, der offene, sichtbare Ausdruck für Treiben und Drängen und Rennen und Kämpfen*. Baseball ist das Spiel, das den Keil zwischen Gegenwart und Zukunft, zwischen Wirklichkeit und Möglichkeit so tief ins Erleben hineinschlägt wie keines sonst.

Man sollte sich also nicht darüber beklagen, daß das Spiel, das man gerade sieht, öde ist. Je weniger passiert, desto stärker wird man über die Grenzen der Realität hinausgetrieben, desto stärker lebt man in den Möglichkeiten, die einer anderen, besseren möglichen Welt angehören. Sie wird kostenfrei mitbesucht, wenn man ein Baseballspiel sieht.

In den anderen populären Mannschaftssportarten fällt diese andere mögliche Welt schwächlich aus. In ihnen gibt es Attraktionen, die das Auge bannen, die Aufmerksamkeit auf das, was auf dem Feld passiert, lenken. Es gibt dort reihenweise Szenen, die man *gerne sieht*, weil sich darin technische Meisterschaft, spielerische Eleganz oder schiere Kraft zur Schau stellt. Diese eigene Attraktivität dessen, was man einfach sieht, nimmt der anderen Welt atemberaubender Möglichkeiten die Brisanz. So gibt es Szenenapplaus im Fußball, wenn ein Spieler seinen Gegner fern vom Tor mit einem schönen Trick ausspielt; das flüssige Kombinationsspiel beim Eishockey; das Dribbling beim Basketball; die Wucht, mit der die Spieler beim American Football übereinander herfallen.

Wenn Michael Jordan Basketball spielte, hatte dies eine ästhetische Seite. Was er machte, mußte schön sein, um gut zu sein; wären seine Bewegungen plump gewesen, hätte er auch keinen Erfolg gehabt. Schöne Spielzüge mag es auch im Baseball geben. So wurde der 1999 verstorbene Joe DiMaggio in den Nachrufen dafür gerühmt, seinen Sinn für Ästhetik nicht nur bei der Wahl seiner Ehefrau Marilyn Monroe, sondern auch beim Fangen von Bällen zum Ausdruck gebracht zu haben. Freilich machten diese Nachrufe zugleich deutlich, daß DiMaggio in dieser Hinsicht eine Ausnahmeerscheinung war.

Man kann sogar sagen, daß dem Schönen beim Baseball der Ruch des Erfolglosen anhaftet. Unsereins wäre zum Beispiel stolz, könnte er einen Ball mit dem Holzschläger so treffen, daß er schön hoch in die Luft fliegt und dann irgendwo hinten im Feld aufkommt. Bei so einem Schlag hätten die Gegenspieler aber reichlich Zeit, sich in Position zu bringen, so daß der Ball, bevor er auf dem Boden aufkäme, schon in der Luft abgefangen würde. Damit aber hätte man schon ausgespielt. Da ist es viel ergiebiger, den Ball schräg nach unten wegzudreschen, so daß er flach über das Feld hüpft und man zum nächsten *base* kommt, bevor die gegnerische Mannschaft den Ball unter Kontrolle hat.

Baseball bietet nicht viel fürs Auge, es hält nicht den Trost bereit, den man aus einem schönen Spielzug schöpft, mag er unter Umständen auch unergiebig sein. Es handelt sich um ein trostloses Spiel. Darin kann man aber auch einen Vorzug sehen. Denn jeder Trost ist natürlich ein fauler Trost. Man wird abgespeist mit etwas anderem, statt das Echte zu bekommen – etwa mit bloßer Optik. Wenn man sich im Augenschmaus verliert, wird man abgelenkt vom Unsichtbaren, das in der Zukunft liegt. Im Baseball kann es jederzeit seinen großen Auftritt haben – bei jedem einzelnen Wurf, über hundertmal pro Spiel. Nirgends sonst ist der Kontrast größer zwischen dem, was passiert, und dem, was passieren könnte – zum Beispiel dem Schlag über den Stadionrand. Baseball ist das einzige Spiel, in dem man dafür honoriert wird, ein Spielgerät aus dem Stadion zu entfernen. Die Grenzverletzung ist Planziel.

Stellen wir uns vor, wir seien im neunten, also letzten Durchgang eines Baseballspiels und die Heimmannschaft liege 0:3 hinten; drei Punkte Rückstand sind im Baseball eine Menge. Immerhin haben sich die Spieler dieser Mannschaft im letzten Durchgang schon auf alle drei *bases* vorgearbeitet. Nun steht ihr allerletzter Schlagmann an der *home plate*. Was ist das Bild, das man sieht? Draußen an den Ecken des *diamond* sieht man Spieler herumstehen, unruhig, aber auch untätig, scheinbar arbeitslos. An der *home plate* starrt der Schlagmann dem Werfer entgegen. Der hat auch nicht viel zu tun. Ihm würde es reichen, drei Bälle in die Trefferzone zu werfen, die vom Schlagmann verfehlt werden, und er könnte sogleich als Sieger nach Hause gehen. Nichts Ansehnliches wäre passiert, das Spiel wäre vorbei.

Bemerkenswert ist, was man nicht sieht: die unerhörte Möglichkeit, die in diesem Moment liegt, die außerordentliche Zukunft, für die alles nur als Vorbereitung dient. Alles spitzt sich zu auf den einen Moment, da der Ball geworfen wird. Die öde Szenerie ist der Stachel, der zu Bildern und Tönen anreizt. Das helle Krachen, mit dem der Holzschläger auf den Ball trifft und ihn ins Publikum drischt. Ein langer Flug. Jubel. Vier Punkte. Das Spiel wäre gewonnen.

Aber was hätte man gesehen, wenn es tatsächlich so gekommen wäre? Doch wiederum nicht allzuviel. Ein Ball wäre weit geflogen (das kennt man vom Golfspiel), und dort, wo er auf der Tribüne einschlägt, hätte sich eine Menschentraube gebildet, weil alle ihn hätten erwischen wollen (das kennt man vom Karneval, wenn Bonbons unters Volk gestreut werden). Ein, zwei, drei, vier Spieler wären gemächlich nach Hause gelaufen, am Ende der Held, der den anderen mit seinem *home run* den Weg freigemacht hat. Jeder von ihnen hätte einen Punkt erzielt und aus den drei Punkten Rückstand wäre ein Punkt Vorsprung geworden. Einen erhebenden Anblick, der zeigte, wie der menschliche Körper sich im Sport hervortut, kann man das nicht nennen.

Wenn der Bauch über dem stramm geschlossenene Gürtel herausquillt, beeinträchtigt dies das Renommee eines Baseballspielers doch in keiner Weise. Im Jahr 1998 haben zum Beispiel zwei Baseballspieler epochale Leistungen vollbracht: Mark McGwire von den St. Louis Cardinals brach den jahrzehntealten Rekord für die meisten *home runs* in einer Saison, David Wells von den New York Yankees gelang ein sogenanntes *perfect game*, hat also als Werfer das Kunststück fertiggebracht, keinem einzigen Gegenspieler in einem ganzen Spiel auch nur der Weg zum ersten *base* zu erlauben. Beide Helden würden von der Optik her besser ins Wirtshaus oder an eine Tankstelle passen als ins Stadion. Die Faszination von Baseball liegt jenseits der Optik, jenseits der physischen Erscheinung der Spieler. Das heißt dann aber, kurz gesagt: Baseball ist nichts anderes als ein *meta-physisches* Spiel. Die physische Welt, die man wahrnimmt, ist nur interessant als Sprungbrett, das in eine andere führt.

Nun kommt es natürlich auch beim Fußball zu brenzligen Situationen, in denen der Reporter in der Regel sagt, daß ein Tor in der Luft liegt (ein Tor also, das man auch nicht *sieht*). Diese Situationen sind aber chaotischer, unzuverlässiger, kurzlebiger als im Baseball. Hier bekommt die Chance selbst einen festen, aufdringlichen Platz – nämlich in Gestalt der Spieler, die schon draußen auf den *bases* stehen. Wenn sie sich dort draußen lange Minuten für den Spurt zum nächsten *base* bereithalten, sind sie nichts anderes als die Abgesandten, die Repräsentanten der virtuellen Welt im Stadion. Scheinbar haben sie schon etwas erreicht, doch dies ist null und nichtig, wenn sie den weiteren Weg nicht schaffen und unverrichteter Dinge wieder in den Unterstand zurückkehren müssen. Ihre Existenz gewinnt Sinn nur aus der Zukunft, in der vielleicht einem Teamkameraden noch ein Treffer gelingt und sie endlich nach Hause rennen dürfen. Diese stabile Zurschaustellung der reinen Chance gibt es nur im Baseball.

In seinem Roman *Unterwelt* beschreibt Don DeLillo den Moment davor, wenn *alle auf den Werfer warten*, dessen *Gesicht (...) eine einzige Vorahnung* ist. Und *der Unterschied kommt, wenn der Ball geschlagen wird. Dann ist nichts mehr wie zuvor. Die Männer geraten in Bewegung, springen aus der Hocke auf (...). Und auch die Menge befindet sich in diesem verlorenen Raum, die Menge, die sich in jener Tausendstelsekunde wandelt, wenn der Schläger und der Baseball aufeinandertreffen.* Der Reiz dieses Spiels liegt darin, womit Don DeLillo seine Beschreibung beginnt: eben in einem Leben, das *eine einzige Vorahnung* ist. Zu ihm gehört ein Verständnis der Zeit, das all denen fernsteht, die ganz in der Gegenwart leben, von der Zukunft nur die Wiederkehr der Vergangenheit erwarten oder sich vom Strom der Zeit treiben lassen. Anthony Bartlett Giamatti, ein Literaturprofessor, der zunächst zum Präsidenten der *Yale University*, dann (noch besser!) zum Präsidenten der *National League*, einer der obersten amerikanischen Profi-Ligen, aufstieg, sagt: *Jedes Spiel beginnt von neuem – jedesmal wenn der Werfer wirft und der Schlagmann schwingt.*

*

Das, was möglich ist, macht den Spielern ihre Existenz erträglich, die doch üblicherweise eine Kette von Demütigungen ist. Viele warten Monate auf einen *home run* oder bestreiten ein ganzes Spiel, ohne einmal den Ball zu treffen. Dem Scheitern werden großzügige Möglichkeiten eingeräumt in diesem Spiel. So darf, wie erwähnt, der Werfer viermal ganz an der Trefferzone vorbeiwerfen; erst dann hat er ausgespielt und schenkt dem Schlagmann den *walk*, der ihn ohne eigene Leistung zum ersten *base* bringt. Umgekehrt genügen dem Werfer schon drei Treffer, um seinen Gegner in den Unterstand zurückzuschicken. Der Weg zum Erfolg ist kürzer als der zum Scheitern. Das heißt freilich auch, daß lange Phasen des Spiels eben dem Scheitern gewidmet sind. So ist der Alltag des Baseballspielers, der in der Saison fast jeden Abend stundenlang im Stadion zubringt, eintönig – aber doch nicht wie der des Fabrikarbeiters, bei dem sich tagein, tagaus die Handgriffe wiederholen, eher vielleicht wie der des Arbeiters, der Lotto spielt. Anders als beim Lotto hat man es beim Baseball aber selbst in der Hand, den Treffer zu erzielen.

Wenn dem Scheitern viel Raum gegönnt wird, so sind umgekehrt dem Gelingen auch keine Grenzen gesetzt. Nicht nur darf man den Ball nach Belieben weit schlagen. Wenn alle Spieler einer Mannschaft ohne Unterlaß träfen, wenn keiner je ausschiede, dann nähme der große Reigen an der *home plate* gar kein Ende. Ein Baseballspiel kann theoretisch unendlich lange dauern – getreu der Empfehlung Shakespeares: *Zeit sei dein,/ Und eigne Zierde; nutze sie nach Lust!* Dieses Spiel kennt keine Fristen, es wird nicht in Minuten gezählt. Zeit ist im Baseball, wie A. Bartlett Giamatti bemerkt hat, tatsächlich eine *grenzenlos verfügbare Ressource*: *Wie das Wasser und die Wälder, wie unser Land selbst ist die Zeit anscheinend immer verfügbar.*

Die Verfügbarkeit der Ressourcen in diesem Land hält viele Amerikaner – in ganz anderen Lebensbereichen – davon ab, ökologische Probleme ernst zu nehmen. So ist auch Baseball in gewissem Sinne un-ökologisch: Dieses Spiel hält sich nämlich nicht an die Regeln, die im Haushalt (*oikos*) der Natur für das menschliche Leben vorgesehen sind. In dieser Spiel-Welt wird die schmerzlichste Grenze, die dem Leben in *dieser* Welt gesetzt ist, einfach aufgehoben: die Zeit.

Zwar steht Baseball mit dieser Unendlichkeit nicht ganz allein. Auch ein Tennismatch kann theoretisch endlos dauern, wenn nur kein Spieler in der Lage ist, die zwei entscheidenen Punkte Vorsprung herauszuschlagen. Diese Unendlichkeit im Tennis tritt aber nur in einem Spiel ein, das ohne Unterlaß auf des Messers Schneide steht. Dagegen kann die Unendlichkeit im Baseball auch durch jubilierendes Gelingen zustande kommen: Wenn nur immer alle treffen, nimmt das Spiel einfach kein Ende. Ein Baseballspiel kann 1:0 ausgehen, aber – *theoretisch* – auch 1000:0 oder 800:798. (Es ist wohl überflüssig zu sagen, daß solche Ergebnisse nie wirklich vorkommen. Es geht ja gerade nicht um Wirklichkeit, sondern um Möglichkeit.)

*

Wo wäre eine Debatte über die virtuelle Realität von Baseball besser aufgehoben als in *science fiction?*

Einer der Helden der Fernsehserie *Star Trek* ist *Lieutenant Commander Benjamin Sisko*. Er befindet sich am Rand des Weltraums, in *Deep Space Nine*, und hat den Auftrag, auf dem vom Krieg heimgesuchten Planeten *Bajor* Ordnung zu schaffen. Dort gerät er irgendwann in die Verlegenheit, einem *Alien* erklären zu müssen, wer er ist und woher er kommt. Sisko beginnt zögernd:

– *Wir gehören sehr verschiedenen Gattungen an. Es wird eine Zeit dauern, bis wir uns verstehen.*

Mit dieser Feststellung stößt er bei dem *Alien* freilich schon auf Unverständnis:

– *Zeit. Was ist das? Zeit…*

– *Man kann sagen*, so erklärt daraufhin Sisko, *daß ein Mensch letztlich die Summe seiner Erfahrungen ist.*

– *Erfahrungen – was ist das?*

– *Erfahrungen* seien, so sagt er dann, *Ereignisse aus meiner Vergangenheit. (…)*

– *Vergangenheit?*

– *Dinge, die früher als jetzt passiert sind. (…)*

– *Was* früher *als jetzt passiert ist, unterscheidet sich*, so wendet der *Alien* ein, *nicht von dem, was jetzt* ist *oder noch kommt. Es ist eine Existenz. (…)*

– Dann gibt es für dich also gar keine lineare Zeit. (...)

– ›Lineare Zeit‹ – was ist das? (...)

– Meine Art, so sagt Sisko schließlich, *lebt an einem bestimmten Punkt in der Zeit. Und wenn wir über diesen Punkt hinausgehen, wird er zur Vergangenheit. Die Zukunft – all das, was noch kommt – existiert für uns noch nicht. (...) Das ist das Wesen linearer Existenz. Jeder Tag beeinflußt den nächsten.*

Bei seinen angestrengten Bemühungen, dem *Alien* das Wesen des Menschen und der linearen Zeit zu erklären, verfällt Sisko schließlich auf ein Beispiel: Baseball.

– Ich werfe den Ball. Und dieser andere Spieler steht da mit einem Schläger und versucht, den Ball zu treffen. (...) Die Regeln sind nicht wichtig. Wichtig ist... es ist linear. *(...) Jedes Mal, wenn du diesen Ball dem anderen zuwirfst, können in diesem Spiel hundert verschiedene Dinge passieren. Er mag durchschwingen und daneben schlagen oder treffen... Der entscheidende Punkt ist, daß man das vorher nie weiß. Man versucht, etwas vorauszuahnen, so gut wie möglich eine Strategie zu entwickeln für all die Möglichkeiten, die sich ergeben könnten. Aber am Ende läuft die Sache darauf hinaus, daß man einen Ball nach dem anderen wirft und schaut, was passiert. Mit jeder neuen Folge beginnt das Spiel Form anzunehmen.*

– Und du hast keine Ahnung, wie diese Form aussieht, solange sie noch nicht vollendet ist?

– Das ist richtig, sagte Sisko mit wachsender Begeisterung: In der Tat würde sich das Spielen gar nicht lohnen, wenn man müßte, was dabei herauskommt. (...)

– Du schätzt *die Unwissenheit über das Kommende?*

Sisko nickte und brachte das, was er sagen wollte, zum Abschluß.

– Das mag das Wichtigste sein, das man beim menschlichen Wesen zu verstehen hat. Das Unbekannte bestimmt unsere Existenz. Wir sind immer auf der Suche – nicht nur nach Antworten auf unsere Fragen, sondern auch nach neuen Fragen. *Wir sind Erkundende. Wir erkunden unser Leben Tag für Tag, und wir erkunden den Weltraum.*

Die Umstände für diese Debatte zwischen Mensch und *Alien* sind in ihrer Doppelbödigkeit besonders reizvoll: Innerhalb einer virtuellen Welt, die sich der Mensch ausgedacht hat, verteidigt er eben die Idee, daß es so eine virtuelle Welt gibt, gegen einen (von ihm erdachten) Fremden, der davon nichts zu halten scheint. Er verteidigt seine Fähigkeit, sich andere Welten auszudenken – unter anderem eben auch die, in der er nun auf diesen Fremden trifft, mit dem er über Baseball debattieren muß.

Baseball ist die Schule, in der Amerikaner lernen, von Möglichkeiten besessen zu sein. Angesichts dieser Besessenheit ist es kein Wunder, daß dieses Land anderen überlegen ist, wenn es um die Entwicklung neuer Technologien geht, die virtuelle Welten jenseits von Zeit und Raum schaffen und ausnutzen. Die künstliche Realität ist ihnen so vertraut, daß man sagen könnte, sie sei ihr wahres Zuhause (ihre *home plate*).

Bei den im Text kursiv gesetzten Passagen handelt es sich durchweg um Originalzitate. Sie stammen aus folgenden Büchern: Don DeLillo, *Unterwelt*. Köln 1998; J. M. Dillard, *Star Trek – Deep Space Nine. Emissary*. New York u.a. 1993; A. Bartlett Giamatti, *A Great and Glorious Game. Baseball Writings*. Chapel Hill 1998; Philip Roth, *The Great American Novel*. New York 1973.

JAKOB STEPHAN

Lyrische Visite (14/1)

Bei jung und alt. Poetische Presseschau

Pechschwarze Grüße, liebe Leser. Eben zog hier im Bremischen die Sonnenfinsternis vorbei, während sie andernorts bedrohlich direkten Kurs hielt. »Die Totalität nähert sich jetzt Saarbrücken«, verkündete mit bebender Stimme ein Fernsehmoderator. Ja, meine Leser haben recht gehört. Bei Ihrem Lyrikdoktor verstrahlt der Fernsehapparat schon am hellen Tag sein vielfach facettiertes Licht. Wie so oft liefert die Television im Fall der Finsternis die besseren, weil klareren und einleuchtenderen Bilder der verschwiemelten Welt da draußen, als die Welt da draußen es in all ihrem Schwiemel selbst zu tun vermag. Außerdem ist eine völlige Verdunkelung der Mattscheibe weit wunderbarer als die Verfinsterung der Außenwelt. Dort wird es schließlich jeden Abend dunkel (wenn auch nicht immer auf gleiche Weise – siehe das Gedicht *Going* in Folge zwölf), während die bunte Welt der Sender allzeit weiterstrahlt.

Mancher glaubte denn auch den Weltuntergang kommen zu sehen. Aber solchen Schimären sitzt Ihr Lyrikdoktor nicht auf. Der sitzt ganz anderen Schimären auf. Nachdem nämlich der Schleier der Dunkelheit vom Bildschirm verflogen war, glaubte ich eine Veränderung zu bemerken. Etwas war anders als vorher, aber auch wieder nicht anders, wenn Sie verstehen, was ich meine. Sie verstehen es nicht? Kurz gesagt, ich hatte den Eindruck gewonnen, als wäre durch Himmelswink jenes Zeugnis menschlicher Anmaßung hinweggefegt worden, das mir seit Tagen wie ein Stachel im Stirnhirn saß: die Rechtschreibreform. Eilends begab ich mich zum Computer und drückte die entsprechenden Tasten. Es funktionierte! »Dass« mit sz. Begeistert hackte ich auf der Tastatur herum: »daß, daß, daß«. Ein Wunder war geschehen! Leider scheint es mal wieder keiner bemerkt zu haben. Am nächsten Morgen erbrachte die Lektüre der Zeitungen den enttäuschenden Befund, das alles weitergeht wie zuvor beziehungsweise wie vor kurzem eben noch nicht.

*

Ansonsten waren die neuen Zeitungen voll von den Wundern der Dunkelheit. Mit ganz besonderen Erscheinungen prunkte, wie so oft, das Feuilleton der *Frankfurter Allgemeinen Zeitung*. Durs Grünbein berichtete aus Berlin über eine *Sonnenfinsternis mit Hund*, Raoul Schrott aus seinem irischen Domizil Cappaghlass über *Sonne, Mond und Regengüsse* (natürlich residiert dieser junge Dichterfürst nur an Orten mit mindestens dreisilbigen, von mindestens zwei Doppelkonsonanten akzentuierten Namen, die mindestens einen attraktiven Kehl-, Zisch-, Keuch-, Heul-, Nasal- oder Röhrlaut enthalten müssen). Naturlyrik in Zeitungsprosa! Finsternis in Aspik! Aber was heißt hier Prosa. Lyrik war's, reines Verswerk, das da von einer unachtsamen Redaktion zu platter Prosa zusammengetrieben und anschließend, ohne Rücksicht auf das Schreien der Zeilen, in Spaltenbreite umbrochen worden war. Ihrem Lyrikdoktor ist es in einem speziellen Geheimverfahren gelungen, die gröbsten Entstellungen zu beseitigen. Mit heftig pochender Premierenfreude (man soll ja seine Abneigungen pflegen) kann er nun die Gedichte unserer beiden lyrischen Sonnen- und Schattenkönige einer sicherlich schon ungeduldig wartenden Öffentlichkeit unterbreiten. Beginnen wir mit Grünbeins urbanem Opus:[1]

Die Zeit ist eine Spanne von wenigen
Minuten
am elften August 1999, kurz nach halb ein
Uhr am Mittag.
Dämmert es schon? Nein, sich dumm stellen hilft nichts.

Jeder weiß längst Bescheid,
flächendeckend hat sich die Hysterie
ausgebreitet,
jetzt trifft man nur noch Experten.

Jeder ein Astrophysiker, ein Kenner der
Himmelsmechanik.
Ein paar hundert von ihnen haben sich auf
dem Platz versammelt.
Die mit dem größten Teleobjektiv geben
sich beinah gelassen.

Dann geht ein Radfahrer mit einem Hund
durchs Bild.
Mochte Franziskus von Assisi die Arme
gen Himmel strecken,
dem Mann ist nicht mehr nach Sonnengesängen zumute.

Er weiß, der Mensch als Individuum
kann nur verlieren, wenn etwas jedermann
in Hypnose versetzt.
Tag und Nacht sind die ehernen Phasen.

Sind das Kopfschmerzen, diese Schauer,
die über die Hirnrinde laufen, oder nur
eingebildete Schatten?
Die Omega Seamaster zeigt zwanzig vor
eins,
aber die innere Uhr scheint empfindlich
erschüttert.
Der Mann hat genug gesehen. Er schwingt
sich aufs Rad, und
mit dem Hund im Wettlauf, fährt er im
Slalom davon.

Später auf einer Parkbank, das schläfrige
Tier neben sich,
atmet er auf. Das Schönste an einer
Sonnenfinsternis
ist der blaue Himmel danach.

Leider nicht gereimt, aber immerhin. In den weit ausgreifenden Terzinen erkennen wir einige Markenzeichen Grünbeinschen Schreibens wieder, wie zum Beispiel die beherzte Trivialisierung von medizinischen Begriffen (»Hysterie«, »Hypnose«), das gelenkige Jonglieren mit unausgefüllten Bildungszitaten (»Franziskus von Assisi«), das beiläufige Vorzeigen von Weltläufigkeit (»Omega Seamaster«) und eine Moral, die nahe am Textausgang zum Abholen bereitliegt (»Das Individuum kann nur verlieren«), ehe das Werk nach allerlei trivialphilosophischem und pseudopoetischem Quark (»Sind das Kopfschmerzen, diese Schauer«) mit erbaulichen Sinnsprüchen schließt. (Das Schöne daran ist das Schöne danach).

Ja, ja, die ehernen Phrasen des Lebens. Seltsam nur, daß Grünbein den Sonnenguckern am Berliner Breitscheidplatz genau das vorwirft, was er selbst praktiziert, nämlich das Protzen mit naturwissenschaftlichem Oberflächenwissen. Aber recht hat er doch: Sich dumm stellen hilft nichts. Dumm *sein* muß der Dichter, zumindest partiell gehirnlappenmäßig, damit die Grünbein-Poesie in ihrer jüngsten Ausprägung, nämlich »nach den Satiren«, auch richtig ins Fettnäpfchen flutscht beziehungsweise mit der Präzision einer »Omega Seamaster« dem endgültigen Flachsinn entgegentickt.

Nun aber zu Raoul Schrott, der in Cappaghlass schon ungeduldig wartet.

1 Wer dieses Gedicht und die beiden nachfolgend zitierten Stücke in der grob verballhornten »Original«-Form lesen möchte, besorge sich die F.A.Z. vom dreizehnten August 1999. Er wird bei der Lektüre entsetzt feststellen, daß die Redaktion nicht nur die von den Autoren intendierte Textgestalt ignoriert hat, sondern darüber hinaus auch belanglose Füllsätze dazwischenstreute. (Ganz zu schweigen von der philologischen Banausität, mit der die unverzichtbaren Datums- und Ortsangaben am Fuß der Schrottschen Poeme klammheimlich gekappt worden waren.)

Durs Grünbein *Foto Julia Scheiermann*

Raoul Schrott *Foto Isolde Ohlbaum*

Herr Schrott, können sie uns hören? Halli-Hallo? Entschuldigung, liebe Leser, ich fürchte, die Verbindung ist gerade unter der Last der Bilder zusammengebrochen. Wenden wir uns also... Wie bitte? Oh, eben erfahre ich, daß unsere Techniker den Kontakt doch noch herstellen konnten. Bedenken Sie jedoch, daß es zu gewissen Verzerrungen im Schriftbild kommen kann.

wenn die wolken aufbrechen, kommt das
licht über den ginster auf dem hügel · es ist
satt

es tropft auf das gras wie honig süß wie ein
nachgeschmack jener dinge die waren
der wind rührt nur wenig daran zumindest
nicht

an diesem morgen · im tiefstand der ebbe
ist die
roaringwater bay noch ein halb grüner
halb blinder

spiegel hinaus bis cape clear wo die erste
irische kirche steht · solange wie die sonne
in den
wolken bleibt so lange habe ich für diese
zeilen

schwaden von wolken liegen bis zur kimm
· aber
der wind den eine sonnenfinsternis mit
sich bringt
wird sie für einen blick auseinander treiben

das licht aber das durch die litzen im laub
über meinem kopf dringt wird nicht mehr
in lachen auf
den boden rinnen sondern sicheln von
sonnen verstreuen

cappaghlass, 11.8.1999, 11.00 a.m.

Bitte sehr: der Flaneur im ländlichen Umfeld – weniger exquisit als in seiner urbanen Ausführung, dafür angemessen matschig in Syntax und Bildwahl. Süßigkeit tropft honiggleich aus jeder seiner Wahrnehmungen – es ist ja *seine* Wahrnehmung, also muß sie doch kostbar sein, nicht wahr? Gott sei dank verläßt Schrott sich nicht allein auf ländliche Impressionen. Hübsche Spiegel- und Lichteffekte hat er mitgebracht, die ergeben nun zusammen mit dem Dunst, der aus brauner Krume dringt, ein schönes Blendwerk. Vielleicht gar, wie es an anderer Stelle im

Text heißt, »ein trompe l'œil, das Sonne und Mond als Fluchtpunkt einer schulmeisterlichen Projektion vor Auge zu führen versucht«? Wie auch immer: Der archaische Glaube an die poetische Kraft der Alliteration (Licht, Litzen, Laub, Lachen) lebt in diesen kantigen Versen ungebrochen fort. Auch die Strophenform des Gedichtes ist der Forschung bekannt: In zwei Stücken des dreiteiligen Zyklus *Petrarca – Mont Ventoux*, enthalten in Schrotts Band *Tropen*, war der Wortvorrat nach gleichem Schema sortiert.

Anders als der urbane Grünbein hat der ländliche Schrott der Frankfurter Feuilletonredaktion nicht nur ein, sondern gleich zwei Gedichte zukommen lassen, noch dazu in denkbar gegensätzlicher Stillage. Dem erwartungsvollen, abgeschieden-solitären Aufspannen und Spreizen des lyrischen Wahrnehmungsapparates vor dem großen Ereignis folgt alsbald der Abgesang auf die Sonnenfinsternis. Er schallt in Form eines rauhen Shanties aus dem küstennahen Pub.

bei hacketts versammelt sich die klientel
es gibt einen eclipse-cake schokoladenkuchen
mit schlagrahm und einen eclipse-cocktail
kahlua baileys cointreau und cherry brandy
keiner hat etwas gesehen in dem regen nicht
einmal richtig dunkel ist es geworden nur
ein bisschen gedämmert hat es wie eine
gewitterwolke wenn man's nicht wüßte hätte
man nichts bemerkt

die bretonen die in der fischfabrik arbeiten
sind da pascal der seinen flug versäumt hat
nadèche die schon das dritte Mal versucht
zu telefonieren die zwergin pauline die das
quiz am montag leitet ant der still und
unerschütterlich lächelnde türke ist mit
jenny verheiratet die im sommer den pub
führt und im winter in ankara unterrichtet
der dorfcasanova flucht
ein haufen narren die nach gott weiß was
suchen und gott weiß was gefunden haben donnert
pat nach dem dritten glas mir ist es für den
sinn des lebens noch zu früh aber er lässt
nicht locker will wissen woran ich glaube
weder an das eine noch an das andere weshalb
ich dann schreibe wegen dem rothaarigen mädchen
dort ihren augen mit denen sie nicht weiß wohin
aber das geht ihn nichts an

draußen schüttet es es regnet in strömen die
götter im verein unsichtbar in den wolken

cappaghlass, 11.8.1999, 1.00 p.m.

Der Feingeist mischt sich bei Bedarf auch unters Volk, sofern es nur pittoresk und polyglott genug ist – wer hätte das gedacht? Alle, die Folge acht meiner Kolumne aufmerksam gelesen haben, nehme ich an.

*

Es ist ein Weilchen her, daß ich von meinem teuren Neffen Dennis-Coriolan berichtet habe. Dies geschah aus dem einfachen Grund, daß es viel nicht zu berichten gab. Deco ging seinen läppischen betriebswirtschaftlichen Studien in der Hauptstadt nach, indes ich in meiner norddeutschen Pensionärshöhle mit den Dämonen der Dunkelheit und der Toastlosigkeit zu kämpfen hatte. Dann jedoch, eines dunstigen Nachmittags im Frühherbst vergangenen Jahres, ich war in Gedanken gerade unterwegs nach Hull und zu Philip Larkin, riß mich das Klingeln des Telefonapparates aus meinen Tagträumereien. Deco war an der Strippe.

»Hallo, Onkelchen! Ich dachte, ich komme eben mal auf einen kurzen Sprung bei dir vorbei.«

Vorbei, vorbei die Tage produktiver Einsamkeit, denn Deco stand bereits am

Bremer Hauptbahnhof und winkte, während er diese Worte in sein Handtelefon flötete, ein Taxi heran. Der kurze Sprung dauerte dann fast zwei Wochen, während welcher sich mein Neffe, das muß ich schon sagen, in vorbildlicher Weise um meinen Hausrat kümmerte. Alle Lampen, die während der vergangenen Jahres meines nachtwandlerischen Daseins erloschen waren, erstrahlten alsbald mit unangenehmer Intensität; auch das zum Rösten schwammiger Weißmehlschnitten bestimmte Gerät verbreitete nach einigen Operationen, die Deco mit einem Schraubenzieher durchführte, die altbekannten würzigen Frühstücksdüfte. Soweit die Tage. Wie ganz anders die Abende! Während unserer Mikado-Partien am knisternden Kaminfeuer gestand Deco mir sein neu erwachtes Interesse an der Literatur, insbesondere eine rezidivierende Adoration des bereits zu Schulzeiten vergötterten Thomas Mann. Selbstverständlich begrüßte und beförderte ich diese Neigung nach Kräften.

An einem jener gülden umflorten Tage begaben wir uns in die Stadt, um für mein drastisch angestiegenes Schreibpensum das passende Gerät zu kaufen. Das passende Gerät, so versicherte Deco, sei ein Personal-Computer. Tölpelhaft wies ich darauf hin, daß ich seit der Kündigung von Frau Hoppe, die irgendwo in der Ferne einen eigenen Laden eröffnet hat, gar kein Personal mehr beschäftige. Doch Deco lächelte nur in sich hinein und hieß mich Vertrauen haben: »Ich mach' das schon, Onkel Jakob.«

Was er dann auch tat. In einem Fachgeschäft für Computer entspann sich folgender denkwürdige Dialog zwischen meinem Neffen, einem seltsam unzugänglich wirkenden Verkäufer und meiner Klitzekleinigkeit.

»Soll es ein Pentium MMX oder ein Pentium zwei sein?« fragte dieser ausgezehrte Mensch, einen Blick aus seinen blutig unterlaufenen Augen auf Deco werfend.

»Was willst du haben?« wandte sich Deco an mich.

»Wo liegt denn der Unterschied?« drehte ich das Fragenkarussell weiter. Hilfesuchend sah ich den Blutunterlaufenen an.

»Der MMX ist im Prinzip bloß ein Pentium der ersten Generation mit verbesserter Multimediapower. Den Pentium zwei kann ich ihnen mit einer Ramleistung von dreihundert Megahertz und mit superschneller Viergigabytefestplatte für einen Toppreis von dreitausendachthundert Mark anbieten. Eine Flashpoint-Drei-D-Karte wäre da schon mit drin.« Erschöpft senkte der Hohlwangige seine Zähne in die blutigen Betten seiner Nägel.

Ich war verunsichert. »Ist ein Pentium zwei besser als ein MMX?« flüsterte ich Deco zu.

»Na ja, er ist schneller.«

»Heißt das, ich kann damit mehr Buchstaben schreiben?«

»Buchstaben sind nicht so sehr das Problem, weißt du. Aber du hast zum Beispiel bei Multimediaanwendungen und Internetfeatures eine bessere Leistung. Manche Spiele laufen überhaupt erst ab zweihundertvierzig Megahertz Ram.«

»Aber Deco, du weißt doch, daß ich mit Spielen bestens versorgt bin. Oder hast du an meinen handgeölten japanischen Mikado-Stäbchen etwas auszusetzen?« Ich war ein bißchen beleidigt.

»Nein, nein, Onkel Jakob. Deine Stäbchen sind schon o.k. Aber du könntest dann zum Beispiel ein Schachprogramm kaufen.«

»Ich habe doch schon ein Schachspiel.«

»Ja, aber beim Computerschach kannst du auch alleine gegen den Rechner spielen. Außerdem bietet es animierte Zugszenen und individuelle Stimmausgabe für jede Schachfigur.«

»Und was wird aus Roy, meinem neuseeländischen Fernschachpartner, wenn ich nur noch gegen unbelebte Gegner spiele?«

»Zum einen bist du keineswegs darauf beschränkt, gegen den Rechner zu spielen. Neuere Gamesoftware bietet meistens eine Multiplayeroption für LAN-, BBS- oder Internetverbindungen. Wenn Roy ebenfalls über eine Internetanbindung verfügt, könntet ihr eure Partien also auch über das Netz austragen. Zum anderen hättest du die Möglichkeit, deine Züge gegen Roy vom Programm durchrechnen zu lassen. Vielleicht würdest du dann endlich mal gegen ihn gewinnen. Drittens schließlich…«

»Moment mal!« Ich unterbrach Deco mit einer schneidigen Handbewegung. Vor meinem inneren Auge zeichnete sich eine globale Verschwörung von ungeheuerlichem Ausmaß ab.

»Glaubst du, daß Roy womöglich auch…« Ich holte tief Luft. »Ich meine, daß er so ein Dings, so einen Pentium hat und den immer die Züge gegen mich ausrechnen läßt? Daß er deshalb immer gewinnt? Und daß Gilbert aus London und Lance aus Witchita das auch so machen?«

»Klar, schon möglich.«

Noch so eine schneidige Handbewegung, und ich hörte mich sagen: »Dann brauche ich den leistungsstärksten Rechner, den sie hier haben!«

Das brachte den Gelbgesichtigen ins Leben zurück.

»Heißt das, sie nehmen den Dreihunderter?«

»Wenn ich damit auch wirklich schnell schreiben kann.«

»Kein Problem. Ein Softwarebundle mit Microsoft Super Office Exchange und dem Silverscreen Turbo Dynamite Highpower Explosion Expansion Pack ist im Preis inbegriffen. Müssen Sie aber noch selbst installieren.« Sprach's, karrte einige Kartons von der Größe eines Einfamilienhauses heran und wandte sich wieder einem Monitor zu, aus dem schon die ganze Zeit das liebliche Geräusch knatternder Maschinengewehre im Verein mit dem Grollen tollwütiger Hunde gedrungen war.

So starre ich also seit einigen Monaten auf einen Monitor statt auf ein Blatt Papier und frage mich gelegentlich, wieso Schreibmaschinen neuerdings soviel teurer sind als früher. Das Fernschachspielen habe ich mittlerweile aufgegeben. Es verlor einfach jeden Reiz, nachdem ich immer gewann. Auch die gehetzte Übermittlung von Schachzügen via elektronischer Post finde ich enervierend. Das einzige, was mich mit meinem Computer aussöhnt, liegt in Gestalt einer silbernen Scheibe neben der Tastatur. *Classic Poems* lautet der Titel einer englischsprachigen CD-ROM aus der Reihe *Great Works of World Literature*. Der Begriff »Weltliteratur«, obwohl bekanntlich von Goethe geprägt, bezieht sich in diesem Fall zwar nur auf Angelsächsisches, das dafür aber in reichlichem Maß und aus fünf Jahrhunderten vorhanden ist, von Chaucer bis zum Anbruch der Moderne, die etwa mit Poe markiert wäre. Enthalten sind tausend Gedichte, eine nur scheinbar überschaubare Anzahl. Was heißt schon »tausend«, wenn Miltons *Paradise Lost* als einzelnes Gedicht gilt. Darüber hinaus vermag die CD-ROM auf Geheiß schön lakonische Kurzbiographien von annähernd achtzig vertretenen Dichtern auf dem Bildschirm wiederzugeben. Offensichtlich ist dieses unscheinbare Speichermedium das Äquivalent eines vieltausendseitigen Wälzers. Praktisch, praktisch. Besser noch: Auch ein alter Lyrikfex wie ich kann darin so manche Entdeckung machen; zum Beispiel folgenden Gedichts von Ralph Waldo Emerson (1803–1882, leading American lecturer, poet, and essayist). Der Titel: *Die Tage*.

Töchter der Zeit, die heuchlerischen Tage,
Gedämpft und stumm wie barfüßige Derwische,
Und einzeln in endloser Reihe marschierend,
Tragen Diademe und Reiser in ihren Händen.
Einem jeden bieten sie Geschenke an nach seinem Willen,
Brot, Königreiche, Sterne und den Himmel, der sie alle hält.
Ich, in meinem verwilderten Garten, betrachtete den Pomp,
Vergaß meine morgendlichen Wünsche, eilig
Nahm ich ein paar Kräuter und Äpfel, und der Tag
Wandte sich und schied in Stille. Ich, zu spät,
Unter ihrem festlichen Haarband erkannte die Verachtung.

Zur Bequemlichkeit meiner Leser habe ich Emersons Verse unter häufiger Zuhilfenahme des *Oxford Advanced Learner's Dictionary* in ein hoffentlich angemessenes Deutsch übertragen. Eine gemächliche und erstaunlich befriedigende Beschäftigung, wie ich finde. Wer weiß, vielleicht wächst sich das Übersetzen ausländischer Poesie ja zur angemessenen Altersbeschäftigung für die nahen postkolumnistischen Tage des Lyrikdoktors aus. Wo ich schon einmal dabei bin, gleich noch eine Frucht meiner multilingualen Mußestunden. Tag folgt auf Tag, und an Emersons verachtungsvolle *Days* schließen sich die glückverheißenden von Philip Larkin.

Wozu sind Tage da?
Tage sind, wo wir leben.
Sie kommen, sie wecken uns
Immer und immer wieder.
Sie sind, um in ihnen glücklich zu sein.
Wo anders als in Tagen können wir leben?

Ah, die Beantwortung dieser Frage
Läßt den Priester und den Arzt
In ihren langen Röcken
Herbeirennen über die Felder.

*

Weg mit der digitalen Ware, her mit dem gedruckten Wort! Vor mir liegt, wie in vergangenen Folgen angekündigt, ein Band mit dem Titel *Das verlorene Alphabet.* Im Gegensatz zu dem, was der Titel anzudeuten scheint, enthält es gar nicht wenige Buchstaben. Ich habe nicht nachgezählt, aber so gut wie alle scheinen vorhanden zu sein. Auf Seite zweiundsechzig sehe ich eben das rare Ypsilon: Marcel Beyer. Auch das »sz« war zum Zeitpunkt der Drucklegung offenbar noch nicht verlorengegangen. Michael Braun (Jahrgang 1958) und Hans Thill (Jahrgang 1954) haben *Das verlorene Alphabet* herausgegeben, und ich weiß nicht recht: Wo soll ich die beiden Herren einordnen in das sinnreiche Altersgefüge der laufenden Folge? Alt? Jung? Sagen wir es so: Braun und Thill gehören zu denen, die gestern noch jung waren. Gestern, das war das Jahr 1988, als der Vorgänger von *Das verlorene Alphabet* unter dem Titel *Punktzeit* erschien. Ein Buch, das sich offensichtlich zum Sammlungsorgan einer ganz bestimmten Fraktion von Versespinnern berufen fühlte, nennen wir sie behelfsweise »Experimentalisten«. Das ist diesmal anders. Braun und Thill haben – vielleicht in der Befürchtung, sonst ganz schön alt auszusehen – auch Autoren von der vermuteten Gegenseite aufgenommen, was dann in Brauns Nachwort zu mancherlei possierlichen Verrenkungen führt. Braun schreibt

»Wie schön«, schreibt der Lyriker Dirk von Petersdorff in einem Brief an die Herausgeber, »daß Ihnen der Ehrgeiz, einer poetischen Tendenz zu Durchbruch verhelfen zu wollen, abhanden gekommen ist! Damit kann das geschichtsphilosophische Jahrhundert dann wirklich zu Ende gehen.« Das ist der ironische Zuspruch eines Autors, der in frivolen Provokationen seiner Zunft geübt ist ... Von Petersdorff selbst hat sich als energischer Verfechter einer Poetik der postmodernen Ironie zu erkennen gegeben – und er mag dabei Verbündete haben in Matthias Politycki, Steffen Jacobs oder Robert Gernhardt … Mit der naiven Wertschätzung der Postmoderne, dieses längst schon wieder verblaßten Phantoms, läßt sich aber keine Lyrik-Theorie mehr begründen … Und auch die schroffe Kritik an den sprach-archäologischen Grabungen und textuellen Schürfungen eines Thomas Kling, an den »Schädelbasislektionen« Durs Grünbeins oder an den fragilen surrealen Idyllen Jan Koneffkes greift zu kurz. All diese so extrem heterogenen Dichterstimmen: die von Jan Koneffke, Durs Grünbein, Barbara Köhler, Thomas Kling, Bert Papenfuß, Matthias Politycki, Steffen Jacobs, Robert Gernhardt – und natürlich auch die von Dirk von Petersdorff sind im »verlorenen Alphabet« vertreten. Wer denn nun wirklich der bessere Lyriker ist – darüber darf gestritten werden.

Was denn, erst Gedichte aufnehmen und dann im selben Band gegen deren Verfasser polemisieren? Dies wiederum lavierend und mit dem Hinweis darauf, der Leser werde all den frivolen Schund der vermeintlichen »Postmodernisten« Politycki, Jacobs, Gernhardt, von Petersdorff schon von Thomas Klings wertvollen »textuellen Schürfungen« (Klingonisch) unterscheiden können? Guter Stil ist das nicht. Und was soll die Zuordnung so unterschiedlicher Autoren zu einer Gruppe? Anders als im Kader scheint man bei Brauns vorerst nicht denken zu können.

Egal. Guter Stil findet sich eh nicht allzuoft im *Verlorenen Alphabet*. Schlechter Stil allerdings auch nicht. Die alten Kumpane und Kumpanessen geben den Ton an, und der ist meist weder schrill noch schön, sondern – wie gehabt – schlichtweg undefinierbar. Ein Gefühl der Unentschlossenheit wehte mich an, wann immer ich den Band durchblätterte. Weder Wohlwollen noch Unwille mochten sich in ihren reinen Form einstellen, statt dessen lustwandelten Taubheit und Lähmung ihres Weges zwischen Hirnschale und Fingerspitzen. Wie so oft bei unklar gemischten Gefühlen läßt sich auch hier die Stimmungslage am besten in Form von Versen darstellen. Sinnigerweise unter dem Titel *Anthologie*.

1. Wohlwollen

Einer schreibt.
Wir verstehen, was er sagt,
und wir erkennen seine Kunst.

(Gar nicht schlecht, wie er das macht,
leider manchmal etwas flach.)

Eine textet.
Wir ahnen, was sie sagen will,
und wir erkennen ihre Kunst.

(Sie geht an die Grenzen der Sprache,
leider nicht jedermanns Sache.)

Ein dritter dichtet.
Wir verstehen nicht, was er sagen will,
doch wir erkennen seine Kunst.

(Luzide, opak, grandios!
Leider ist sonst nicht viel mit ihm los.)

Soweit mein Empfinden nach einem ersten Durchgang des Bandes. Wer denn nun wirklich und mit Klarnamen die erwähnten drei Dichter wären, darüber darf, mit Michael Braun zu sprechen, gestritten werden. Ein aus Jan Koneffke, Barbara Köhler und, sagen wir, Paul Wühr gebildeter Dreier käme der Sache aber schon recht nahe.

Ich habe es natürlich nicht beim einmaligen Blättern belassen. Keineswegs! Vielmehr habe ich den Band, nachdem er einmal von vorn nach hinten zwischen Daumen und Zeigefinger der rechten Hand durchgerauscht war, noch einmal von hinten nach vorn rauschen lassen. Dabei ergab sich folgendes Resultat:

2. Unwille

Er –
wir verstehen, was er sagt,
doch wir erkennen keine Kunst.

(Immerhin: Sein Anliegen ehrt ihn.)

Sie –
wir ahnen, was sie meint,
doch wir erkennen keine Kunst.

(Immerhin: Sie hat es versucht.)

Und das hier?
Keine Ahnung, was das heißen will,
und von Kunst weit und breit keine Spur.

(Das muß Lyrik sein. Muß das immer so
sein?)

Das ist nun allerdings die Frage. Eher nein, würde ich sagen. Ein Weiteres liegt mir auf dem Herzen und will heraus: Wo Wohlwollen und Unwille sich die Waage halten, entsteht natürlich was? Genau, ein -

3. Widerstreit

Du nimmst das Buch,
das Buch ist leicht.
Ein Zweifel wächst,
Gewißheit weicht:
Ob das wohl für
Jahrzehnte reicht?

Schlägst du es auf,
schaut Kunst heraus,
doch Zweifel nagt
am Grund des Baus:
Wie schaut die klein
und schreckhaft aus!

Ist das noch schön?
Schon Prosodie?
Gewißheit tätschelt
sanft dein Knie:
Ist weder noch –
Anthologie.

Viel leerer Raum,
der Rest ganz leicht.
Gewißheit wächst,
ein Zweifel weicht:
Klapp du nur zu,
sag nur: Es reicht!

Doch für Jahrzehn-
te reicht das nie.

*

Nach dem großen Erfolg meiner Einzelfallbehandlung im letzten Heft (wie meine Zugehfrau sagte: »Gut, daß endlich jemand die rechten Worte für Grünbeins parfümierte Oberstufen-Poesie gefunden hat«) stehen diesmal zwei weitere exemplarische Fälle aus der Praxis des Lyrikdoktors zur Besprechung an. Die Befunde: »Ranschmeißer-Lyrik« und »Neue Gartenlaube«. Die Patienten: ein junger Hüpfer und ein alter, zäher Hase.

Einzelfall drei

Er war sein einziges Werk – und er wurde
nicht müde, es den Unverständigen in
brutal
strengen Worten zu flüstern. Er schrieb
nicht.
Aber er wußte, jede Zeit zeugt ihre
Propheten.
Und nur die Kunst spricht ein gerechtes
Urteil.

Sein Werk langweilte ihn nie. Denn seine
Überzeugung war: Die Welt liegt im
argen.
Aber nicht der gewöhnlichen Übel wegen
fror sein Herz: Der Grund lag im Verlust
der
Welten: Wirklichkeit ist das wahre Übel.

Er war das Kind in ihm, das glaubte: Die
Kunst ist der Weg. Aber die Kunst vermag
nichts. Und er fuhr fort, seine Werke zu
sein.

Armin Senser – was für ein Name! Ich weiß, ich weiß: Namenswitze sind verpönt. Hier aber geht es nicht um läßlichen Scherz, hier kann es nur um Neid gehen oder aber um neidlose Anerkennung: Wer als Dichter einen solchen Namen führt, der hat sein literarisches Debüt schon mit der Taufe vollbracht. Wenn er seinen ersten Gedichtband dann noch *Großes Erwachen* nennt, ist die Illusion vom Schnitter des lyrischen Mittagsschlafes perfekt.

Tatsächlich geht es Senser oft um große Dinge und ihren Zusammenhang im Lebensganzen. Doch ehe das Leben in den Blick der Kunst rücken kann, will im Leben erst einmal die Kunst berücksichtigt werden – zumindest für die Biographien der Dichter hat diese Aussage Geltung. Im ersten Kapitel seines Debütbandes arbeitet Senser sich denn auch an einigen Größen aus Literatur, Malerei und Philosophie ab: Brodsky, Auden, Montale, Kant, Hopper tauchen schon in den Titeln auf. So auch Joseph Beuys. Der Aktionskünstler muß sich beim großen Namedropping allerdings mit drei knappen Strophen begnügen, wo Auden drei lange Gedichtteile zugedacht werden und Edward Hopper dem Autor immerhin noch vier Strophen wert ist.

Der erste Vers trumpft mit einer Behauptung auf, die es in sich hat: »Er war sein einziges Werk«. Wie soll man die vermeintliche Synthese von Werk und Schöpfer verstehen? Als vollendete Kunstleistung oder als Egomanie; als völliges Aufgehen in der Kunst oder als höhere Unfruchtbarkeit? Der Dichter deutet an und schweigt. Immerhin, daß Durchsetzungskraft im Spiel sein muß, signalisieren jene Verse, die dem Leser etwas von »brutal strengen Worten« und »Propheten« flüstern. Der Einwurf »Er schrieb nicht« soll wohl die Einheit von Kunst und Biographie bekräftigen: Wer nicht schreibt, der nicht reflektiert. Wem die mit Notizen übersäten Skizzen von Beuys vertraut sind, wird sich an dieser Stelle freilich verblüfft den Kopf kratzen.

Die zweite Strophe führt das Versteckspiel von Beschreibung und Wertung fort. »Sein Werk langweilte ihn nie« behauptet Senser – das kann doch, dem Deutungsmuster der ersten Strophe entsprechend, nur heißen: Der Mann hat Gefallen an sich selbst gefunden. Ihn treibt die niemals nachlassende Motivation dessen, der sich zum Weltverbesserer berufen fühlt. »Denn seine Überzeugung war: Die Welt liegt im argen.« Mit dem Bonvivant Wildscher Prägung, der sein Leben gern als schönste aller Kunstleistungen betrachtet, hat ein derart angestrengt Berufener gewiß wenig zu tun.

Das Zitat am Schluß des Gedichtes soll Beuys vollends widerlegen: »For poetry makes nothing happen«, heißt es bei Auden; bei Senser steht nun: »Aber die Kunst vermag nichts.« Auch hier versichert sich der junge Debütant des Rückhalts bei den Alten: In der Paraphrase wird das Konzept einer gesellschaftlich engagierten Kunst à la Beuys verneint. Daß Auden sich mit den zitierten Worten nicht zuletzt gegen das eigene, politisierte Frühwerk wendet, stört Senser nicht. Er scheint solche literaturinternen Volten zu schätzen. Selbst das Titelgedicht von *Großes Erwachen* ist die Replik auf eine Replik – nämlich auf Joseph Brodskys *Große Elegie für John Donne*.

Im kennerischen Zwiegespräch mit den Großen fühlt Armin Senser sich wohl. Einen wie Beuys, der ganz aus sich selbst schöpfte, findet der Zitat- und Anspielungsartist hingegen suspekt. Doch zu Überheblichkeit besteht kein Anlaß. Vorerst ist der Debütant allzu angestrengt damit beschäftigt, den Tonfall der Großen nachzuahmen, als daß von nennenswerter Eigenleistung die Rede sein könnte. Schlimmer noch: Die zu Scheinversen geknickte Prosa des Armin Senser produziert nur vorgeblich Bedeutsamkeit. Wetten, daß *Joseph Beuys* ihn weniger Zeit gekostet hat als den Lyrikdoktor diese Zeilen?

Einzelfall vier

Daß du aufgehst,
das Innere verrätst,
der Rose
Schrecken davor.

Von woher, so jäh?
Stamm und Wurzeln
erklären nichts.

Behutsam wählst du,
fernab, die Farbe,
ihr Widerschein
findet sich nicht.

Manchen ist der Österreicher Alfred Kolleritsch als Herausgeber einer Literaturzeitschrift namens *manuskripte* bekannt, deren Titel mit der Progressivität vergangener Zeiten klein geschrieben wird. Damit verglichen, mutet Kolleritschs eigene lyrische Produktion erstaunlich konventionell an. So auch in seinem jüngsten Band *In den Tälern der Welt*: »Kräuter am Rain« wachsen unbeschädigt in diesen Tälern – jedenfalls so lange, bis der Dichter bildträchtige Risse im Idyll klaffen läßt: »Der Riß im Teich / am Ostermorgen« heißt es dann etwa, oder »Vogelschwärme / reißen die Luft auf«. Ob Luft, ob Teich – der Riß ist immer gleich: Wir erkennen in ihm jene gezielte Beschädigung, welche die klassische Moderne einst der Ästhetik vergangener Jahrhunderte beibrachte.

Fern weiß sich der solcherart gebrochene Dichter dem Vorwurf, er produziere naive Naturlyrik oder gar Erbauungsverse nach Art der *Gartenlaube*. Doch in Wahrheit entsteht genau dies: Das zeitgemäße Äquivalent einstigen bürgerlichen Ergötzens, mit zierlichen Seelensprüngen und erwartbaren Irritationen der Wahrnehmung einer veränderten Kundschaft angepaßt. Im vorliegenden Gedicht *Mit fremder Zunge* zum Beispiel in Gestalt einer leichthin dämonisierten Rose, die ein »Inneres« teils als erotische Metapher umspielt, teils als Sinnbild seelischen Intimlebens verbirgt.

Zum festen Repertoire des kunstgewerblichen Modernismus zählt auch das Klischee der Welt als Schrift (wahlweise der Schrift als Welt), die sich dem Verständnis des lesenden Ich je nach lyrischem Bedarf erschließt oder verschleiert. Andernorts *In den Tälern der Welt* ist dann von den »Vogelschwärmen« der Wörter die Rede, oder es kommt, wie im Titel dieses Gedichtes, eine »fremde Zunge« ins Spiel. Was die wohl macht? Knapp wird beschieden: »Stamm und Wurzeln / erklären nichts.« Im Zusammenhang mit dem erotischen Bild der aufgeblätterten Rose läßt der Dichter den Stamm scheinbar für sich stehen, tatsächlich aber doch stramm phallisch für etwas anderes: Sah ein Knab ein Röslein stehn.

Zum haftenden Bild, gar zur erotischen Miniatur will sich das alles nicht fügen. Kolleritschs Gedicht siedelt im Ungefähren, wie auch die mit einem »Daß« einsetzende Syntax der ersten Strophe signalisiert. Wo die Folgen und Voraussetzungen dieses »Daß« zu suchen wären, bleibt so offen wie der Sinn der dritten Strophe rätselhaft. Das Gedicht zahlt den Preis für soviel Unentschlossenheit: Weder Zuspruch noch Abneigung zu wecken will ihm gelingen. Eine gewisse Lyrikklientel wird das zu schätzen wissen: Gartenlaube mit aparten Rissen zu verkaufen.

*

Wer lange schreibt, fällt sich endlich selbst in die Arme. Wie zuletzt öfters, steht auch diesmal etwas Vergangenheitsbewältigung an. In Folge zwölf schrieb ich über den Literaturteil der *Zeit* folgende Sätze:

> Heute trägt die Belletristik-Abteilung des neu eingerichteten Zeit-Literaturappendix kurz und bündig den Titel »Roman«. Die Zeit, sie ist einfach gegen Lyrik, ganz gleich, ob in unmittelbarer oder vermittelter Form.

Entweder hatte ich nicht richtig hingeguckt, oder man holte mittlerweile Versäumtes nach beim Hamburger Intelligenzblatt (ein weiteres Wirkungszeugnis meiner Kolumne?). Neuerdings wartet die *Zeit* sogar mit einer »Lyrik« überschriebenen Seite auf. Nur für »Lyrik«! Außerdem für einen Herrn, den meine Leser kennen. Ich spreche von Robert Gernhardt, dem oft und gern gesehenen Gast auf diesen Seiten. Wie auch auf denen der *Zeit*. Auf der Lyrikseite vom 29. Juli 1999 zum Beispiel findet sich unter dem Hinweis auf einen Bildband für die Pressefreiheit (ja, liebe *Zeit*-Redaktion, Fotos können auch Kunst sein; nein, liebe *Zeit*-Redaktion, Fotos sind keine Lyrik) die fünfte Folge einer Reihe namens *Fragen zum Gedicht*. Als Autor firmiert Robert Gernhardt, doch als Held der Rubrik fungiert ein gewisser Lyrikwart, der die Bewohner des poetischen Hauses in mehr oder weniger strenge Zucht nimmt. Lyrikwart? Ja, Lyrik*wart*. In der fünften Folge weist der Wart mit freundlicher Geste auf mich, den Doktor, samt umrankender *Neuer Rundschau*:

Lyrikdoktor? Ja, Lyrikdoktor. Denn seit 1996, lange bevor der Lyrikwart erstmals zur Feder griff, veröffentlicht der Lyrikdoktor Stephan in besagter Dreimonatsschrift seine Lyrischen Visiten. Hartnäckig schürt der Fischer Verlag das Gerücht, der alte Herr Doktor, »1928 in Greifswald geboren«, veröffentliche unter dem Namen Steffen Jacobs und als deutlich jüngeres Semester selber Lyrikbände – halten wir uns lieber an die Tatsache, dass der in der zwölften Folge seiner durchweg bedenkenswerten Visiten befindet: »Ein Sonett zu machen ist eine einfach Sache… Gerade die rigide Formvorschrift macht es dem Bastler einfach: Man wähle ein Thema, assoziiere zwei nicht allzu ausgefallene Wörter dazu und finde für jedes der Wörter drei Reimwörter. Dann stelle man einen möglichst logischen Zusammenhang zwischen den insgesamt acht Reimwörtern her« – und schon hat man laut Stephan die zwei Quartette im Sack, denen nur noch die beiden Terzette zu folgen brauchen, und fertig ist das vierzehnzeilige Werk, der um 1350 von Petrarca zu erster Blüte geführte »kleine Tonsatz«, das Sonett.

Ich lüpfe meinen Hut, Monsieur! Sieht ganz so aus, als würden Sie dort weitermachen wollen, wo auch Ihr allzeit dienstbarer Lyrikdoktor schon war. Mir soll es recht sein. Schließlich sind sie ein paar Jährchen jünger als ich und haben noch Mumm in den Knochen!

Das Sonett also, schon wieder. Da bin ich wohl – Altersmüdigkeit hin, Rentner-Reverie her – in der Pflicht, den Nachweis für meine vollmundigen Reden von einst zu führen. Der Lyrikwart äußert nämlich Zweifel an der von mir behaupteten Leichtigkeit der Reimfindung. Er schreibt diesbezüglich:

Der Lyrikdoktor hält es für eine »einfache Sache«, vierzehn Zeilen mit dem Minimum von vier Ausgangswörtern zu bestreiten? Da kann der Lyrikwart nur zweifelnd das Haupt schütteln. Er hat's versucht, und siehe: es war doch eine ziemliche Arbeit.

Sicher ist es Arbeit; aber keine schwere. Das soll ich Ihnen erst mal beweisen? Bitte sehr. Lassen Sie mich rasch etwas von diesem ausgezeichneten Bordeaux nachschenken, und es geht – Rentner-Reverie hin, Altersmüdigkeit her – so vollmundig weiter wie eh und je.

Hoppala. Ich fürchte, da habe ich den Mund etwas zu voll und den Schritt zum Computer etwas zu flott genommen. Dieser Bordeaux ist nicht nur sehr gut, sondern auch sehr schwer. Ich beschränke mich also auf die beiden Quartette eines zu erstellenden Testsonetts. Mögen andere (Ludwig Harig zum Beispiel) die fehlenden Terzette dazuleimen. Der Anspruch auf Originalität liegt mir ohnehin fern. Der auf Formtreue aber nicht.

Ein Thema sollte mein Sonett dennoch haben. Bloß welches? Bitte, da liegt noch das Feuilleton der F.A.Z. vom dreizehnten August inklusive Schrott-Grünbeinscher Sonnenverfinsterung herum. Sogleich fällt mein getrübter, nein, geübter Blick auf eine Meldung der Deutschen Presseagentur. Aha, etwas aus der Welt der Musikfunktionäre:

Simon Rattle, designierter Chef der Berliner Philharmoniker, will nicht die Intendanz der Salzburger Festspiele als Nachfolger Gerard Mortiers übernehmen. Das erklärte der englische Dirigent in einem Interview mit dem Wiener Magazin News. Kunststaatssekretär Peter Wittmann hatte Interesse an einer Intendanz Rattles bekundet. Dieser begründete seine Entscheidung so: »Wie sie sich erinnern, habe ich soeben einen Job angenommen. Eine solche Doppelbelastung mag zu Karajans Zeiten funktioniert haben – in der modernen Welt ist dafür kein Platz.« Es wäre für die Festspiele auch »ein Schritt zurück«. Man müsse zudem »Masochist sein, um sich dieses Amt aufzuladen«.

Zwei Wörter fallen mir dazu ein: »Posten« und »Intendanz«, das eine mit weiblicher, das andere mit männlicher Endung. Nun noch rasch drei Reimwörter für jedes gefunden. Hm… »Intendanz« ist einfach: »Totentanz«, »Mummenschanz«, »Dissonanz« oder auch einfach »Glanz« bieten sich als reizvolle Begriffe mit direktem Bezug zur Welt des Theaters, der Musik und des Musiktheaters an. »Posten« bezeichnet eher die bürokratische Seite der Sache. Hier wird es seltsamerweise schwieriger. »Kosten« und »Osten« liegen als Hauptwörter nahe; die Verben »rosten« oder »frosten« überzeugen mich weniger. Hätte ich doch meinen Steputat, das probate Reimlexikon jedes Sonettebastlers, in Reichweite. Habe ich aber nicht (besitze gar keinen), muß es also auch so gehen. Entschädigt werde ich durch den behäbig fünfsilbigen, überdies dreihebig-trochäischen »Kunststaatssekretär«, der mir freundlicherweise einen halben Alexandriner schenkt. An die Arbeit:

> Sir Rattle sagte »No« zu ehrenvollem Posten.
> Ein Kunststaatssekretär bot ihm die Intendanz
> Zu Salzburgs ernstem Spiel, zu hehrem Mummenschanz.
> Der Musikus beschied: »Zu hoch sind mir die Kosten.«

Nicht schön, nicht geistreich, aber alles so, wie die Form es vorschreibt: die Verse alexandrinisch (sechshebige Jamben mit einer Zäsur nach der dritten Hebung), die Strophe umschließend gereimt (ABBA, aber nicht aus Schweden), die Reime schließlich im Wechsel zwischen unbetonter Endung (weiblich) und betonter (männlich). Vier Reimwörter kann ich jetzt von meiner Liste streichen. Bleiben noch »Dissonanz«, »Glanz«, »Totentanz« für die B-Verse sowie »Osten« und das Problem des vierten Reims auf der A-Linie. Ruhe bitte, Sir Rattle setzt seine Rede fort:

> »Längst bin ich ja bestellt in Deutschlands kargen Osten.
> Statt Bürokratenstunk und schriller Dissonanz
> erstrahle dort der Klang, verbreite sich der Glanz
> Urbaner Sinfonie. Egal, wie hoch die Kosten.«

Ich weiß, ich weiß. Die Wiederholung des Reimwortes »Kosten« ist ein Verstoß gegen das Gebot der Abwechslung. Andererseits, wird nicht gerade durch den scheinbaren Widerspruch zwischen der Aussage »Zu hoch sind mir die Kosten« und dem saloppen »Egal, wie hoch die Kosten« das thematisch geforderte Wechselspiel von These und Antithese in den beiden Quartetten eingelöst? Wird darüber hinaus nicht der weite Interpretationsraum zwischen einem als ideell (Strophe eins) und einem als materiell (Strophe zwei) zu definierenden Kostenbegriff eröffnet und damit das höhere, abstrakte Thema des Sonetts skizziert, das dann in den beiden Terzetten abschließend zu verhandeln wäre (etwa mit Reimen wie »fällt« und »Geld« als Anbahnung des Rattle-Zitats »in der modernen Welt«)?

Fragen über Fragen. Eines aber weiß ich, nach einem Blick auf die Uhr, mit Gewißheit zu sagen: Das Ganze hat exakt zweiundvierzig Minuten gedauert. War nicht nur einfach, sondern ging auch noch schnell! Jetzt müßte jemand ein weiteres knappes Stündchen erübrigen, und schon wäre die Welt um ein schlechtes, aber formgetreues Sonett reicher. Bitte Herr Harig, nur keine falsche Bescheidenheit.

*

Diejenigen unter meinen Lesern, die nun annehmen, daß die vierzehnte Abteilung hiermit ihr Ende findet, seien eines besseren belehrt: Sie endet nicht eher, als bis ich ein kleines Werkporträt des trefflichen Nicolas Born angefügt habe. In diesem bordeauxgetränkten Zustand aber kann ich unmöglich weiterschreiben. Lieber will ich eine kleine Schlummerrunde in meinem moosgrünen Ruhesessel einlegen. Die vierzehnte Folge geht dann – sofern die Deadline der mich umrankenden Zeitschrift nicht auch die meine ist – im nächsten Heft weiter, ehe sich wunderbarerweise die fünfzehnte unmittelbar anschließt.

Armin Senser: *Großes Erwachen.* Gedichte. Hanser Verlag, München und Wien 1999, 106 Seiten.

Alfred Kolleritsch: *In den Tälern der Welt.* Gedichte. Residenz Verlag, Salzburg und Wien 1999, 96 Seiten.

Michael Braun/Hans Thill (Hg.): *Das verlorene Alphabet.* Deutschsprachige Lyrik der neunziger Jahre. Verlag Das Wunderhorn, Heidelberg 1998, 256 Seiten.

Classic Poems. Great Works of World Literature. CD-ROM, bhv Verlags GmbH, http://www.bhv.net

WOLFGANG MATZ

Stéphane Mallarmé

Eine Nachlese zum 100. Todestag

Ganz am Ende von Marcel Prousts *Wiedergefundener Zeit* steht ein Satz, den man gerne als abschließendes Wort zu der alten Frage nach der Interpretierbarkeit von Leben und Werk eines Künstlers verstehen wollte, und besonders noch für einen Dichter, dessen Rätselhaftigkeit bis zum heutigen Tage unangetastet geblieben ist: »Das wahre Leben, das endlich entdeckte und erhellte Leben, also das einzige wahrhaft gelebte Leben ist die Literatur.« Doch je rätselhafter, hermetischer das Werk, desto rätselhafter und unverständlicher scheint auch das alltägliche, pragmatische Leben eines Mannes, der wie kaum ein anderer den Mythos des Dichters verkörpert hat und immer noch verkörpert, zugleich aber das banale, unauffällige Dasein eines kleinen Englischlehrers und Familienvaters führte. Und gerade mit dem Blick aufs Werk, auf dieses »wahre Leben« des Dichters, wird die offensichtliche Geheimnislosigkeit des realen Lebens zum eigentlichen Geheimnis der Existenz dieses Menschen Stéphane Mallarmé.

Wie stark die Faszination ist, die Mallarmé mehr denn je auszuüben vermag, zeigt sich bei einem Rückblick auf einiges von dem, was zum Gedächtnis seines hundertsten Todestages am 9. September 1998 unternommen und publiziert wurde, handelt es sich dabei doch keineswegs nur um wissenschaftliche Einzelheiten für den Spezialisten. Nein, wirft man einen Blick auf die Sondernummern auch populärer literarischer Magazine, auf Ausstellungen, Lesungen, Vorträge, Konzerte, Choreographien und Kolloquien, so könnte man glauben, Mallarmé, der

Dunkle, der Hermetische, sei inzwischen zu einem geradezu volkstümlichen Autor geworden. Aber ist Mallarmé tatsächlich ein *gelesener* Autor? Ist er nicht eher ein Mythos und ein Demonstrationsobjekt für alle möglichen Theorien der literarischen Moderne? Mallarmé, der Begründer der hermetischen Literatur, der Zerstörer des ursprünglichen Bandes zwischen Sprache und Wirklichkeit, Mallarmé, der Dichter einer metaphysischen, sprachphilosophisch begründeten *poésie pure* – das sind die Stichworte, auf die diese singuläre, aber auch repräsentative Gestalt ein für allemal festgelegt scheint.

Bemerkenswert ist da, daß nun, neben den publizistischen Aufregungen des Tages, vor allem solches erschienen ist, durch das Mallarmé wiederum als ein großer, nachprüfbarer Dichter erfahrbar und die Beschäftigung mit ihm auf eine neue Stufe gestellt wird: vor allem der Beginn einer neuen Gesamtausgabe und eine weitere, große Biographie; für den deutschen Leser der Abschluß der zweibändigen Werkausgabe mit den *Kritischen Schriften*.

Die Neuedition der *Œuvres complètes* in der Bibliothèque de la Pléiade war lange erwartet, und sie ist zu einem Ereignis ersten Ranges geworden. Schmal ist das Werk Mallarmés, aber groß ist die Menge des Unvollendeten, der Fragmente und schwer einzuordnenden Texte. Die editorischen Probleme, die daraus entstehen, sind durchaus nicht nur Quisquilien einer unersättlichen Wissenschaft, sondern sie bestimmen von der ersten Seite an das, was der Leser vor Augen hat. Auf dieser ersten Seite etwa findet er Mallarmés *Salut* nun wieder so, wie dieser ihn wollte, nicht als gleichrangigen Teil, sondern als hervorgehobenen Auftakt vor dem eigentlichen Beginn der Gedichte: »Rien, cette écume, vierge vers, / à ne désigner que la coupe…«

Fast alle bisherigen Ausgaben, auch die alte, 1945 von Henri Mondor besorgte Pléiade, hatten die vom Dichter selbst stammenden Kompositionen seiner wenigen Bücher aufgelöst und eigene Anordnungen geschaffen, in denen auch nachgelassene oder verstreut veröffentlichte Texte eingegliedert wurden. Bertrand Marchal ist für seine Neuausgabe, die mit dem Band der Dichtungen eröffnet wurde und mit einem zweiten der kritischen Schriften abgeschlossen werden soll, den Weg zu den Originalen zurückgegangen, und ihm dabei zu folgen wird zu einer außerordentlichen Entdeckungsreise. Die alte Pléiade bot für jedes Gedicht, jedes Prosafragment einen »definitiven« Text und brachte von den unzähligen Varianten nur eine kleine Auswahl, verborgen im Anmerkungsapparat; auch die Anordnung der von Mallarmé selbst zusammengestellten Bände *Poésies* und *Divagations* war nur aus diesem zu rekonstruieren. Marchal dagegen druckt zunächst die Sammlungen, wie sie Mallarmé selbst gewollt hat; darauf folgen Erstdrucke, Gedichte, die nur in Zeitschriften erschienen sind, sowie Varianten aller Art. Der Herausgeber nimmt dabei in Kauf, daß bestimmte Texte mehrfach auftauchen werden; der Leser aber wird es ihm doppelt danken, kann er doch beispielsweise zum ersten Male wieder den Band *Divagations* im Ganzen lesen, den editorische Sorgfalt sonst fast immer halbiert und einerseits den *Prosagedichten*, andererseits den *Kritischen Schriften* zuordnet.

Besonders deutlich wird das Verdienst der neuen Pléiade bei den nachgelassenen Schriften, darunter *Igitur*, Teile der *Hérodiade* oder die Fragmente für jenes seltsame metaphysische Großprojekt, das unabgeschlossene und unabschließbare absolute »*Buch*«. Die dunkle, fast unverständliche Erzählung *Igitur* etwa stand bisher so in der Pléiade, wie Mallarmés

Schwiegersohn Edmond Bonniot die Manuskripte 1925 aus dem Nachlaß herausgegeben hat: in einer Auswahl und Anordnung, die den Eindruck erweckten, der Leser habe es hier mit einem, bei aller Rätselhaftigkeit, immerhin strukturierten und halbwegs geschlossenen Werk zu tun. Marchals Neuausgabe zeigt, daß davon keine Rede sein kann. Was bisher in den gängigen Ausgaben – auch in den deutschen – zu lesen war, ist nicht mehr als der Versuch, aus unzähligen Fragmenten, aus gestrichenen und abgebrochenen Texten, das herauszuziehen, was einem ausformulierten Werk am nächsten kam. Auch in Zukunft wird man diese Versuche nicht missen wollen, die immerhin etwas Licht ins Dunkel bringen, aber das wirkliche Abenteuer ist es doch, Mallarmé Schritt für Schritt durch dies wahre *work in progress* zu folgen. Und am Ende wird einiges auch gerade dann deutlicher, wenn man es nicht als endgültige Formulierung liest, sondern als Zwischenschritt auf einem langen Weg mit unbekanntem Ziel.

Es ist nicht zuviel behauptet, daß Philologie hier zu einem wirklichen Abenteuer wird und der editorische Apparat zu einer selten spannenden Lektüre. Zu den verschiedenen Versionen der Werke, die jeweils bis zum »Ersten bekannten Zustand der Gedichte« zurückführen, tritt für die unvollendeten Werke eine Abteilung »Transkriptionen«, in denen die Manuskripte mit allen Streichungen, Hervorhebungen und natürlich auch Fehlern getreu wiedergegeben werden. Gerade aus den Spuren der Arbeit aber, den Varianten, kleineren und größeren Veränderungen, läßt sich vieles auch für den Sinn der späteren, publizierten Fassungen erraten, wenn man nämlich voraussetzt, daß diese Varianten Figuren eines Umkreisens, vielleicht auch einer immer dichteren Annäherung des Poeten an das Gemeinte darstellen.

Was für *Igitur* gesagt wurde, gilt, übertragen, für diese *Œuvres complètes* im Ganzen; wo Henri Mondor eine Fassung letzter Hand konstruierte, die es in Wirklichkeit nie gegeben hat, da zeigt Bertrand Marchal Gedichte und Prosa so, wie sie Mallarmé hinterließ: Kein monolithisches Werk, sondern Fragmente, die sich in ständiger Bewegung befinden.

Der hundertste Todestag ist auf diese Weise auch zu einem Generationswechsel in der Mallarmé-Forschung geworden. Über Jahrzehnte war Henri Mondor, Mitglied der Académie Française, deren unumstrittener Doyen. Nun ist seine Ausgabe Geschichte, und zugleich tritt eine neue anspruchsvolle Biographie an die Seite seines berühmten Standardwerks *Vie de Mallarmé*. Diese Lebensbeschreibung aus dem Jahre 1942 wird ihren außergewöhnlichen Rang als großes Beispiel ihrer Gattung noch lange nicht verlieren, doch auf der anderen Seite sind in den letzten fünfzig Jahren so viele Dokumente ans Licht getreten, so viele Forschungsergebnisse hinzugekommen, daß ein Neubeginn wie der von Jean-Luc Steinmetz längst überfällig war. Steinmetz, Literaturprofessor und Schriftsteller, Autor einer hochgelobten Rimbaud-Biographie, hat die Herausforderung angenommen, das alltägliche Leben eines Mannes nachzuerzählen, der sich als Dichter so weit wie möglich von aller Alltäglichkeit entfernte. Es spricht für Steinmetz, daß er nicht versucht, die Kluft zwischen dem einen und dem anderen durch theoretische oder psychologische Konstruktionen zu überspannen; daß er keine unmittelbare Ableitung des Werkes aus dem Leben behauptet. Er hält sich an die Tatsachen, folgt dem äußeren Leben und beweist zugleich ein genaues Verständnis der Dichtung.

Natürlich liegt die Frage nahe, ob die Biographie eines Mannes, dessen »wahres Leben« seine Literatur war, überhaupt etwas zu seinem Verständnis beitragen kann. Die Antwort ist ein klares *Ja*. Der naive Antibiographismus des letzten Vierteljahrhunderts hat immer verkannt, in welche Richtung das biographische Interesse an einem Menschen überhaupt gehen kann. Niemand wird erwarten, aus einer Lebensbeschreibung schlüssige Interpretationen zum Werk ableiten zu können. Aber auch bei Mallarmé ist unübersehbar, durch wie viele Fäden dieses esoterische Werk mit einer Epoche verwoben ist, die bereits ihr *fin de siècle* nahen spürte. Die engen Verbindungen, die Mallarmé mit seinen Zeitgenossen unterhielt, mit Verlaine, Villiers de l'Isle-Adam und bereits mit den jungen Paul Claudel und Paul Valéry; sein Einfluß auf Musiker wie Debussy und besonders auf die moderne Malerei, auf Degas, Renoir, Whistler, Manet – all das zeigt einen Schriftsteller, der außerordentlich bewußt und aufmerksam inmitten der künstlerischen Bewegungen Frankreichs und damit Europas stand. Steinmetz zeichnet dieses Leben in seinen tagtäglichen Einzelheiten nach, und obwohl er sich vor allen kurzschlüssigen Interpretationen hütet, gelingt es ihm zu zeigen, wieviel Allgemeines, der Epoche Geschuldetes auch in dieser erratischen Gestalt wirksam geworden ist – wodurch sie in ihrer singulären Bedeutung ja nicht eingeschränkt, sondern nur noch deutlicher erkennbar wird.

Die beste Ergänzung dazu liefert das überreiche Katalogbuch zu der großen Ausstellung, mit der im Pariser Musée d'Orsay des Dichters gedacht wurde. Ein geeigneterer Ort wäre kaum zu finden gewesen als die Seitenkabinette der ebenso riesigen wie prunkvollen Ausstellungs- und früheren Bahnhofshalle, wo die großen Werke jenes neunzehnten Jahrhunderts gezeigt werden, in dem die Bahnhöfe an die Stelle der Kathedralen traten. Wer dem Wort nicht traut, hier wird er durch Augenschein belehrt, in welchen Interieurs, vor welchem Dekor Mallarmés Werk entstanden ist. Und verblüffender, reizvoller noch als die allzu berühmten Meisterwerke der Großen Kunst sind jene Kleinigkeiten, in denen erst der Geschmack, das Aroma einer Epoche sinnlich erfahrbar werden: das Mobiliar und die Kleider, die Bilder und Graphiken, die kleinen Schuhe, in denen man sich die umworbene Halbweltdame Méry Laurent vorzustellen hat, die preziösen Modejournale und die filigranen Fächer, die zwei der schönsten Gedichte Mallarmés inspirierten: »O rêveuse, pour que je plonge / Au pur délice sans chemin…« Daneben die auratischen Manuskripte, die kostbaren Drucke, Edouard Manets Illustrationen zur Übersetzung des Poeschen *Raben*, Briefe und ihre Umschläge mit den von Mallarmé gereimten Adressen… ein Dichter zwischen *art déco* und artistischer Askese, auf der Grenze zwischen üppiger Romantik und strenger Moderne, zwischen künstlerischem Rigorismus und dem Nippes der Hauptstadt des neunzehnten Jahrhunderts.

Dieser unerschöpfliche Band, dessen Bildteil zwölf Essays, unter anderem von Yves Bonnefoy und Jean Starobinski, ergänzen, wird schon wegen seines Umfangs kaum übersetzt werden können, so wenig wie Steinmetz' wichtiges Werk. Auch hier wird das Verständnis also an der Sprachgrenze scheitern, die für einen Lyriker wie Mallarmé den Ruhm in seinem Heimatland trennt von einer Existenz diesseits, die sich, trotz Rilke und George, auf einen fernen Widerhall beschränkt.

Dem hiesigen Leser, der sich mit deutschsprachigen Publikationen begnügen muß und der die wissenschaftlichen Abhandlungen scheut, dem bietet nun die kleine Monographie von Hans Therre den einfachen und schnellen Zugang zum Leben dieses Dichters an. Die Biographie wird in kursorischem Überblick geboten, die Dichtung jedoch kommt nur am Rande vor, und wo sie es tut, da schwankt die Darstellung zwischen eher rauhbeinigen Kurzurteilen (»Das Thema der *Seebrise* [...] ist reinste Romantik, die auch heute noch Millionen von Zeitkranken in alle Weltgegenden verschlägt«) und ziemlich hochgestochenen Leerformeln (»In dem sicher nur fragmentarischen, aber doppelten Scheitern sowohl am Ideal als auch an der Wirklichkeit, dem *hasard*, liegt Mallarmés persönliche Tragik«). Wirklich ärgerlich aber wird das Buch da, wo sich zeigt, daß der Autor, der im Notengeben nicht zimperlich ist, selber die elementarsten Hausaufgaben nicht erledigt hat. Bereits auf der ersten Seite beklagt er, daß nur eine deutsche Gesamtausgabe vorliege, diese, es ist die zuletzt 1992 im dtv aufgelegte von Carl Fischer, sei zudem nur »dürftig kommentiert« und die Übersetzung schwanke »zwischen ornamentösem Jugendstil und einem in schauerliche lyrische Höhen hochgeschraubten Stefan-George-Ton«. Dieses Urteil steht gewiß einem jeden frei; bizarr jedoch, daß der Autor einer Mallarmé-Monographie nicht einmal die Primärliteratur präsent hat und ihm die zweibändige, ausführlich und hervorragend kommentierte Ausgabe von Gerhard Goebel und Bettina Rommel schlicht verborgen geblieben ist. Und es ist zumindest *sehr* schlechter Stil, wenn Fischers Übersetzungen zwar grob abqualifiziert, dann aber trotzdem zitiert werden – und zwar *ohne* Namensnennung. Am Ende bleibt die Frage, ob der schnelle und einfache Zugang nicht gerade diesen Dichter verfehlen muß und schnurstracks in jene »Sackgasse« führt, in der Therre die meisten anderen Mallarmé-Interpreten sieht.

Es ist sinnlos, so zu tun, als sei Mallarmé ein Dichter, nach dessen Ausgaben man so problemlos greift wie nach Rilke oder Hofmannsthal; und daß der Monograph glaubt, das Übersetzungsproblem mit großer Geste und ein paar oberflächlichen Urteilen abtun zu können, ist deshalb eine seiner größten Schwächen. Werner Dürrsons Version des *Coup de dés* ist ihm offenbar ebenfalls unbekannt; den anderen Übersetzern einzelner Gedichte oder Werkteile (darunter George, Rilke, Celan) macht er pauschal zum Vorwurf, »mit dieser eklektischen Manier den Zugang« zu Mallarmés »Sprachmagie und seinem geistigen Raffinement nicht [zu] bahnen, sondern [zu] verbauen«. Dabei ist es jedem, der sich mit der schwierigen Frage von Lyrik-Übersetzungen beschäftigt, offensichtlich, daß gerade der selbstauferlegte Zwang zum Gesamtwerk zumeist die problematischsten Resultate hervorruft. Es sind nun einmal nicht alle Gedichte eines Autors in gleichem Maße offen für die andere Sprache und ebensowenig gleich zugänglich für das persönliche Temperament des Übersetzers; das gelungene einzelne Gedicht vermag da häufig weit mehr zu leisten, als wenn ein weiterer Übersetzer sich, koste es, was es wolle, an noch einem Inventar des Ganzen versucht.

Wie auch immer: Das Schicksal Mallarmés im deutschen Sprachraum wurde nie durch die Sekundärliteratur entschieden, sondern durch die Frage, in welchem Maße und in welcher Gestalt die Übersetzungen dieses Werk für den Leser zugänglich machen konnten. Daran hat sich bis heute und bis zu den beiden großen Ausgaben nichts geändert; im Gegenteil, das Problematische beider Übersetzungen verweist unmittelbar auf die fast unüberwindliche Schwierigkeit, sich Mallarmé außerhalb des Französischen zu nähern. Carl Fischers Werk liegt seit langem vor, Gerhard Goebels Übersetzung, 1993 mit den *Gedichten* begonnen, wurde nun mit den *Kritischen Schriften* abgeschlossen. Die beiden Versionen der Gedichte sind in ihrer Konzeption so verschieden, daß eine vergleichende Gegenüberstellung immer Gefahr läuft, sich in müßigen und unfruchtbaren Glaubenskämpfen zu verrennen und die entscheidenden Punkte gar nicht erst zu erreichen: Fischer folgt dem Grundsatz, nur Poesie könne Übersetzung von Poesie sein, und er bemüht sich deshalb, die Gestalt des Gedichts, also Form, Vers, Melodie und am Ende auch den Reim zu erhalten; Goebel dagegen entscheidet sich de facto für eine Wort-für-Wort-Wiedergabe, die sich der Interlinearversion annähert und den Verlust des *Gedichts* im emphatischen Sinne in Kauf nimmt. Oft wird der Eindruck erweckt, als gehe es beim Konzept der poetischen Nachdichtung einzig und allein um die Frage des Reimes; dieser aber ist im Grunde nur ein nachgeordnetes, rein handwerkliches Problem. Die entscheidende Frage ist vielmehr, ob die Übersetzung den Anspruch erhebt, für sich allein einen Begriff von dem zu geben, was das Gedicht in seiner ursprünglichen Sprache als Sprachkunstwerk ist. Die reine Interlinearversion vermag das nicht; sie ist notwendig auf ihr Gegenüber angewiesen.

Weil es nun aber bei Mallarmé primär gerade nicht um die Frage des Reimes oder einer gebundenen Form geht, sind die Probleme einer Übersetzung ebenso deutlich an seiner Prosa zu zeigen, also an den jetzt erschienenen *Kritischen Schriften*. Vielleicht sogar *noch* deutlicher, geht es hier doch nicht mehr um die – häufig auch vom sprachlichen Zufall diktierten – Möglichkeiten, eine deutsche Entsprechung zu finden für einen ganz bestimmten äußeren Zwang durch die Einheit von Form, Satz, Rhythmus, Klang und Reim. Bei Prosaübersetzungen dagegen gilt nichts als die individuelle, einmalige Gestalt des Satzes selbst; er muß verstanden werden, und seinem Verständnis entsprechend hat ihn der Übersetzer im Deutschen neu zu schreiben. Doch bei näherem Zusehen stellt sich heraus, daß die Schwierigkeiten durch das Wegfallen der lyrischen Formen offenbar alles andere als kleiner werden; im Gegenteil, hier, wo sich dem Leser weitaus stärker als im Gedicht die Frage des *Verständnisses* stellt, hat auch der Übersetzer sein Verständnis zu bekennen; die lyrische Unbestimmtheit ist ihm nun untersagt.

Mallarmés *Kritische Schriften* sind gewiß keine poetologischen Abhandlungen im landläufigen Sinne, sondern hybride Gebilde zwischen Essay und Dichtung, verrätselt, hermetisch und ihrerseits fast in jedem Wort interpretationsbedürftig. Trotzdem, bei diesen Prosaschriften ist der Anteil von sachhaltiger Aussage durchaus größer als bei einem Gedicht, sie haben eine vom Dichter gewollte *Bedeutung*, so schwer diese auch auf den ersten und zweiten Blick zu entziffern sein mag. *Worin* diese Bedeutung liegt, *wie* diese rätselhaften Fragmente zu verstehen sind – hier liegt die entscheidende Frage für jede Deutung, die den Begriff der *Kritischen Schriften* ernst zu nehmen versucht; und für den deutschen Interpreten erwächst daraus zwangsläufig eine weitere: *Wo* eine adäquate Gestalt in der Übersetzungssprache zu finden wäre.

Auch die Übersetzung von Gerhard Goebel vermag keine überzeugende Antwort auf diese Fragen zu geben; wobei das hier angelegte Kriterium gleich vornweg benannt sei: nämlich ob die Übersetzung für sich genommen dem Leser sich zu erschließen vermag. Dies aber ist nicht der Fall. Häufig ist es vollkommen unmöglich, einen irgendwie faßbaren Sinn aus den Sätzen zu lesen, eine Ahnung des Gedankenganges oder auch nur der syntaktischen Logik zu gewinnen; rettungslos bleibt man stecken in Wortgebilden, die keine nachvollziehbare Struktur zu besitzen scheinen. Die folgenden Beispiele stehen alle auf engem Raum, in dem programmatischen poème-critique *Verskrise*, und sind mitnichten Einzelfälle: »Mir zufolge zeigt sich spät eine wahre Bewandtnis oder die Möglichkeit, sich auszudrücken nicht nur, vielmehr sich zu modulieren, nach eigenem Antrieb.« Wobei es sich nicht um einen aus dem Zusammenhang gerissenen Satz handelt, sondern um ein in sich geschlossenes, Verständnis forderndes Fragment. Oder: »Die Sprachen unvollkommen insofern als mehrere, fehlt die höchste: da Denken Schreiben ohne Werkzeug noch Flüstern sondern stumm noch das unsterbliche Wort, hindert die Verschiedenheit, auf Erden, der Idiome einen jeglichen, die Wörter auszusprechen, die sonst sich, mit einem einzigen Tastenanschlag, als materiell die Wahrheit selbst herausstellen würden.« Man muß es so hart formulieren: Ein solcher Satz ist unverständlich. Selbst für die elementare Struktur der Syntax und damit die Abfolge des Gedankens muß man aufs Französische zurückgreifen, wo das Stück bei aller Rätselhaftigkeit Form und Fluß gewinnt.

Einige der handwerklichen Schwächen dieser Übersetzung sind schnell benannt: Die andauernde Übernahme von Partizipialkonstruktionen; die nachgestellten adverbialen Bestimmungen, wo sie im Französischen, nicht aber im Deutschen hingehören; die Anwendung französischer Interpunktionsregeln auf die deutsche Sprache; kurz: die Imitation der Gestalt des Originals in der Übersetzung. Natürlich ist auch im Französischen die Syntax häufig ungewohnt, schockierend und bizarr, was Goebel auf seine Weise wiederzugeben sucht; doch ist das Original nahezu immer leichter zu fassen als seine Übersetzung. So ist im zweiten Beispiel etwa die Konstruktion »Les langues imparfaites en cela que plusieurs« vollkommen alltäglich und auf den ersten Blick verständlich; das gleiche gilt für die Fortsetzung »penser étant écrire sans accessoires«, und erst in der Übersetzung entsteht durch die manierierte Weglassung des Verbs ein Gebilde, in dem der Bezug der einzelnen Wörter zueinander kaum nachvollziehbar ist.

Man machte es sich aber zu leicht, wollte man hier einfach ein Unvermögen des Übersetzers sehen, denn daß es sich offenbar um ein viel tiefer liegendes Problem handelt, zeigt ein kurzer Vergleich mit Rolf Stabels nun vorletzter Übersetzung aus den *Kritischen Schriften*. »Parler n'a trait à la réalité des choses que commercialement: en littérature, cela se contente d'y faire une allusion ou de distraire leur qualité qu'incorporera quelque idée.« Dies wiederum in sich geschlossene Fragment aus *Verskrise* lautet dort: »Sprechen hat nur auf kommerzielle Weise Bezug zur Realität der Dinge: in der Literatur begnügt es sich mit einer Anspielung darauf oder ihrer Beschaffenheit sie zu benehmen, die eine Idee verkörpern wird.« Gerhard Goebel dagegen: »Reden bezieht sich auf die Realität der Dinge nur kommerziell: in der Literatur begnügt es sich damit, auf sie anzuspielen oder ihr eine Eigenschaft zu entwenden, die Verkörperung findet in einer Idee.« Der Fortschritt ist unübersehbar; aus dem offenkundigen Unsinn, in den die erste Version mündet, löst sich nun eine immerhin konturierte Syntax und damit die Andeutung einer gedanklichen Bewegung. Trotzdem bleibt der Satz ungeschickt und holperig; schon der einfache, französische Gebrauch des Adverbs ist unklarer als dessen ebenso wörtliche Übersetzung: »Sprechen bezieht sich auf die Wirklichkeit der Dinge nur in einem kommerziellen Sinne...«; und die Wiedergabe von »distraire« mit »entwenden« präzisiert das viel allgemeinere französische Verb in einer Richtung, die in diesem poetologischen Kontext nur wenig Sinn ergibt.

In der Substanz lassen sich zwei Gründe für die Fragwürdigkeit von Gerhard Goebels Übersetzungen benennen: Zum einen die Unsicherheit gegenüber dem Text; zum anderen das Fehlen einer Poetik des Übersetzens selber.

Selbstverständlich ist es das Werk Mallarmés selbst, seine Vieldeutigkeit und seine Hermetik, was diese Unsicherheit bewirkt. Bei jedem Wort, jedem Satz fragt sich der Interpret, ob Wortstellung, Konstruktion, ob eine minimale Abweichung vom alltäglichen Sprachgebrauch, eine bestimmte grammatische Form nicht womöglich *doch* eine eigene Bedeutung trägt, deren Nuance um jeden Preis entdeckt werden muß. Schon bei der bloßen analytischen Lektüre pflegt diese »Bedeutungsvermutung« häufig zu Verstiegenheiten und haltlosen Überinterpretationen des Alltäglichen zu führen; für den Übersetzer jedoch ist eine solche Haltung Garantie des Scheiterns. Die Unsicherheit, ob sich in einer Allerweltsformel wie »en cela que« nicht doch noch ein poetologischer Sinn verberge, verführt den Übersetzer, den vermeintlich sicheren Weg zu gehen: Er imitiert das Französische bis an die Grenze des Möglichen und häufig noch darüber hinaus. Er versucht, der Entscheidung aus dem Weg zu gehen, weil sie auch falsch sein könnte. Er schreckt davor zurück, die Konstruktion des *que* mit Subjonctif als Imperativ zu übersetzen, wie es – in einem weiteren Fragment – kaum zu umgehen ist, und kommt daher zu einem deutschen Satz, dem (anders als dem französischen) entweder der Anfang oder das Ende zu fehlen scheint: »Daß eine mittlere Strecke von Wörtern unter dem Zusammen-Begreifen des Blicks sich zu endgültigen Zügen reiht, womit Schweigen.«

Der zweite Punkt, das Fehlen einer eigenen Übersetzungspoetik, ist eigentlich nur die andere Seite dieser Unsicherheit. Goebel starrt gebannt auf das Französische, durchdringt es (wie der ausgezeichnete Kommentar der Herausgeber ausweist) bis in feinste Verästelungen, doch seine Fixierung ist so stark, daß er am Ende nicht übersetzt, sondern eben imitiert. Im Vorwort spricht er aus, was ihm das wirklich Charakteristische in Mallarmés *Kritischen Schriften* zu sein scheint: »Es ist, viel mehr als die in kuranter Deutung überschätzte Metaphorik, die Syntax: eine Syntax, in der Kühnheit der Konstruktion und der dadurch möglichen Verknüpfungen der Latinität eines Sallust oder Cicero ebenso nahe wie der traumrednerischen, ekstatischen Mündlichkeit.« Gewiß, aber Kühnheit gegenüber der *französischen* Sprache ist etwas vollkommen anderes als Kühnheit gegenüber der *deutschen.* Goebels Versionen sind alles andere als kühn; sie sind unfrei, übervorsichtig, und aus einer Kühnheit Mallarmés wird auf deutsch allzu oft ein stockendes, kurzatmiges Charabia. Für einen Übersetzer ist die Durchdringung des Originals und seiner Sprache stets nur die eine Seite; die andere ist das Deutsche als Zielsprache: *sein* Klang, *sein* Rhythmus, *seine* Syntax, *seine* Assoziationen, *seine* Konventionen und *seine* Kühnheiten. Das Formgesetz einer Übersetzung Mallarmés wird nicht nur von Mallarmé bestimmt, sondern ganz genauso von den lyrischen Möglichkeiten des Deutschen. Gerhard Goebels Übersetzung steht da, als garantiere die Versenkung in die Gedichte auch bereits das Gelingen der deutschen Version, und ihr Scheitern wird damit unausweichlich.

Über alle Einwände im Detail hinaus bleibt das Fazit, daß auch diese neue Übersetzung den Zugang zu Mallarmé nicht öffnet, sondern erschwert: In einem ganz pragmatischen Sinne ist der französische Mallarmé *leichter lesbar* als sein deutscher Schatten. Die Frage, ob eine adäquate Übersetzung überhaupt denkbar ist, bleibt weiter offen – und sie wäre nur durch den praktischen Erweis zu beantworten. Bis dahin wird auch dem deutschsprachigen Leser nichts anderes übrig bleiben, als sich ans Original zu halten, dem Verständnis so weit wie möglich mit den Kommentaren der Pléiade und der zweibändigen deutschen Ausgabe aufzuhelfen und dieses mit der parallelen Lektüre von möglichst vielen unterschiedlichen Übersetzungen zu begleiten. Nicht nur das Werk, auch das Verständnis von Stéphane Mallarmé ist ein *work in progress*; einfacher und schneller ist dieser Dichter auch hundert Jahre nach seinem Tod nicht zu haben.

Stéphane Mallarmé: *Œuvres complètes, vol* 1. Edition présentée, établie et annotée par Bertrand Marchal. Editions Gallimard/ Bibliothèque de la Pléiade, Paris 1998. 1529 Seiten.

Jean-Luc Steinmetz: *Mallarmé. L'absolu au jour le jour*. Librairie Arthème Fayard, Paris 1998. 616 Seiten.

Mallarmé 1842–1898. Un destin d'écriture. Sous la direction d' Yves Peyre, Editions Gallimard/Réunion des musées nationaux, Paris 1998, 205 Seiten.

Hans Therre: *Stéphane Mallarmé.* Deutscher Taschenbuch Verlag, München 1998. 159 Seiten.

Stéphane Mallarmé: *Werke II. Kritische Schriften.* Französisch und Deutsch. Herausgegeben von Gerhard Goebel und Bettina Rommel, übersetzt von Gerhard Goebel unter Mitarbeit von Christine Le Gal. Lambert Schneider Verlag, Gerlingen 1998. 399 Seiten.

Vor sechzig Jahren

Thomas Mann und der Beginn des Zweiten Weltkriegs

Den Beginn des Zweiten Weltkriegs hat Thomas Mann weder in München erlebt noch im Exil in Princeton, wo er seit September 1938 vorläufig Zuflucht gefunden hatte. Tatsächlich hatte Mann mit seiner Frau Katia am 6. Juni 1939 eine große Europareise angetreten, die ihn über Paris, Noordwijk, Zürich und London nach Schweden führen sollte, wo Anfang September der Jahreskongreß des Internationalen PEN-Club stattfinden sollte, zu dem Mann als Ehrengast eingeladen war. Obwohl die Kriegsgefahr im Sommer 1939, insbesondere nach dem Nichtangriffspakt Deutschlands mit der Sowjetunion, mit den Händen zu greifen war, hatten die Manns am 25. August im Grand Hôtel von Saltsjöbaden, südlich von Stockholm, Quartier bezogen. Am Tag darauf besuchte Mann eine Abendgesellschaft im Landhaus der Verlegerfamilie Bonnier, durch deren Hilfe der Bermann-Fischer Verlag 1938 in Schweden neu gegründet werden konnte.

Vor diesem Diner am Vorabend des Zweiten Weltkriegs ist uns eine Schilderung erhalten geblieben. Der nachfolgende, erstmals in deutscher Sprache veröffentlichte Text fand sich als Manuskript im Pressearchiv des S. Fischer Verlags. Es handelt sich um die Übersetzung eines Artikels, der am 10. September 1939 in der Beilage »Vecko-Journalen« der »Stockholms-Tidningen« erschienen war. Autorin des lediglich mit dem Kürzel T. N-B. gezeichneten Artikels ist die Ehefrau des Verlagsleiters Tor Bonniers, Tora Nordström-Bonnier, die sich im Bild der etwas ungeschickt fragenden Hausfrau zugleich ironisch selbst porträtiert. Immerhin hatte

Nordström-Bonnier zu diesem Zeitpunkt bereits drei Romane veröffentlicht; weitere Bücher sollten folgen, ebenso noch verschiedene Artikel über Thomas Mann. Zwei Tage nach dem Abend bei den Bonniers wurde der PEN-Kongreß auf unbestimmte Zeit verschoben. Die für den 19. September geplante Rückreise der Manns nach New York wurde um eine Woche vorgezogen. Am 12. September 1939 verließ Thomas Mann Europa von Southampton aus auf der mit 3000 Menschen völlig überfüllten S.S. Washington. Er sollte es erst acht Jahre später wiedersehen.

Stefan Pegatzky

TORA NORDSTRÖM-BONNIER

Thomas Mann meint

Der Professor an der Universität Princeton, der Literatur-Nobelpreisträger und landsflüchtige Dichter Thomas Mann nahm ein paar rasche Schluck Rotwein, behielt sie eine Weile im Mund und schluckte dann mit sichtlichem Wohlbehagen. Die Dame zu seiner rechten beobachtete ängstlich diese Zeremonie, als ob sie fürchtete, ihr Gast würde den Hals strecken und den Kopf zurückwerfen wie ein Vogel. Man weiß ja nie was einem Genie einfällt. Das tat er jedoch nicht, sondern sagte stattdessen: »Es erinnert mich an Lübeck. Da wußte man auch einen guten Bordeaux zu trinken.«

Die Dame sah ordentlich erleichtert aus. Teils war es angenehm für sie als Hausfrau ihren Wein loben zu hören, teils fand sie, der ehrfurchtgebietende Ehrengast, der Dichter der *Buddenbrooks*, des *Zauberberg* und des *Joseph*-Romans, beginne menschlich zu werden. Und schießlich war es angenehm, seine Gedanken einen Augenblick lang von dem zermürbenden ›Was wird werden?‹, ›Wie wird es ausgehn?‹ der letzten Tage auszuruhen.

»Ein guter Wein und ererbtes Silber gehört zum Bürgertum – zu dem für immer ausgerotteten Bürgertum.«

»Glauben Sie nicht, daß es wiederkommt Herr Professor? Zu einer anderen Zeit unter einem anderen Regime?«

Thomas Mann nahm wieder ein paar Schluck Rotwein und dachte nach. »Nein«, sagte er bestimmt, »es hat seine Rolle in der Geschichte ausgespielt. In Deutschland ist es ausgerottet, mit den Wurzeln ausgerissen und auf den Mist geworfen. Und Amerika ist es ebenso fremd wie die silbernen Leuchter meiner Großmutter, die jetzt von Negerhänden in Princeton geputzt werden.«

»Aber unter einem anderen Regime«, sagt die Dame eigensinnig, »Deutschland ist doch voll von gebildeten, gutgesinnten, feinen Menschen, die Ideale und Kenntnisse haben... wenn Sie wieder hinkommen...«

»Ich komme nie mehr hin.« Er stellte das Glas heftig auf den Tisch zurück. »Was für ein Regime es immer sein mag – man kann nicht der geistige Führer eines Volkes sein, das sich zu dem hergegeben hat, zu dem sich das deutsche Volk erniedrigte. Ein Volk, das die Unbildung und die Rohheit anbetet...«

Die Dame biß sich auf die Lippen. Konnte man es wagen, einen Gast so etwas sagen zu lassen? In Schweden ist man an so viel bittere Aufrichtigkeit nicht gewöhnt. Man könnte es mißverstehen, es als Neutralitätsverletzung auffassen. Deshalb sagte sie leichthin, mit einem albernen Hausfrauenlächeln: »Ja, aber Ihr Heim in München, Ihre schöne Villa an der Isar! Ich kann mich erinnern, als ich in München studierte, wie man dort vorbeiging und neugierige – ehrerbietige Blicke durchs Gartentor warf.«

»Mein Haus ist ein Entbindungsheim für ledige Mütter und quer über der Fassade steht mit großen Buchstaben Lebendige Kraft A.G.« Es war schwer zu erraten, was das ernste Gesicht mit den immer noch jungen Augen eigentlich ausdrückte. »Sozusagen die Geburtsstätte des Nazismus«, setzte er lächelnd hinzu.

Die Dame betrachtete seine komische Cyranonase, das kaum noch von grauen Fäden durchzogene Haar, die aufrechte, preußische Gestalt mit den schmalen Schultern. 64 Jahre. War es möglich? *Lebendige Kraft A.G.* hätte die Villa an der Isar auch schon heißen können, als Mann dort riesige Romane und sechs Kinder produzierten.

»Moderne amerikanische Literatur?« Alle Bitterkeit war aus Stimme und Antlitz verschwunden als sich Thomas Mann höflich vorbeugte, um auf eine Frage vom anderen Ende des Tisches zu antworten. »Die amerikanischen Schriftsteller haben meiner Ansicht nach leider den Fehler, daß ihnen eine Entwicklungskurve abgeht. Sie tauchen auf, treiben Raubbau mit ihrer Kraft und bleiben dann im Wachsen stecken. Es fehlt ihnen die europäische Tradition, nach der ein Dichter aus dem Sturm und Drang seiner Jugend zum vertieften klassischen Stil heranreift. Es fehlt ihnen das Muster, an dem wir uns hier seit 3000 Jahren heranbilden.«

»Muster und Stil«, dachte die Dame. Das Muster von Abraham, Isaac und Jacob, nach dem Josef, der Sohn Rahels sein Leben lebte. Wer sollte wohl seinen unerschütterlichen Glauben an die Macht der Tradition eher erklären können als gerade der Verfasser der Josefsbücher?

Aber der Tisch war groß. Da saßen viele schwedische Schriftsteller und viele kluge Köpfe. Man sprach darüber, um welche Tageszeit es sich am besten arbeiten lasse. Der eine empfahl die Stunden nach 11 Uhr nachts. Thomas Mann die Morgenstunden. »Ich bin überhaupt ein matinaler Mensch«, sagte er. Jemand erzählte, daß das auch Strindberg war. Er machte immer einen zeitigen Spaziergang rund um den Tiergarten und setzte sich dann direkt an den Schreibtisch. »Ach ja, Strindberg«, sagte Thomas Mann, »das kann ich mir vorstellen. Ich wäre nicht imstande, vor meiner Arbeit spazierenzugehen. Aber er war ein primitiver Mensch. Seine ganze Angst vor den dunklen Mächten und seine kleinen Bauernschliche, um ihnen zu entgehen, sind ja die List des primitiven Menschen. Und man *soll* primitiv sein. Wäre ich es gewesen, wäre ich ein größerer Dichter.«

Verlegenes Gemurmel. Einige ließen leise »Im Gegenteil« und »Unmöglich« hören. Aber das Unvermögen der Schweden, auch die wahrste kleine Höflichkeit herauszubringen, machte sie verlegen und band ihnen die Zunge. Nur Thomas Mann sah sich lächelnd und liebenswürdig um. Verbarg sich nicht ein ironischer Funke hinter seinen Brillengläsern?

Die Dame neben ihm sammelte ihren ganzen Mut und sagte entschuldigend: »Wir haben hier soviel primitive Genies. Und uns mangelt das, was Sie Muster und Tradition nennen...«

»Und Sie?«, unterbrach sie da ihr Tischherr. »Sie schreiben doch auch. Was fällt ihnen leichter, zu erzählen oder ihre Figuren sprechen zu lassen?«

»Ich?« Die Dame fiel beinahe unter den Tisch. Sie hatte, um bei der Wahrheit zu bleiben, ganz vergessen, daß sie jemals eine Feder in der Hand gehalten hatte. Aber der freundlich interessierte Blick des Gastes überzeugte sie davon, daß, wer wirklich groß ist, es sich auch leisten kann, in den unnötigsten Fällen kollegial zu sein. Sie murmelte etwas darüber, daß es sehr schwierig sei, die erzählenden Teile, um die man doch auf keinen Fall herumkommen könnte, zusammenzubekommen.

»Genau so geht es mir«, sagte der große Mann und wandte sich den Himbeeren zu, »aber das ist nicht das ärgste. Wissen Sie – es fällt mir so schwer, die Handlung in meinen Büchern zu erfinden. Ich habe immer davon geträumt, Dramen zu schreiben, wenigstens jedesmal wenn ich von einem guten Stück nach Hause kam. Die Dialoge könnte ich schon schaffen, wenn ich nur eine ordentliche Handlung erwischen könnte.« Er seufzte.

Die Dame kniff sich in den rechten Arm und sah um sich. Hatten die Dichter rund um den Tisch gehört was er gesagt hatte? Nein, sie sprachen über die Weltkrise und wägten Nationen und Armeen gegeneinander zur gefrorenen Schlagsahne und zum Portwein. Ein Glück, dachte die Dame. Aber ein Vertrauen ist das andere wert, und rasch sammelte sie alle ihre seelischen Kräfte, beugte sich vor und flüsterte: »Ich finde auch, daß es schrecklich schwer ist, Handlungen zu finden, aber« – und mit noch leiserer Stimme – »mein Mann hilft mir.«

Thomas Mann beugte sich zur Dame herunter, so daß sein Ärmel ihren nackten Arm streifte. »Und ich stehle«, flüsterte er, »aus der Bibel.«

»Und von Goethe«, flüsterte die Dame zurück. Und als sie das flüsterte, fiel ihr Blick zufällig auf die Armbanduhr unter dem Smokingärmel. »Oh, wir müssen die 10 Uhr Nachrichten hören«, sagte sie und stand rasch auf.

Und sie gingen alle in die Bibliothek hinüber, wo der 10-Uhr-Bericht bald durchs Zimmer schallte. Die Gesandten fremder Mächte gingen in der Reichskanzlei aus und ein. Das englische Kabinett trat zusammen. In Danzig wurden Zollbeamte beschossen. Der Lügenvorhang legte sich dicht über das Zimmer, dicht wie Zigarrenrauch. Man stand mit den Kaffeetassen und Cocnacgläsern in der Hand um den ausspeienden Radioapparat herum. Schwarze Smokings und helle Toiletten nebeneinander. Der Mund blieb einem mitten im Satz stehen und die Ohren schienen zu wachsen vor lauter Anstrengung, auch nicht ein Wort zu verlieren.

In der entferntesten Ecke saß eine kleine schmale Gestalt, ohne ein Wort zu verstehen. Er starrte blicklos vor sich hin, weit hinein in eine andere Welt. Jede Abendessenliebenswürdigkeit war aus seinem Gesicht gewichen. Jeder kollegiale Charme. Da saß ein einsamer, landsflüchtiger Dichter, einer der größten, den Europa je besessen hat – und wir anderen schämten uns unseres Wohlstands, unserer Geborgenheit und unser unschuldsvollen Naivität.

Die Autoren

FRANZISKA AUGSTEIN, 1964 in Hamburg geboren, ist Redakteurin im Feuilleton der *Frankfurter Allgemeinen Zeitung.* 1996 gab sie ein Buch über die Entstehung der Rassetheorie heraus, *Race – the Origins of an Idea 1760–1850.*

PAUL CLAES, 1943 in Leuven (Belgien) geboren, veröffentlichte neben Essays und Erzählungen u. a. die Romane *De Sater* (1994) und *De Phoenix* (1999). Für seine literarische Arbeit erhielt er 1996 den Martinus Nijhoff Prijs.

TERRY EAGLETON ist Professor für englische Literatur an der Universität Oxford. Zuletzt erschien von ihm in deutscher Sprache *Illusionen der Postmoderne* (1997).

HARALD EGGEBRECHT, geboren 1946, lebt als freier Autor in München.

ADAM GOPNIK, geboren in Philadelphia, lebt in Paris. Er ist Journalist bei der Zeitschrift *The New Yorker* und schreibt dort die Kolumne über Kultur und Leben in Frankreich.

HANS ULRICH GUMBRECHT ist Professor am Department of Comperative Literature der Stanford University. Zuletzt erschien *In 1926. Living at the Edge of Time* (1997).

RAINER HANK, geboren 1953 in Stuttgart, ist Wirtschaftsredakteur der *Frankfurter Allgemeinen Zeitung.* Ab November 1999 wird er das Wirtschaftsressort des Berliner *Tagesspiegel* leiten. Im Frühjahr 2000 wird im S. Fischer Verlag sein Buch *Das Ende der Gleichheit oder Warum der Kapitalismus mehr Wettbewerb braucht* erscheinen.

HANS KEILSON, 1909 in Freienwald/Oder geboren, Medizin- und Sportstudium in Berlin, debütierte 1933 mit dem Roman *Das Leben geht weiter.* 1936 emigrierte er in die Niederlande und war dort als Arzt für die Widerstandsbewegung tätig. Keilson lebt und praktiziert als Analytiker in Bussum/Niederlande. Neben zahlreichen wissenschaftlichen Publikationen erschienen u. a. *Sprachwurzellos. Gedichte* (1998) und der Roman *Der Tod des Widersachers* (1996). Keilson erhielt zahlreiche Auszeichnungen für seine Arbeit als Schriftsteller und Psychoanalytiker.

WOLFGANG KEMP, geboren 1946 in Frankfurt am Main, ist Professor für Kunstgeschichte an der Universität Hamburg. U. a. veröffentlichte er *John Ruskin. Leben und Werk. 1819–1900* (1983), *Die Räume der Maler. Zur Bilderzählung seit Giotto* (1996) und *Christliche Kunst. Ihre Anfänge. Ihre Strukturen* (1998).

HEINZ-DIETER KITTSTEINER ist Inhaber des Lehrstuhls für Vergleichende Europäische Geschichte der Neuzeit an der Europa-Universität Viadrina in Frankfurt/Oder. Zuletzt erschienen *Die Entstehung des modernen Gewissens* (1991) und *Listen der Vernunft. Motive geschichtsphilosophischen Denkens* (1998).

WOLFGANG MATZ, geboren 1955, lebt als Lektor, Übersetzer und Autor in München. Zuletzt erschienen von ihm: *Adalbert Stifter oder Diese fürchterliche Wendung der Dinge* (1995) und *Julien Green. Das Jahrhundert und sein Schatten* (1997).

STEN NADOLNY, 1942 in Zehdenick an der Havel geboren, arbeitete nach seiner Promotion zunächst als Geschichtslehrer und Aufnahmeleiter beim Film. Er lebt heute als freier Schriftsteller in Berlin und München. Zuletzt veröffentlichte er die Romane *Selim oder die Gabe der Rede* (1990) und *Ein Gott der Frechheit* (1994). Demnächst erscheint sein Roman *Er oder ich*.

WOLFRAM PICHLER, geboren 1968, ist Assistent am Kunsthistorischen Institut der Universität Wien. Er arbeitet derzeit an einer Dissertation zum Verhältnis von Malerei und Schminke bei Caravaggio, Boucher und Goya.

ANDREAS PLATTHAUS, geboren 1966 in Aachen, ist Redakteur im Feuilleton der *Frankfurter Allgemeinen Zeitung*.

JAKOB STEPHAN, 1928 in Greifswald geboren, studierte Medizin und Literaturwissenschaft in Marburg und Tübingen, praktizierte in mehreren norddeutschen Kleinstädten, lebt als Pensionär in der Nähe von Bremen. 1968 veröffentlichte er den Gedichtband *Verse auf Leben und Tod*. Publizierte unter dem Pseudonym »Steffen Jacobs« im S. Fischer Verlag die Lyrikbände *Der Alltag des Abenteurers* (1996) und *Geschulte Monade* (1997).

DIETER THOMÄ, geboren 1959, lehrt Philosophie an der Freien Universität in Berlin. Im Herbst 1998 erschien *Erzähle dich selbst. Lebensgeschichte als philosophisches Problem* .

ULRICH WALBERER, geboren 1938, arbeitete mehrere Jahre als Redakteur und Auslandskorrespondent in Wien und war von 1974 bis 1979 an der Hokkaido University/Sapporo (Japan) tätig, seither Lektor im S. Fischer Verlag. Er veröffentlichte zahlreiche Aufsätze und einige Buchübersetzungen.

UWE JUSTUS WENZEL, geboren 1959, von 1991–1998 Wissenschaftlicher Assistent am Philosophischen Seminar der Universität Basel, ist für die Geisteswissenschaften zuständiger Feuilleton-Redakteur der *Neuen Zürcher Zeitung*. Er veröffentlichte u. a. *Anthroponomie. Kants Archäologie der Autonomie* (1992) und gab heraus *Vom Ersten und Letzten. Positionen der Metaphysik in der Gegenwartsphilosophie* (1999).

Register 1999

Amis, Martin *Lage der Nation. Eine Erzählung* 110 3 113
Augstein, Franziska *Vorortweise oder Wo man sich trifft* 110 4 74
Borck, Cornelius/Hagner, Michael *Brave Neuro-Worlds* 110 3 70
Bouazza, Hafid *Mamette raucht. Erzählung* 110 2 111
Claes, Paul *Die Reise. Eine Erzählung* 110 4 131
Detering, Heinrich *Kecker Winzling. Venetianische Epigramme – 1789/1800* 110 1 42
Dieckmann, Friedrich *Die dritte Dimension. Erinnerungen an Heiner Müller* 110 1 154
Durzak, Manfred *Die drei Leben des Dieter Forte. Zum Abschluß seiner Romantrilogie* 110 2 145
Eagleton, Terry *Was ich mit Vergnügen hinter mir lasse. Eine Auswahl* 110 4 17
Eggebrecht, Harald *Die Unerreichbarkeit. Vom Aufgehobensein im Netz* .. 110 4 63
Esterházy, Péter *Who's Who? Romanauszug – 3.April 1764* 110 1 12
Falke, Gustav *Wer ist absolut modern? Über den Fetischcharakter des strukturellen Hörens* 110 2 56
Gernhardt, Robert *Gelegenheit macht Dichter. Februar 1783* 110 1 24
Gopnik, Adam *Geht ein Mann zum Arzt. Aus den Annalen der Psychoanalyse* 110 4 91
Grünbein, Durs *Anatomie im Todesjahr. 1832* 110 1 114
Gumbrecht, Hans Ulrich *»Un bel pezzo di carne«. 12. oder 13. Juli 1788* ... 110 1 33
Gumbrecht, Hans Ulrich *[Links/Rechts]. Ein Coming-Out in Moll*........ 110 4 20
Gustafsson, Lars *Apropos Goethes Farbenlehre.* 1830......................... 110 1 106
Hagner, Michael/Borck, Cornelius *Brave Neuro-Worlds* 110 3 70
Hank, Rainer *Kommandohügel. Vom Ende des Keynesianismus* 110 4 34
Hartung, Harald *Langeweile – die Ersatzmutter der Musen. Zweiter venezianischer Aufenthalt – 1790*.. 110 1 46
Hartung, Harald *Geräusch der Flammen. Vier Gedichte* 110 3 109
Heidenreich, Stefan *Unterscheiden statt urteilen. Kritik als Differenzagent* . 110 2 33
Helmstetter, Rudolf *Unvollständige Listen. Drei Gedichte* 110 2 107
Jäger, Lorenz *Mit dem Glockenschlage zwölf. 28.August 1749* 110 1 9
Keilson, Hans *Ich brauche kein Mahnmal für meine Trauer. Hans Keilson im Gespräch mit Ulrich Walberer über einen kultivierten Mann, der Nazi wurde, über Leben und Lesen im Exil, die Faszination des Hasses sowie die pathologischen Anteile an der deutschen Vergangenheit* 110 4 77
Kemp, Wolfgang *DJ David Knapp gegen Ilja Kabakov. Eine Runde im Ring west-östlicher Vergessenskulturen* 110 4 9

Kittsteiner, Heinz-Dieter *Vergebliche Abschiede. Deutsche Erinnerungslandschaften* 110 4 48
Klein, Joe *Die Stadt, die sich selbst fraß. Washingtons politische Kultur des hemmungslosen persönlichen Angriffs* 110 2 70
König, Christoph *Fortifikationen. Zur Szene »Bergschluchten, Wald, Fels« in Goethes »Faust, Zweiter Teil« – 1830* 110 1 107
Kunert, Günter *Sonderbares Abenteuer. Literatur und Lüge – 1787* 110 1 28
Lampugnani, Vittorio Magnago *»Hier könnte, sollte oder müßte geschehen«. Möglichkeitssinn in Architektur und Städtebau: ein (kulturkritischer) Versuch* 110 2 90
Manthey, Jürgen *Vom »Publiko« lernen. Als Goethe den Roman des 20. Jahrhunderts erfand – August 1797* 110 1 51
Matt, Peter von *Die Szene, von der man schweigt. 1826* 110 1 100
Matz, Wolfgang *Montaigne pur? Zur Neuübersetzung der Essais* 110 2 152
Matz, Wolfgang *Stéphane Mallarmé. Eine Nachlese zum 100. Todestag* 110 4 168
McDowell, John *Moderne Auffassungen von Wissenschaft und die Philosophie des Geistes* 110 3 48
Michel, Karl Markus *Der Gipfel von Erfurt. Oder die Errichtung des Olymps auf der Trivialität – 1808* 110 1 61
Monhardt, Stefan *Drei Gedichte* 110 2 119
Nadolny, Sten *Abschied von der Rammdösigkeit. Vom Flaneur im unendlichen Kramladen der Angebote* 110 4 70
Nordström-Bonnier, Tora *Thomas Mann meint* 110 4 177
Osterkamp, Ernst *Antikes, in doloribus pinxit. 1805* 110 1 56
Paetzke, Hans-Henning *Aussichtsturm unter der Erde. Der ungarischsprachige Lyriker Géza Szőcs* 110 3 91
Pauen, Michael *Materialismus und Metaphysik. Können naturwissenschaftliche Erkenntnisse Bewußtsein und Subjektivität in Frage stellen?* . 110 3 29
Pegatzky, Stefan *Vor sechzig Jahren. Thomas Mann und der Beginn des Zweiten Weltkriegs* 110 4 176
Pichler, Wolfram *Schmutz und Schminke. Über Goyas Malerei* 110 4 112
Platthaus, Andreas *Vergeßt dieses Lied oder Thema ohne Variationen* 110 4 65
Preisendörfer, Bruno *Die Schule der Geläufigkeit. Fräulein/Retter/Bräutigam. Eine Erzählung* 110 1 146
Safranski, Rüdiger *Du bist mein lieber Sohn...? Schopenhauer und Goethe – November 1813* 110 1 77
Schlaffer, Hannelore *Goethe im Amt. 1778* 110 1 20
Schneider, Manfred *Kollekten des Geistes. Die Zerstreuung im Visier der Kulturkritik* 110 2 44
Schneider, Manfred *Ein Geistergespräch der Klassik. Die Nacht vom 25. zum 26. September 1826* 110 1 94
Scholz, Oliver Robert *Symbolon oder: Wenn eins zum anderen paßt.* 1808 .. 110 1 69
Seibt, Gustav *Kulturkritik? Allerdings! Über Historisierung, kulturkritische Diätetik und das Pathos der Stammhirns* 110 2 23
Spinnen, Burkhard *Mit Goethe durch den Tag. Gewährsmann fürs Leben – 1956 bis* 110 1 124
Stephan, Jakob *Lyrische Visite (11). Bei Mark Strand, Henning Ahrens*

und Timotei (III). In Schwerte und in Unterhosen. Leider immer noch nicht bei Philip Larkin 110 1 178
Stephan, Jakob *Lyrische Visite (12). Bei Philip Larkin und den Anthologisten (I)* 110 2 131
Stephan, Jakob *Lyrische Visite (13). Mit* Merkur *bei den Dichtern: Montale und zwei Einzelfälle namens Grünbein und Kolbe* 110 3 156
Stephan, Jakob *Lyrische Visite (14/1) Bei jung und alt. Poetische Presseschau* 110 4 155
Streeruwitz, Marlene *Samstag, 3. März 1990* 110 3 101
Szőcs, Géza *Spiegeleule und Glasohren. Sechs Gedichte* 110 3 93
Thomä, Dieter *Der bewegte Amerikaner (1). Nachrichten aus der immer noch Neuen Welt: Erste Folge* 110 1 171
Thomä, Dieter *Der bewegte Amerikaner (2). Nachrichten aus der immer noch Neuen Welt* 110 2 125
Thomä, Dieter *Der bewegte Amerikaner (3). Nachrichten aus der immer noch Neuen Welt* 110 3 147
Thomä, Dieter *Der bewegte Amerikaner (4) Nachrichten aus der immer noch Neuen Welt* 110 4 147
Thomä, Dieter *Vergessen wir den 10. September 2000! Warum Julian West nicht aufwachen soll oder: Kein Vergleich zwischen dem einen 20. Jahrhundert und dem anderen 20. Jahrhundert. Aufruf von Herrn ***, aufgezeichnet von D. Th.* 110 4 30
Ubl, Ralph *Widerständiges Material. Über die Kunstkritikerin Rosalind Krauss* 110 3 166
Ueding, Gert *»Wirrwarr«. Über ein Kennwort Goethes – 1775 bis 1786* 110 1 14
Ullrich, Wolfgang *Zentrifugalangst und Autonomiestolz. Ein Nachruf auf die Kulturkritik* 110 2 9
Ullrich, Wolfgang *Vor dem Fürsten. Über die Moralisierung von Kunstrezeption* 110 1 131
Unseld, Siegfried *Goethes Gedichte, die nicht Goethe schrieb.* 1815 .... 110 1 85
Weigel, Sigrid *Goethes virtuelle Gemälde-Galerie. 1818* 110 1 90
Wenzel, Uwe Justus *Vergessen – Verabschieden – Verlernen. Einige vorläufige Mutmaßungen* 110 4 46
Wetz, Franz Josef *Die Naturalisierung der Kultur. Ein unvollendbares Projekt* 110 3 9